鑄骨猶存

the BONES Salvage

潔思敏．沃德
譯——何穎怡

獻給我的弟弟Joshua Adam Dedeaux

你們如今要知道：我，惟有我是神；在我以外並無別神。我使人死，我使人活；我損傷，我也醫治，並無人能從我手中救出來。

——《申命記》（第三十二章三十九節）

雖然我很小，但我知道很多事情，
我的身體是無窮的眼睛
不幸地，透過它我看見一切。

——格洛麗亞·福爾特斯〈此刻〉*1

我們仰望頭頂的星星，
討論長大以後想成為什麼樣的人，
我說你想做什麼？她說:「活著。」

——流浪者合唱團〈說故事的藝術(第一部分)〉*2

*1 格洛麗亞・福爾特斯（Goria Fertes, 1917-1998）的詩作〈*Now*〉，西班牙詩人暨兒童文學重要作家之一，提倡性別平等與環境保育。（編按）

*2 流浪者合唱團（Outkast）為一九九二年於美國喬治亞州亞特蘭大成立的嘻哈雙人組，這首〈說故事的藝術（第一部分）〉（*Da Art of Storytellin'*〔Pt. 1〕）收錄於專輯《*aquemini*》。（編按）

第一天

光禿燈泡下的分娩

瓷器整個身體往內彎，如果我不知情，會以爲牠想吃腳掌，不然就是瘋了。實情是瓷器眞的有點瘋，只准噴子摸牠，其他，誰都不行。牠還是頭大身體小的比特犬寶寶時，偷走全家的鞋。就是老媽買給我們的網球鞋，全是黑色，耐髒，可以穿到爛。只有老媽被遺忘的細根涼鞋不相同，紅土滲色，點點粉紅。瓷器把網球鞋全藏到家具下與馬桶後，堆起來睡覺。牠大到會跑，可以連滾帶爬下樓梯，就把鞋兒藏到屋下的淺溝。我們想搶回鞋子，牠會像松樹直挺挺擋著。瓷器以前拿，現在給，要送禮物給牠偷過東西的地方：牠要生崽了。

瓷器生娃的樣子跟老媽生小弟細仔完全不同。我們都是老媽在家生的，就是外公伐林整地後蓋的這個房子，現在我們管這塊地叫凹地。我是家中唯一女孩，那時排行最小，才八歲，不管用，不過，老爸也說老媽講了不需要幫忙的。老媽在床上生下藍道爾、噴子跟我時，頭頂只有一顆光禿燈泡照明，老爸說我們都生得快，她以爲到了細仔也可照辦，誰知不行。她兩腿拱在床上，一路尖叫到底。細仔出生時像繡球花又紫又藍：老媽的最後一朵花。老爸把細仔抱給她時，她摸他也像摸花，只敢指尖兒輕碰，生怕磕翻了花粉，毀了開花。她說不要去醫院，老爸把她從床上拖到卡車，沿路血珠滴滴，這是我們最後一次見到她。

瓷器生娃則像戰鬥，這是牠的本性。爲我們的鞋戰鬥，鬥其他狗，鬥這些眼睛還沒睜開、溼漉漉猛要往外衝的狗崽。瓷器渾身是汗，男孩們滿臉發光。隔著工具間棚屋的窗戶，我瞧見老爸的臉像太陽照到的水底魚，閃閃。四周安靜。空氣沉重。該下雨，但是沒。天上無星，只有凹地的赤裸燈泡閃亮。

噴子說：「甭擋著入口，你們搞得牠緊張了。」噴子是老爸的翻版：瘦、黑、矮。渾身肌肉鼓鼓。他是老二，十六歲，不過他可是瓷器的老大，牠的眼裡只有他。

藍道爾說：「牠可沒在打量我們。」他是老大，十七歲。比老爸高，一樣黑。窄肩膀，兩顆眼珠子活像要蹦出腦袋。學校裡的人認爲他獃氣，可是他上了籃球場像兔子，優雅快速，腰腿子長。老爸打獵時，我都替兔子加油。

噴子說：「牠需要呼吸空間。」他的手撫過瓷器的毛，貼近聽牠的肚皮說：「牠必須放鬆。」

藍道爾說：「牠就無有一處放鬆的。」他站在敞開的入口旁，掀著噴子釘來當門戶的床單。過去一星期，噴子都睡在棚屋等瓷器生產。每晚，我等他關了燈，確定他睡了，就從後門溜到我現在站的這個位置探視他。每次都瞧他睡得熟，胸口貼著瓷器的背，整個人彎曲得像指甲覆蓋肉。

細仔抱著藍道爾的腿，靠近說：「我想看。」但是只敢把鼻子鑽進來。瓷器向來懶得理我們，細仔也不睬瓷器。但是他只有七歲，好奇得很。三個月前，哲曼那個男孩帶比特犬來跟瓷器交配，細仔就蹲在臨時狗舍上面的油桶，兩眼金金瞧。狗舍是拿脫鏈的卡車舊車斗埋在地上，再圍上鐵絲網做成。當兩隻狗交纏，細仔的手臂不斷抹臉，我喝叫他進屋，他還是不肯走，只吮著手臂，撥玩耳垂上的肉，跟他睡前或看電視一樣。我有次問他幹啥這樣，他說聽起來有水聲咧。

噴子沒搭理細仔，因爲他全心專注在瓷器身上，就像男人專注屬於自己的女人。沒錯，瓷器的確專屬他。藍道爾沒說話，只是拿手擋著門不讓細仔進去。

「細仔，不行。」我也拿腿擋門完成封鎖，不讓他接近狗，不讓他瞧見瓷器屁股下的黃色黏液已經在地面從細線積成灘。

老爸說：「讓他看，他已經夠大，可以知道這些事。」老爸的聲音隱藏於暗處，環繞棚屋。他一手拿鐵鎚，一手滿把釘子。瓷器超恨他。我聽話縮回腿，藍道爾與細仔都沒動。老爸又脫離我們，像彗星投入暗處，傳來敲打鐵器聲。

噴子說：「他讓瓷器緊張。」

我說：「或許你該幫牠推一推。」有時我覺得老媽就是這樣死的。到現在我都能瞧見牠下巴頂著胸口，死命推出細仔。細仔呢，抓住個啥東西硬要待在裡頭，結果，出生時反而連那東西一起拖出來。

「牠眞正是不需要推啦。」

眞的。瓷器身體兩側波動，齜牙，嘴巴成一條黑線。兩眼赤紅；黏液變成粉色。牠全身緊綳，皮膚下好像有千百顆彈珠，整個身體似乎要從裡翻到外。在牠的開口處有個紫紅色燈泡。瓷器開花了。

要是老爸的哪個酒友問他今晚要幹啥，他鐵定說要做防風準備。現在是夏天，夏天時，總有颶風不是來，就是走。每個颶風都強勁吹過平坦的墨西哥灣，進入二十六哩長的密西西比人造海灘，狂吹那些舊日的夏日度假豪宅，以及屋主拿奴隸船改造的客屋，再吹過泥沼河口，穿過松樹，釋放風，潑灑雨，最後力竭平息於北部。多數颶風不再迎面衝到這兒；不是右轉到佛羅里達，就是左轉去德州，只有裙角輕輕掃過我們。N年沒有颶風登陸我們這兒了，久到我都忘記要準備多少甕水、多少罐沙丁魚與罐壓肉[1]，還要蓄滿幾缸水。但是老爸停在屋外的卡車上的收音機播不停，稍早，我聽到預報說第十個熱帶低氣壓雖然在墨西哥灣減弱消失，又有一個在波多黎各附近形成。

所以今早老爸猛敲我跟細仔的房間牆壁，叫醒我們。

「起床！咱們得幹活。」

細仔翻身，蜷曲面對牆壁。我坐起身一會兒，讓老爸以爲我要下床，又倒回去繼續睡。兩小時後醒來，我聽見老爸的卡車收音機聲。細仔的床鋪空空，毯子扔在地上。

「細仔，撈出那些個其他酒甕。」

「爹地，房子底下無有哩。」

窗外，老爸拿啤酒罐指點屋子底部中央。細仔扎緊了褲帶。老爸又指了一下，細仔便蹲下扭爬到房底。小時我最怕爬到屋底，細仔一點也不。有時下午他消失在撐起地基的煤渣磚間，直到噴子威脅要放瓷器進去咬他才爬出來。有一次我問細仔在裡面幹啥？他只說在玩。我想像他跟狗一樣挖坑睡覺，躺在紅沙土裡，聆聽我們的腳步聲在上面的地板拖拉。

細仔臂力不錯，瓶罐像撞球從屋底滾出，碰到給乳牛洗澡的生鏽鐵槽才停住[2]。去年細仔生日，老爸去平日撈廢鐵的垃圾場撿回這鐵槽，叫細仔拿它當游泳池。

「投啊。」藍道爾坐在椅上，頭頂是我家的自製籃框，籃網偷自郡立公園，釘在死掉的松樹幹上。

「幾多年啦，無有東西登陸咱們這兒，根本不往這邊吹了。我小時可是年年來。」說話的是曼寧。我站在臥房窗邊角落，不想讓他瞧見。曼寧左右換手扔球。看見他，我整個肋骨啊像蠶繭裂開，一顆心振翅想飛。

「你少一副老咚咚口氣，才比我大兩歲，當我不記得當年啥模樣啊。」藍道爾接住籃板球，回傳給曼寧。

「今年夏天如果有啥玩意登陸，頂多拗斷幾根樹枝。新聞簡直不知道自己在說啥。」曼寧有黑色捲髮、黑眼珠、白牙，膚色像剛剖開的松樹心。「每次野林鎮有人被捕，他們都亂播。」

藍道爾說：「那是記者。氣象播報員可是科學家。」

「科學家我屁。」從我站的角度，曼寧似乎臉紅了，我知道那是他的臉破相，點點紅，沒紅的地方是疤。

「哦，這個颶風可著實要來了。」老爸拿手抹卡車車身。

曼寧翻白眼，對老爸翹拇指。投籃。藍道爾抓到球，抱著。

藍道爾回嘴：「熱帶低氣壓都還無有，你就叫細仔去滾那些酒瓶。」

藍道爾說得沒錯。老爸通常會儲幾甕水。他只會做罐壓食物，所以咱家總不缺維也納香腸跟罐壓肉。我們天天吃速食一清拉麵：泡湯麵配熱狗，把湯倒掉，就變成辣拌麵：乾吃則有餅乾的味道。上一次強烈颶風登陸咱這兒，老媽還活著：颶風過後，她把停電冰箱裡的肉全拿來ＢＢＱ，免得壞掉，嘖子吃了一狗票辣香腸，吐了。藍道爾跟我爭搶最後一塊豬排，老媽把我們拉開，老爸笑說：她可以保護自己。早跟妳說她是乾巴瘦小卻有力的那一型，跟妳一樣壯呢。

老爸坐在卡車後面說：「今年不一樣。」有那麼一會兒，他看起來似乎沒醉。「新聞講的沒錯。每星期都有一個新颶風。無有見過這麼糟的。」曼寧再度投籃，藍道爾跑去追球。

老爸說：「我骨頭都疼了，能感覺颶風要來。」

我把頭髮朝後綁馬尾。頭髮是我的優點，唯一突出點，像杜賓狗長成白色，我的頭髮捲得像開瓶器的螺旋錐，黑色，濕的時候軟塌，乾的時候像毛燥繩子。老媽以前讓我披頭散髮，說有復古風味，既然髮質如此，不妨就享受啊。但是我瞧鏡子，知道自己其他地方平淡無奇：寬鼻、黑膚，遺傳了老媽的細瘦矮小骨架，所有曲線都疊在一起，看起來像方形。我換了襯衫，聽他們在外面說話。我們家牆壁又薄又沒隔音，接縫處剝落，感覺我人還沒走出去，曼寧就能瞧見我。高中英文老師杜多爾小姐每年暑假都給我們讀物。九年級結束時我們讀《我彌留之際》，我得到A，因爲全班只有我答得出最難的那題：小男孩為何覺得媽媽是條魚？[3]今年夏天，十年級結束，我們讀伊迪絲・漢彌敦的《希臘羅馬神話》[4]。前天我剛讀完〈愛情短篇八則〉那一章，提到傑森與阿果英雄[5]。我在想啊，美蒂亞第一次走出去瞧見傑森，會不會跟我現在一樣，覺得強風吹過身體，整個人直哆嗦。迴盪紅土院子的昆蟲叫聲、蹦跳的球、老爸卡車收音機的藍調歌曲，全在叫我踏出門。

瓷器臉兒埋在腳掌間，尾尖翹在半空，使力最後一擠，頭一個崽出來了。瓷器的模樣像要倒立，我想笑但沒笑。血液從牠的身體緩緩流出，噴子匍匐得更近些要幫忙。瓷器猛地抬頭，眼睛與牙齒忽地張開。

藍道爾說：「小心！」噴子嚇到瓷器了。他摸摸瓷器，瓷器便站起身。自小，老媽給我們天主教教育，但是有次她帶我上老爸的衛理公會教堂。瓷器現在的動作就像那樣：被聖靈附身，耳中聽到的不是噴子，而是最神聖的聲音。我在想牠會不會覺得有隻巨大的手抓住牠，要整個擰乾牠？

細仔尖叫：「我瞧見了！」

第一隻崽頗大，撐開了瓷器的身體，隨著噴湧的粉紅色黏液滑出來。噴子接住牠，放到一旁他準備好的一疊薄薄破毛巾上，開始擦拭。

噴子說：「橘色的，跟牠爹一樣，將來鐵定是個殺手。」

那崽幾乎是橘色的，其實比較像犁過田、刨過石或者埋下死人的泥土色：密西西比紅。牠老爹就是這個色：短，矮，像一大塊紅肌肉，身上好幾處血肉結疤，鬥狗紀念物。當牠跟瓷器交配，兩個嘴巴以及瓷器的毛上都有血，說是做愛，不如說是戰鬥。這會兒，瓷器的皮膚波動，好像風吹水面，第二隻崽腳先出來，卡在那兒。

細仔尖叫：「噴子。」他埋在藍道爾的腿上，遮住一隻眼鼻，抱得緊緊，看起來很瘦很黑，夜色裡，瞧不明他的衣裳顏色。

噴子抓住狗崽的屁股，手掌包住牠的整個身軀，一拉，瓷器嗥了一聲，狗崽脫離。粉紅色的。噴子將牠放在墊子上擦拭，這才顯出牠是白色，身上點點黑，好像被噴了西瓜籽，舌頭伸出小縫隙一樣的嘴，樣子像扁平的卡通狗。死胎。噴子放開毛巾，牠滾了出來，僵硬如保齡球瓶，滾過毛巾墊，輕輕靠在紅色小崽旁，而紅色小崽正微微抖動手腳，好像眨眼。

噴子大抽了一口氣說：「屄啊。瓷器。」又有一隻狗崽要出來。這隻先慢慢伸出腦袋，像孤獨猶豫的跳水者。藍道爾有個朋友叫大亨利，每次跟我們去游泳都這樣：沉重，小心，好像害怕自己的龐大身體、一圈圈的肥脂與肌肉會傷到水。每次大亨利這樣做，其他男孩都笑話他。曼寧笑得最大聲：牙齒像白刀，臉蛋金紅。狗崽掉落噴子的手掌，白棕色相間，這隻會動，腦袋點啊點地模仿老媽。噴子擦乾狗崽，跪到瓷器背後。瓷器咆哮。哀鳴。裂開。

雖說老爸的卡車就停在前門後面，細仔的酒瓶也砸中我的小腿肚，我還是先瞧曼寧。他捧球的方式像捏蛋，只用指尖，藍道爾說懂控球的都這樣拿球。曼寧有本事在石頭路上運球。有次我瞧見他跟藍道爾在社區公園籃球場旁的石礫路上鬥牛，運球防守、防守運球。球在他們腳間的石頭上彈跳，無法預期，像橡皮板手球亂彈，但是他們實在球藝精湛，幾乎每次球彈起來都能拍到。有時寧可摔跤也要救球，撲得身上都是貝殼與小石頭的割傷。曼寧溫柔捧著球，好像那是有血統證明的小比特犬。眞希望他也能這樣碰我。

「嗨，曼寧。」我的聲音小得像氣喘。脖子火燙，比這天氣還熱。曼寧朝我點頭，拿食指轉球。

「啥麼事？」

老爸說：「妳也該起床了。幫妳弟弄那些個瓶甕。」

我差點衝口說：「我又沒法擠到下面去。」

「我不要妳去撿，我要妳去洗。」老爸從卡車車斗拿出一把許久沒用，已經鏽成棕色的鋸子，說：「我知道咱們家某個地方還有好些個三夾板的。」

我抓起兩個最靠近我的甕子，提到水龍頭下。轉開開關，滾燙呢。一個酒甕裡全是泥，我讓水一直漫出甕口，起泡沫，才拿起來搖晃清洗。曼寧跟藍道爾吹口哨，玩球，其他人也來了：大亨利、馬奇斯。我很訝異他們打其他地方來，而不是從噴子的棚屋或者麗茲貝芙阿媽的破爛屋出來，那是空地僅有的另一棟房子，這兒的地原先全是阿媽的。男孩們喝得太醉、嗑得太嗨，或者懶得回家時，就隨便找地方睡——報廢汽車的後座，老爸在哲曼加油站跟人廉價買來然後只開到咱家車道就完蛋的老舊休旅車，或者我們小時，老媽叫老爸圍上紗窗的前廊。老爸根本不管他們。一陣子後，凹地少了這些男孩很奇怪，就好像魚缸裡沒魚沒水，只放了石頭與假珊瑚，我在大亨利家起居室瞧到的那種。

馬奇斯問：「啥新鮮的，老表？」

藍道爾說：「還在想你們上哪兒了，凹地空蕩蕩的。」

甕裡的水變成粉紅色。我腳跟踏地，身體隨著嘩啦水聲搖晃，盡量不瞧曼寧，辦不到。他沒瞧我；跟馬奇斯握手呢，寬而鈍的手指整個吞噬馬奇斯的棕色瘦手。我放下瓶甕，又撿起一個，開始沖洗。我的頭髮伏貼在脖子上，像老媽以前鉤織的毯子。直到現在，冬日裡，我們都還一床疊一床禦寒，清晨醒來滿身大汗。一瓶洗潔劑滾到我腳邊，泥巴濺上我的腿肚。

「給我清得乾乾淨淨。」老爸揮舞鐵鎚走開。肥皂泡讓我雙手濕滑，滴到泥地上薄薄一層。細仔放棄尋找瓶甕，坐到我身旁玩泡泡。

「曼寧這樣早就跑來，只有一個原因，想躲夏莉亞啊。」馬奇斯抄到球。雖然他個頭比噴子小，速度卻差不多，運了球後就上那個破籃框。大亨利朝曼寧眨眨眼笑了。曼寧面無表情，只有身體在說話：肌肉像小雞蹦跳。他整個人遮住馬奇斯，擋著不讓他投籃，藍道爾在破爛泥巴球場邊鼓掌，等著曼寧抄球傳給他。負責看守他的大亨利拿肩膀擠他。大亨利幾乎和藍道爾一樣高，身架子卻寬得多，輕快優雅如陀螺。現在是眞正比賽了。

我正在搖的瓶子有喀喀聲，好像掌中的零錢互擊。瓶子破了，玻璃碎裂，劃過掌心。我放開手中的東西。

我喊：「細仔，閃開！」前一刻還是粉色的手現在染紅。尤其是左手。我細聲說：「流血了！」我沒叫；我希望曼寧瞧我，卻不希望他當我是軟弱悲慘的女孩。沒法像男孩一樣忍痛就得憐惜的人。藍道爾接住曼寧的籃板球，走過來，我跪在水龍頭下沖左手，血珠在我腳邊的泥巴形成一條紅絲帶。他把球往後一扔。傷口約莫二毛五銅板大小，持續流血。

「我瞧瞧。」他壓壓傷口邊緣，血液勃勃流出，我想吐。「妳得一直壓，直到不出血。」他拉過我原本蓋在瓶口上的拇指，壓在傷口上，說：「妳來壓，我的手太髒。壓到不痛為止。」這是媽媽一向教我們的，以前我們割傷或擦破皮，跑去找她，她會先澆點酒精，然後按壓傷口吹氣，不吹後，傷口就不疼了。瞧。瞧。瞧見沒？這不是跟沒發生過一樣。

曼寧跟馬奇斯來回傳球，速度快得像敲鼓。他瞄一眼跪在我身旁的藍道爾；他的臉比平日還紅，發出打球時常有的嘶嘶聲，因此我知道他是興奮，不是在關心我。妳得壓……直到它不痛。我的胃翻攪了一下。藍道爾又壓一次，站起身，剛剛他叫我按壓時，我似乎在他的嘴角瞧見老媽，現在沒了。曼寧別過臉。

瓷器再生的崽是黑白色。白毛在脖子圍了一圈，再旋轉環繞肩膀，其他部位黑色。噴子把牠清潔乾淨後放到墊子，牠扭動鳴叫。牠的叫聲很響亮，壓過蟋蟀，就像狂歡節時在低窪城市紐奧良的凹陷街道上、戴著白頭飾、唱跳得最大聲的那個印地安人。我想要牠，因爲牠一脫離瓷器就扯著嗓門唱，像紐奧良印地安人，像賞賜我這麼一頭頭髮的印地安人[6]。但是噴子不會送我。牠值很多錢。血統好。老媽瓷器在我們野林鎮比特犬圈中出名的，超會鎖死狗兒，扯斷牠們的脖子韌帶，其他狗碰到牠都變成雜種。牠的老爸來自幾個鎮外的哲曼，同樣凶狠。狗主人雷可是曼寧的表哥，靠牠賺了不少錢，只在修車廠打半工，其餘時間開著皮卡，載牠深入森林野地非法鬥狗。

噴子說：「眞希望牠是純黑。」

「我才不在乎。」這話是對著噴子、在場每個人、棚屋裡不斷增加的狗崽說的，但是沒人聽見，因爲瓷器在叫。牠的叫聲既害怕又興奮，好像我在狼河放開大樹上的垂繩跳河一樣。瓷器剪角過的耳朵朝前捲。狗崽從牠的身體滑出。看起來是黃毛夾黑紋，噴子擦過後，黑色消失了。

藍道爾說：「夜裡，血看起來像黑色。」

那狗崽純白，媽媽的縮小版。但是老媽呻吟，牠卻默默。噴子彎身瞧牠。其他狗崽都在伸腿張嘴。我們渾身汗濕，好像剛從夏日大雨中奔進棚屋。噴子搖頭，我不知道他是流汗還是流淚。他眨眨眼。食指從狗崽的純白腦門劃到胸口與肚皮。牠張開嘴，肚皮鼓起。有其母必有其女。牠是鬥士。有呼吸了。

我撕了一條舊抹布綁在手上，繼續刷洗，直到所有玻璃瓶都靠廚房牆擺好。細仔跑到屋後的林裡，說要獵犰狳。男孩們結束籃球賽；大亨利先是就著水龍頭喝水，淋濕了頭，像狗一樣甩水，惹得我笑了，接著把他老媽送他的十六歲生日禮物——雪佛蘭舊Caprice開到我家旁的空地。藍道爾與曼寧還在爭論比賽。馬奇斯躺在橡樹蔭下的引擎蓋上抽雪茄。大亨利只剩一對6X9的喇叭還能用，擴大機跟貝斯都轟爛了，聊天的聲音還蓋過音樂。我撿拾打破的瓶甕，把碎片放到只剩一半的舊垃圾桶蓋上。蹲在那兒檢查玻璃，想知道是哪塊割傷我。收拾完碎片，我走到屋後的林裡。眼睛想要搜尋曼寧，那慾望飢渴得像太陽穴發癢，但是我繼續走。

原本這裡所有的地都屬於麗茲貝芙阿媽與約瑟夫阿公，大概十五畝。是約瑟夫阿公替這些地命名「凹地」。跟他一起工作的白人如果蓋屋需要地基，都來這兒的小山丘挖陶土，那是我們屋子後方原本的飼料玉米田，隨便他們挖，要多少就拿多少，直到我們後面的小丘一側變成懸崖，下面是個乾湖，原本盤山而下的小水流改變方向，把乾湖蓄成池塘。阿公認爲塘底的土壤會撐不住，池塘將不斷擴充，吃掉我們整塊地，變成沼澤，這才不再賣土賺錢。沒多久，阿公就死於口腔癌，這是阿媽在我們小時候說的。阿媽拿我們當大人說話，也拿我們當大人咒罵。她在七十幾歲時，唸完玫瑰經，在睡夢中過世。兩年後，她八個小孩中唯一倖存的老媽也在生細仔時死了。現在這裡只有老爸、我們、瓷器跟雞兒，老爸有辦法時，就加頭豬。阿公以前在凹地周遭開闢的耕地現在長滿灌木，鋸棕櫚，以及像刷尖朝天的松樹。

我們家的垃圾都丟到凹地旁的淺溝燒掉。如果鄰近松樹的松針掉落火中，聞起來氣味就還

ＯＫ，否則，就是燒塑膠的味兒。我把玻璃扔進溝裡，它們在黑色垃圾殘餘中閃亮如星星。塘裡水位很低，幾個星期沒好好下雨了，我們需要的陣雨還遠在墨西哥灣，像疲憊飢餓的娃兒被成形中的暴風攔著沒法過來。夏日如果雨量豐沛，凹塘的水會積到邊緣，我們就在裡頭游泳。通常，這兒的水粉紅，現在變成濃稠棕紅。疥癬色兒。我轉身離開，看見金光。曼寧。

他說：「太乾了。」站在我身旁，伸手可及。我簡直能拿指尖刮他。「無有辦法游泳。」

我點點頭。他當眞跟我說話了，我卻不知道怎麼回。

他說：「如果妳老爸說的沒錯，快要有雨水了。」

我拿垃圾桶蓋拍腿側，忘記蓋子邊有乾泥巴，粉末一樣飄落下來。我想閉嘴，但是我滿腦子想這事，還是開口了。

「你怎麼不在前面？」

我瞧他的腳，一度雪白的喬丹鞋現在變成橘子雪泥色。

「跟他們一起？」

「是啊。」我瞄他的臉，汗珠閃亮。我的嘴張開。另一個我鐵會舔乾他的汗水，舔起來鐵定有鹽巴味。但是這個女孩不肯傾身向前，親吻他的脖子時不肯笑。這女孩等著，因爲她不像神話書裡的那些女人，我一讀到就翻頁：狡計多端的寧芙精靈、殘酷無情的女神、翻天攪地的母親們。愛奧讓某個男孩心頭愛火猛燒；阿特蜜斯把男人變成鹿，然後讓她的狗把這鹿撕咬得軟骨分離；黛美特的女兒被偷，她就讓時間停止。

曼寧說：「因爲我不呼痲。」他的鞋子滑到我腳邊。「妳知道我無有呼痲了。」他的腳在我面前，以他的個頭，太陽突然被遮陰了。「妳知道我都做啥麼。」今天第一次，他眞正看我，毫無顧忌。他笑了。他的臉有晒斑、酒渦、痘痕，還有閃亮的疤，那是他十七歲時跟內陸來的表親半夜晦茫又酒駕，撞到鹿翻車，他整個飛出車窗，撞到石子瀝青與玻璃，刮傷，公路爲他火紋烙印，讓他破相。他就是太陽。

曼寧摸他每次最先碰我的部位：屁股。他抓住我的臀部一拉，我的短褲滑下。他的手指拉扯我的內褲，手臂抹過我的腰，他的肌膚拂過我，火熱像舌頭。他從不吻我，只有這種時候這種樣子：用他的身體吻，而非嘴。我的內褲滑下腿肚。他剝橘一樣剝掉我的衣裳；他要另一個我。他要那顆熟透的肉心。是男孩們看穿我的男孩身材、黝黑皮膚、平凡面容，窺見的那顆黏膩心。那顆少女心。曼寧之前，男孩們想要它，我就讓他們要，並不是我想給，而是唯有那個刹那，我覺得自己像賽姬、尤瑞迪絲、黛芬妮。我是可愛的。曼寧不一樣；他那麼美，卻依然選擇了我，一次又一次。他要我的少女心；我便兩個都給。松樹像「編玫瑰花環」遊戲轉啊轉，我朝後倒。心想：很快就結束，他會把頭埋進我的頭髮。高潮時會哼叫出聲。我的腳丫勾住他的大腿。雖然我知道其他男孩的身體，但是我最熟悉他的，最知道他：我最愛他。我用屁股表達我的愛。我的頭髮就是紅土上的枕頭。我的乳房疼痛。我想要他趴下來，撫摸我的每一吋。他不肯。但是他的臀部會。瓷器吠叫，尖銳如刀。我像希臘人一樣大膽；我讓他愛火焚身，曼寧愛著我。

瓷器在舔崽。我從未見過牠如此溫柔。原先我不知道牠生娃後會幹啥：壓扁牠們甚至悶死牠們，咬牠們？把牠們的小腦袋變成血跟碎骨？但是都沒。牠站在狗崽旁，噴子站在另一邊，就像一對驕傲的父母，然後瓷器開始舔崽。

「還沒結束呢，胎衣還沒下來。」老爸在車斗上說話，接著又消失於暗處，夾帶著瓶罐滾過紅土的聲音，那是我清洗好的。

瓷器似乎聽見老爸的話，退到角落，卡在一疊煤渣磚跟某個我猜想是報廢汽車馬達的殘骸間。牠沒出聲，只齜牙。皺起一張臉。噴子也沒靠前。這事兒，瓷器不想分享，噴子便不會強迫。瓷器的嘴鼻因舔崽而閃亮粉紅與黃色。牠的身後傳來沉重潮溼的聲音，牠立刻轉身，身上還拖著薄薄一條黏液，就開始吃起剛剛掉下的東西。我蹲著，從噴子兩腿間瞧。角落那東西暗紫，近乎黑色，瓷器腦袋一甩，那團亮亮的東西就不見了。它看起來有點像豬內臟，那次老爸宰了他養的最後一頭豬，把內臟倒到浴缸裡，要我們洗大腸煮來吃，臭得藍道爾都吐了。

藍道爾說：「我聽說牠們都把胎衣吃掉。」瓷器經過噴子身旁，舔了一下他的小手指。那是吻，那是啄。牠站到墊著狗崽的髒毛巾旁。

我說：「瞧。」

瓷器剛剛落下胎衣吃掉的地方有個東西在動。噴子匍匐過去撿起來。

他捧到亮處說：「是隻發育不良的。」

那是隻花狗。黑、棕色條紋橫跨肋骨，像斑馬。牠只有兄姊們一半大。噴子握拳，牠便整個消失在手掌內。「牠還活著。」噴子滿臉快樂。他很高興又有了一隻狗崽；如果活下來，就算發育不良，也能賣個兩百元。他打開手掌，小狗崽像花心，也僵硬得像花柱頭。噴子的嘴整個垮下，眉毛塌了。他把狗崽放下說：「反正本來也可能養不活。」

瓷器不像剛分娩的狗媽媽躺下給狗崽餵奶。牠舔了那隻大紅狗，立刻把牠忘了。牠的眼神穿過噴子瞪著門邊的我們，毛髮直豎。噴子抓住項圈安撫牠，牠還是緊繃。細仔爬上藍道爾的背。離開前，我想摟摟噴子，但是瓷器怒目相視，我只好對他微笑，也不知道烏漆墨黑中，噴子瞧見沒。噴子幹得不錯，雖然是瓷器頭次生娃，卻只有一隻死胎。瓷器猛刨棚屋泥地，好像要挖坑把狗崽們都埋掉，不讓我們看見。堆滿廢物的空地上，老爸正在搥打鐵器。我們走了。噴子綁上門簾，緊密隔絕仍亮的月色。棚屋陷入漆黑。

進屋後，我叫細仔去洗澡，他不睬，直到藍道爾放了水，把他扛到浴缸，他才洗。藍道爾就站在門邊監督，他相信讓細仔關門洗，他就只會坐在浴缸邊上踢水玩。細仔討厭洗澡。我是最後一個淋浴的，只開了冷水，卻還是溫溫的。八月總是最熱的月分，熱氣直滲地底，煮熱井水。我上床時，細仔早睡熟了。窗臺桌扇嗡嗡。我平躺，有點暈，昏沉，想吐。今天我只吃了一餐。我看見曼寧的臉舔著我的臉，汗水蒸熱，我們腰窩相碰。他用他的身體看我。他愛我就像傑森愛美蒂亞。細仔發出小娃兒鼾聲，曼寧在我腦海呼吸，我就這樣沉入夢鄉。

譯注

1 罐壓肉（potted meat）是早期的一種肉類儲藏方法，肉與脂肪分離裝罐，現在還買得到。

2 cow bath，牛隻如果倒臥不起，泡熱水澡是常用療方。

3《我彌留之際》（*As I Lay Dying*）是福克納的作品，女主角過世，沒人跟她的小兒子解釋死亡是什麼。運屍回鄉時讓棺木漂流渡河，男孩便說，我媽媽是條魚啊。

4 伊迪絲．漢彌敦（Edith Hamilton, 1867-1963）是美國教育學者與古典學家。

5 美蒂亞協助傑森尋找金羊毛的故事。美蒂亞是女祭司，有法力，中了愛神的箭愛上尋找金羊毛的傑森，為了傑森拋棄家人，殺死兄弟，協助傑森除掉殺父仇人，生下兩子。後遭傑森拋棄，遂殺掉親生子。阿果英雄是伴隨傑森搭乘阿果號尋找金羊毛的船員。

6 作者潔思敏．沃德的父親有印地安血統。

第二天

藏起的蛋

生產完的第二天上午應當清靜；空氣會把聲音壓低。但是在凹地，清靜這回事就像流浪狗群，來了又走。噴子沒帶瓷器回家定居前，老爸總得鳴槍趕走流浪狗。我們還養豬時，母豬會在上午對濕黏黏的小豬嚄嚄叫。藏匿的蛋孵出後，母雞也會拍翅咯咯叫醒我們。小狗崽來到世間的第二天早上也不例外。我被敲槌聲吵醒。

噴子在屋外，看起來頗乾淨，至少換了一件襯衫，臉蛋光亮，似乎剛大力刷洗過。他正給一塊2X4的木板上釘子，拼到另一塊2X4木板上。我還穿著睡覺的T恤，時辰非常早，稱得上涼爽。

「你做啥麼？」

噴子搥下一根釘子說：「蓋狗舍。牠們六星期大就需要。」

我揉揉眼睛說：「狗舍？有無太早了點啊？」我餓了，沒法再回去睡，早知道，我該隔著窗子大叫他別搥了，拿床單蒙頭繼續睡。

「牠們會活下來，會長大。不能放牠們成天到處跑，可能給車撞了。」他原本倒扣水桶當板凳，現在翻正推前，把鐵鎚收到褲腿口袋說：「要瞧瞧嗎？」

我點頭。

棚屋裡的不再是光滑蠕動的圓球，而是蓬鬆的毛絨球。看起來幾乎像小雞。眼睛還是閉成一條黑線，像抿得緊緊的嘴。嘴倒是張開了，嘖啊哼啊，牠們的狗吠現在還只是小聲尖嗚。狗崽們彼此挨著，互相攀爬跌滾靠近瓷器的側身。瓷器瞧著我。嘖子拉上簾子。

「愛西，我沒想過可以有五隻。這是牠的第一胎耶，我以爲大概會只剩兩隻，不是被牠壓死，就是死胎。眞沒想過牠讓這麼多隻活下來。」

嘖子靠得非常近，有那麼一下子，我們肩碰肩。講這些話時，他不會瞧我；只會緊盯地面。有些事情他不跟任何人說，甚至不講給瓷器聽，但是會跟我傾吐；我總是聆聽。

「妳知道有些爸爸在電視上說看到孩子誕生眞是奇蹟？我瞧過那些個豬啊野狗兔子生崽，都無有現在這種感覺。這些個狗寶寶好真啊。」

「要不要吃點東西？」餓肚皮，我沒法說話。

瓷器咆哮了一聲，嘖子瞧我，好像我啥也沒說。

他抓起鐵鎚說：「不要。我要先完成狗舍的框架，然後得去守著瓷器盯牠餵奶。」他抓抓額頭，聳肩說：「育種者的事兒。」他的眼神是逗號，然後又開始敲打。我去找早飯。

老媽教過我如何找蛋；我跟著她在院子轉。我們家的院子從來沒整齊乾淨過。就連她還在的時候，都堆滿車蓋張大嘴、引擎被挖掉的空車，立在那兒，活像被生啃活剝的動物骨骸。那時我們只有十隻雞左右。現在大約二十五到三十，因爲母雞超會藏蛋，我們找不到就孵了。我不記得自己是怎麼跟隨媽媽的，她的皮膚黑得像朝上猛長的橡樹，還從來不穿鮮豔衣裳：沒指甲油的粉紅，沒連翹的藍，沒香蕉的黃。有可能她的襯衫與短褲原本都是亮色的，穿久了褪色，看起來變成永遠只穿橄欖色、黑色與堅果色，因此當她彎腰找母雞的祕密窩掏蛋，我簡直瞧不清她，當她移動身體，就像樹木被風吹動。我靠觸覺而非視覺跟隨她，扯著她的褲子、裙子，隨著她深入滿是橡樹的空間找蛋。我喜歡找蛋。可以一個人晃盪，慢慢移動，眼睛啥麼也不瞧。不理會老爸與細仔。我的人跟四周一樣安靜，像風。我想像媽媽走在我前面，轉身對我笑，吹口哨要我走快點，陰暗中，她的牙齒白得閃亮。但摸蛋畢竟仍是工作，我得回神，專心尋找食物。

對我來說，游泳很簡單，再來就是性，一開始做就覺得很容易。我的第一次是十二歲，躺在老爸的垃圾卡車司機座，對象是馬奇斯。他只比我大一歲，是噴子最要好的朋友，我們仨親近到他幾乎整個夏天都住在我家。我們會跑出去，消失在老爸的密林裡，或者成日在凹地水塘裡漂浮。夏日爲我們鍍上一層橘粉，那一整個月他住我們家，早上醒來，床單好像都染上乾紅土，粉粉的。當時我們躲在傾卸式卡車裡等噴子來找我們，馬奇斯問他可不可以摸摸我的奶啊。我剛開始發育，乳房小得像義大利蛋白檸檬派上面的奶油花尖，只有中間硬硬的。我讓他摸。接著，他問可不可以瞧我的私處，因爲他怕長大了就沒得瞧。我就讓他瞧。然後他開始摸我，感覺很舒服，接著不舒服，然後又舒服了。讓他繼續摸比叫他住手簡單，讓他塞進來比推開他容易，不用聽他問：幹嘛不要？沉默接受也比回答他的問題容易。噴子找到我們時，我滿身大汗，眼珠子都辣著了，裡面有一些是馬奇斯的汗。馬奇斯呢，先是要笑不笑，接著不笑，因剛剛發生的事而兩眼睜得老大。噴子問，你們幹啥麼哩？我說，沒幹啥麼。卡車裡的氣味像煮熟的牛奶，我擔心噴子聞到，怕他聞出馬奇斯跟我兩個身體扭在一起，手腳交纏、皮碰皮、骨碰骨的味道。馬奇斯一臉驚訝，咧嘴笑，渾身骯髒，我先溜出司機座，讓他們去找烤架，拉進林裡煮馬奇斯從家裡偷來的罐頭肉；那晚，我們要露營。

我注視浴室鏡子。脫衣服，淋浴。穿回衣服。衣裳依舊合身。我的肚皮、臀部、手臂仍是舊有的直線條；既不纖柔也沒曲線起伏。我還是又矮又瘦，黑色捲曲大蓬髮，薄嘴唇。我看起來一點也沒變。我們還小時，約莫六歲左右，老爸教游泳，是把我們扔進水裡。我幾乎立刻上手，不會咳吐混濁的塘水，不哭也不死命撲拍。我會立刻浮上來，切過水面，划到老爸站的淺水處。我手划腳踢，推著自己前進。性愛也一樣。

我用襯衫兜住的蛋溫暖像石頭，但是很輕，輕到它們不該有石頭的顏色。我原以爲它們的顏色像發泡煉石，重量也該一樣，會沉甸甸拉扯我前面的衣裳。但是沒有。我瞧過青蛙卵變成蝌蚪；春天時，這附近的陰溝到處是青蛙卵。我跟噴子小時候會趴在陰溝旁，伸手到青蛙的卵堆裡，撈一些出來湊近瞧，瞧瞧卵裡面小蟲一樣的青蛙是不是已經開始抖晃、蠕動，身體變長，頭尖尖要鑽出來。它們看起來雖像千百個閉上的小眼珠，卻比空氣還輕，清涼似微風。我常想那些需要身體保護的馬卵、豬卵、人卵，裡面是不是也很輕？透明到像心裡藏了螢火蟲的果凍，還是結實沉默像石頭？它們會呈現自己的神祕之處，還是會遮遮掩掩如祕密？人卵會暴露自己嗎？

細仔嘟嘴，不想又吃炒雞蛋。他坐在地板看電視，這臺還能看的電視是架在另一臺壞掉的舊木框電視上。他完全忽視我擺在他面前的那盤炒蛋。除非老爸扁他或者藍道爾說服他，平常，他都不上桌吃飯的。

他喃喃說：「吃起來像橡皮筋！」

我記得橡皮筋的味道。尖銳，像金屬。苦。這麼柔軟又有包容力的東西居然味道這麼可怕不對勁；舌頭一碰上，馬上像小孩手臂上的蚯蚓蜷起來。雞蛋哪是這味道？

「細仔，你甭在那兒耍刁了。」這是我們小時老媽常說的話，現在我也習慣性出口。老爸有時也會這樣講，直到有次藍道爾聽了咯咯笑，老爸才發現「耍刁」聽起來像「耍屌」。大約一年前，上杜多爾老師的英文課，我才在生字表裡瞧見「耍刁」的原形是「刁難」。我開始想老媽是不是還亂搞過一些字？有時，我在幹無聊蠢事，這些字就會跳出來。譬如掃廚房地板，老爸進來，渾身啤酒味踢桌椅：恐「局」。譬如在池塘游泳到一半，曼寧的手指伸過來，我爽到腳趾頭都捲起來：愛「挨」。又譬如十一月躺在床上，冷到整個人蜷曲面對牆壁，好像要鑽入另一床棉被裡，又好像要讓位給另一個身體來貼著我暖和：凍「將」。細仔聽了「耍刁」可沒咯咯笑。我說：「總得有人吃掉這些蛋，細仔，你不可以浪費食物。非洲有小孩餓肚皮呢。」

細仔嘟囔：「給瓷器吃。」他揉耳朵說：「我要吃一點麵。」

「我給你煮麵才怪，我已經煮了蛋。」

「妳不用煮。」他瞪著電視上的玩具廣告。他會吃乾麵，然後偷拿廚房裡的尖銳東西給調味包戳洞，一整天舔那個見鬼的調味包辣味。我抓起他的盤子，炒蛋抖動如橡皮筋。

我拿手肘頂頂噴子的腿，指指那盤炒蛋，中斷他的敲打，他陪我走到棚屋。我不想大呼小叫，覺得丟臉，太吵，太愛現，雖說除了噴子與我，也沒旁人在場。棚屋裡，瓷器正側身給擠成一團的狗崽哺乳。牠抬起頭，齜牙。瞧著是噴子，嘴唇稍稍放鬆，仍露出尖牙。我好想學噴子在瓷器生崽時那樣，抱起一隻狗崽，讓牠的濕潤鼻頭伸進我的襯衫裡。但是我只站在門口，瞧著噴子把盤子放在瓷器面前的地上。

「白色那隻快跟紅色的一樣大了。」

瓷器決定不理我，把嘴鼻伸進盤子舔起雞蛋，留下網狀的黏糊唾液。

噴子說：「想瞧瞧嗎？」他彎腰把紅色那隻崽從瓷器的乳頭拔起，奶汩汩流下肚皮。瓷器的八個乳頭都脹奶，幾乎像人的乳房。我吸口氣，嚥下喉頭裡的石塊。但是那石頭融化，刺辣。我奔到外頭蹲下，膝蓋抵著胸口，朝紅土地大吐特吐，我的頭髮像黑雲散到臉上。我能感覺噴子在瞧我，當他沒抱崽的那隻手撫摸我的背部，我知道這是他摸瓷器的方式。

老爸正涎著臉向大亨利要啤酒。大亨利雖只有十八歲，但是個頭高又結實，正方臉蛋嚴肅，看起來超過二十一歲，總能在州際公路的加油站買啤酒，從沒吃過警告紀錄。

「像你這種大塊頭男孩，你鐵定都知道的。」

老爸靠向大亨利，整個被大亨利的陰影包圍。老爸一副不知道該搔還是該捶他的樣子。

「那些個娘兒們啊就喜歡懷裡紮紮實實。」

老爸拿手肘頂頂大亨利的肋骨，低頭笑。這是他說笑話的樣子。

「以前啊，我就是身上無肉，錯過好多娘兒。」

老爸摸摸肚皮。我知道他襯衫下的肚皮平坦，又瘦又黑，只有一層薄皮，肌肉上的油脂也只像薄T恤掛在身上。喝了那麼多啤酒，你還以為他鐵定肚皮大得像保齡球。

「常跟我說啊，『克勞德，我需要的比你多一點。需要暖呼呼的東西。晚上，無要瘦巴巴、硬邦邦的腳搭在我身上。』」

大亨利點頭，看似同意。睜大眼睛，好像老爸說的話很有趣。

「常跟我說，『你知道那些個大隻佬的。』」

大亨利把正在啜飲的啤酒遞給老爸，整個人癱到老爸的卡車上。屋底撈出的最後一些酒甕被陽光照個正著，裡面的肥皂泡水看起來像鑽石。

大亨利問：「克勞德先生，你們今天都準備了啥麼應付那些個颶風啊？」他的眼神搜索藍道爾、噴子，沒瞧見他們，迅速停駐我身上，認命，聳肩。

小時，大亨利都讓我趴在他背上進入凹地深處，那兒滿地生蠔殼會割傷腳，他跟我一樣打赤腳，卻從不流血。長大後他沒再碰過我，我總想有一天我們會做愛，但是他沒找過我，其他男孩都找我，我也就沒試著找他做。他總在附近轉悠，小心挪動他的大塊頭。走路時蹦跳，踮著腳尖左搖右晃，揮著雙手好像在涉水。只用三根手指握啤酒瓶。

「我要去買狗食。來嗎？」

噴子從屋子那邊繞過來，問我跟不跟；大亨利如釋重負。噴子敲打棚屋，瓷器叫了起來。瓶甕仍擺在泥地，裡面的水仍在晃動閃亮。大亨利發動汽車，我們走了。

聖凱薩琳的超市通常停車場只有半滿。今天全滿，我們繞了十分鐘才等到車位。熱氣猛猛打下，搞得我們好像到處找車位的狂歡節遊客，車窗縫都冒起了珠串。大亨利的冷氣拂過我的臉蛋與胸口，輕如棉花糖，又像舌尖上的熱氣，立刻融化。雖說我們找到的車位不錯，在中間，但是從停車場走到店裡還是又慢又長。噴子走得快，把我拋在熱氣中拖死狗，但是大亨利在我身邊徘徊，拿眼角瞄我。

進了店裡，我跟著大亨利，大亨利跟著噴子，噴子則擦撞那些一手推車一手拉著高大男伴的女士。女士頭髮輕柔如羽毛，小手臂長滿雀斑，男士戴全罩式太陽眼鏡。有錢人穿卡其褲與遊艇俱樂部襯衫，其他人穿迷彩裝或者有小鹿圖案的衣服。

一位女士推著嬰兒車轉過走道，一邊唸著購物單：「我們需要水、電池，還有……」一個頂著大波浪掃把頭的青少年跟在她後面，沒在聽；眼神越過噴子、大亨利，望向遠處。

噴子拿所有人當次等比特犬，瞧也不瞧。大亨利則輕手輕腳，嘴裡邊說：「對不起啊。讓一下。」我又小又黑：近乎隱形。簡直像尤瑞迪絲走在冥府，整個融入黑暗，不被瞧見。

那兒只有十來種狗食，我知道噴子已經確定買哪種。他永遠挑同一種：最貴的。有一次老爸從飼料店買了五十磅裝的雜牌狗食。噴子拿來餵瓷器，瓷器咕嚕嚕大口吞下，好像喝水，然後就在凹地到處拉稀，一坨坨像蛋黃朝上的荷包蛋。之後的一個月，噴子從屋裡偷剩菜餵牠。那個月裡，噴子成日在棚屋裡敲打老爸的報廢除草機，一天它終於尖叫發動了，他就跑去說服天主教堂雇他替墓園除草拔草。我想主要是他們認識老媽，就用了他。夏天，他一週除三次草，冬天就拔野草。狗飼料錢就這麼來的。有幾個晚上，老爸在橡樹酒吧的藍調音樂聲中醉到打瞌睡，我瞧見噴子從老爸房間出來，拳頭握緊插在口袋裡，偷錢。我總想著哪天早上老爸醒來會發現錢不見，對著噴子大吼大叫，怒氣與酒氣一起激噴，還算幸運，尚未發生。

我走近，大亨利指著綠色大袋說：「我家的狗吃這個不賴。」那不是最便宜的狗食，也不是最貴的。噴子沒理他；已經在拉一袋五十磅裝的。

他喃喃說：「瓷器只吃牠愛吃的。」那袋狗食掛在他肩頭好像軟綿綿的小孩，發出喀喀聲。

大亨利小聲說：「接下來，我瞧你還要幫牠買過敏藥哩。馬奇斯說，你們學校裡有個白人女孩說她的狗對草過敏。草哩。」

噴子跳一下，調整肩頭的狗食，現在兩邊均衡，遮住他半個胸口。他說：「那是有人知道狗跟人是一種感情關係。平等的。」

大亨利聳肩笑了：「我的狗就讓牠打噴嚏呀。」他的眼珠是晒褪色的瀝青，笑起來，在臉上縮成指甲大小。

噴子說：「那你的狗會無法呼吸，牠會恨你。」

每一個結帳臺都大排長龍。大家的購物籃都滿滿。噴子左右換腳站，我跟大亨利時不時相碰，不知如何是好。他往後跳，晃動了糖果與雜誌架。我呢，兩手交叉胸前，捏著手肘。我覺得自己最起碼該拿個購物籃，不知道這些人瞧見我們，會不會想我們買的颶風儲備品在哪裡？家裡的櫥櫃有足夠食物撐個幾天，直到商店恢復營業。如果櫥櫃食物不夠，老爸也會確保颶風來前堆滿。但是收銀員的圍裙滑落一邊肩頭，好像掃描雜貨條碼忙到沒時間拉好，這讓我有點緊張了。這結帳員全身紅：紅髮綁成馬尾，紅臉頰，紅手。我手插口袋，夾在短褲鬆緊帶裡的驗孕棒磨得我癢癢的。那是我離開噴子去上廁所，從架上盒子裡偷撕下來的。

可能是瓷器讓我明白了。我知道事情不對勁；好幾個星期了，我隔天便吐，走動時，總覺得有人按我的肚皮，想要把我胃裡的食物推上來、吐出去。以前，我也曾連續幾個月吃得少，因爲膩了泡麵與馬鈴薯，月經也會不正常。但是噁心嘔吐，月經晚了兩個月，每天早上醒來，還總覺得肚子鼓脹、肉肉的，又癢又濕，好像血液隨時要流下來卻沒有，都讓我覺得該驗一下了。我回想每次做那事，記憶裡都有金色、銀色的保險套包裝紙，像那種模仿金銀幣的巧克力金色鋁箔包裝。男孩一旦從我身體出來，就把它們扔到地上。就在此時，我瞧見一個女人躺在路旁，半個身體在草堆裡。

我說：「那兒有個女人。」

噴子說：「有輛車。」一輛車卡在松樹間，像貓兒爬樹幹，似乎想知道樹皮啥滋味，整個蹦上去，抓不住，翻了。

噴子問：「他們咋不知道到了這兒要減速啊？到處都是標誌。」

我說：「可能不是這附近的人。」因爲有個男人在路溝裡踱步，捧著腦袋，血液彎曲流下他的側臉，滴落手指與小手臂。他不可能知道這馬路彎曲得像他滴滴流的血液，是我們泥沼河口這兒最危險的路段。他不可能知道這路面只是勉強抓住土，沒有一處可以超速的。老爸有一次酒駕在這兒撞壞卡車。警察放他出來，回家後，他足足咒罵「死人彎道」兩小時。

大亨利減速停車，對著窗外問：「你們需要幫忙嗎？」噴子目光向前，漠視窗外景象，以及那個走來走去的男人。

男人抬頭瞧，爬出陰溝。好像沒瞧見他腳邊隨時會踢到的女人，他靠得好近。一手拿著手機壓在耳朵上，另一個耳朵旁是棕色薄髮。他穿白扣子的白襯衫，鮮血橫灑胸前，好像披了選美彩帶。

他說：「能告訴我這是哪兒嗎？」嗓門挺大，好像在對耳背的老人家說話：「我正跟九一一講話，得知道我在哪裡。」

「跟他們說你在野林鎮跟聖凱薩琳間，泥沼河口這兒。告訴他們離你最近的路是皮毛路，快靠近杜爾多橋。」

那男人點點頭，開口說話。

「我在……」然後他閉上嘴，又說：「能拜託你嗎？我……」他沾血的手握著手機，伸進副駕車窗，堵到噴子面前。噴子沒退縮，也沒動。反而直瞪前方，不瞧那男人的手。大亨利以他慣有的方式伸出兩指拎了手機，上面點點血跡。

「是的，出了車禍。兩個人，車子撞樹翻了。這是那男的電話，女的躺在那兒不動。」大亨利複述地點，停頓了一下，瞧著大腿，喃喃說：「好的，是的，我會。謝謝。」那女人躺在地上彷彿熟睡：腦袋枕在二頭肌上，手掌張開，好像剛剛放走什麼，側身躺著。

我問：「他們說啥麼？」

「要我們在這兒等他們來。他們幾分鐘內到。」

噴子說：「我得回家。」

大亨利瞪噴子，把車停到路旁高草叢裡。我幾乎擔心他要撞上那男的，現在那人又萎萎地站在陰溝裡，腳倒是沒再碰到那女的，一臉茫然，好像不知道大亨利的車子滑過他身旁，只差幾吋。

「那些個狗崽。牠還不知道怎麼照顧。」

大亨利熄火。我坐正身體。驗孕棒沙沙響。大亨利拔下鑰匙，瞧著擱在腿上的手機，那男人的。他打開門，爬出車外，關上門，朝那男人走去。

噴子說：「牠餓了。還在哺乳。」

每一個希臘神話故事都有這場面：男的追女的，或者，女的追男的。從來不會在中間碰頭。現在也是一個身體在溝渠，一個踱步過去或離開。大亨利跪在女的旁邊。那男的彎身蹲著，只露出腦袋，雙手捧頭，我好像聽見他在呻吟。大亨利像隻路邊落地禿鷹盤旋女人身邊，姿態笨拙，足內翻。我在想那個頭髮金亮得像保險套包裝紙的女人，跟那男的是什麼關係。

噴子等到大亨利走遠聽不見了才說：「我不信任瓷器。」聲音低到我認爲他忘記我就在後座。

我挪動身體，好讓驗孕劑不那麼搔癢身體，不敢動作太大，怕它滑出短褲鬆緊帶。我問：「你認爲他倆是家人還是朋友？」噴子沒回答。我頂頂前座椅背。

「啥麼？」

「家人還是朋友啊？」我回頭瞧那兩人，瞧見那男的搖晃走向我們。大亨利朝他吼，卻好像只是在喃喃。

噴子說：「情人。」

「啥麼意思？」

他說：「就是我說的意思。」

我常認爲凹地裡發生的事，噴子至少錯過一半。十二歲那年他帶了一條比特犬回家，跟我說是從別人院裡偷的，從那之後，我瞧見他總是圍繞著狗打轉。斑紋狗、無毛狗、淡粉色狗、胖狗，或者瘦到骨頭像魚群在皮膚下衝刺的狗。他說話聲音像在吠，腳步聲像胖尾巴搖啊拍。我們彼此也開始陌生了些。現在我開始想，狗兒睡覺後，噴子到底都瞧見了什麼、注意些什麼？還有在狗死狗來之間，他又瞧到什麼？在瓷器之前，他養的狗都沒能活過一年。每次狗死了，一星期後，他就會再搞來一隻。在瓷器之前，他也沒買過狗食，是拿剩菜配老爸的雞飼料餵狗。他啊，懂什麼情人？就是怪胚一個，成日都是男孩擠在一起的那種臭毛汗味，女孩大概覺得臭死了。就算這樣，我也知道，每個人都會有個人愛，噴子這樣的男孩也一定有人愛他。一人配一個，配得好好的。不過我不認爲噴子相信這個。突然一隻手濕答答拍上車門，那男人就站在那兒，指頭血滴滴像釣魚線。他瞇眼瞧噴子，噴子遠離車門朝內縮。

噴子說：「喂，喂，老兄。」我聽到哐哐聲，他在搖上車窗。

「我好像見過你。」

噴子停止搖車窗。

「你不是割草的那個？」

我尖叫：「你可不可離車子遠一點啊？」

「在墓園那兒？」

嘖子搖起整個車窗，車內頓時氣溫高了五度。

嘖子喃喃說：「王八蛋，他怎不去瞧瞧女友？」我知道他想開門，他又說：「他怎就把她扔在那兒，瞧不見似的從她身上跨過去，好像她是地板上的一堆髒衣服。」他想揍那男的，拿門去撞那個流血男人。他想操他祖宗八代。

「他已經在流血了。」

「他壓根兒不認識我。根本不住野林鎮這兒。」

「或許他住在泥沼河口那邊的大房子裡。到北邊那兒上教堂的路上瞧過你。」

嘖子肩膀往下滑，車門把卡在他背後，窗玻璃當枕頭。他說：「大亨利得來把他搞走。」話正說著，大亨利便搖搖擺擺踩草叢過來。他跑起來很優雅，站立、坐著、走動時的笨拙疙瘩、害怕撞破東西的樣子，全不見了。

大亨利只用一手的指頭捏著那人的手肘說：「先生，救護車就來了，跟我走吧。」

那人揉揉頭，血漬抹過額頭像綁了頭帶。眼珠左右轉，像閱讀一本我們看不見的書。

「先生。」

嘖子肩膀滑得更低，抱怨：「爲了這種人，眞不值得。瓷器等我呢。」

男人身體往前傾，朝前走，腦袋左搖右擺，瞧瞧馬路，又瞧瞧柳枝稷、沼澤桃金娘糾纏一起的樹林。他走路時不擺手。停在女人身旁，站著，沒瞧她，撈出手機撥號講話。大亨利站在女人的另一邊，等待。二十分鐘後救護車來了，那男的還在講電話。女人仍昏睡。嘖子緊閉雙眼；每隔幾分鐘，鼻孔就張啊張。

大亨利還沒把車停到空地，嘖子就學藍道爾扛細仔那樣，一把將狗食甩上肩膀，跨大步到棚屋。大亨利停車，垂著肩膀，摸摸嘖子奔下車之前坐的椅背。

我說：「謝謝你載我們一程。」

大亨利轉身，彎曲手臂，瞧著我說話。棚屋傳來瓷器興奮的叫聲，尖銳得像刀兒扔過來，撕，撕，撕，撕，我差點聽不見大亨利說啥。

「不客氣。」

我的嘴角扯動了一下，我知道那稱不上笑容，我還是溜出車子，離開大亨利。他仍在瞧我。我的手插在短褲口袋，緊捏驗孕棒，免得走著走著滑出來。

我往屋裡走，頭也沒回，大喊：「你該去洗洗手！」他很可能沾了那男人的血，誰曉得啥玩意在他的手繁殖啊。那男人體內的東西跑出來，很可能會讓大亨利生病。當我推門，大亨利已經在水龍頭下死命刷手，恨不得剝皮似的。

浴室裡，老媽協助老爸貼的老舊粉紅色磁磚感覺濕濕的，看起來倒沒有水。浴盆乾的。我拿出驗孕棒，轉開龍頭讓水流，撕開塑膠包裝。我看過電影，知道你該對著那棒子尿尿，我照辦。然後把驗孕棒擱在浴盆邊上，爬進去，小心不把它踢到地板。我們的浴缸是某種金屬，溫溫的。缸底的塑膠止滑墊柔軟。我緊盯驗孕棒，像大亨利盯緊那男人。白浴缸襯托我的腳好黑，我拿腳蹭，留下一條條黑印，好像蹭掉了我的膚色。我手放在屁股下，避免瞧見浴缸裡的平坦肚皮，就像那男人不瞧睡在他腳邊長草堆裡的女人。

顏色像水簾刷過驗孕棒。幾秒鐘後，出現兩條槓，一個格子一條。瘦巴巴的雙胞胎。我瞧著棒子，想起店裡的包裝盒上說：兩條槓就代表你懷孕了。你懷孕了。我懷孕了。我坐直身體，抱著膝蓋，在膝頭上揉眼睛。這個恐怖事實像乾燥秋天裡的大火，在我的胃裡燃燒，吃掉所有的松樹落針。我肚裡有東西。

第三天

泥地裡的病

昨夜，我每隔幾分鐘便盹著又醒來，盼著自己能熟睡，能閉上眼睛，陷入什麼也沒有的黑暗夢鄉。每次我瞌睡了，懷孕這個事實就像霸凌的人猛地踢醒我。早上七點醒來，我的喉嚨火辣，滿臉汗濕。

目前爲止懷孕代表：吐吐吐。從睜開眼瞧見頭頂的斑駁膠泥天花板，想起我是誰、在哪裡、什麼狀況，我就開始噁心。我旋開水龍頭，不讓人聽見我嘔吐。關掉水，鎖上浴室。躺在地板。腦袋枕在手臂上，磁磚的溫度跟水槽裡放了一夜的水差不多，我瞪著馬桶底座，灰塵都快積成西班牙苔蘚模樣了。我躺了超久，幾乎睡著，久到我抬起腦袋，頭髮在皮膚上壓出了我無法描述的彎痕。地磚好像黑暗的傾斜船底。

細仔轉門把，拍門，大叫：「愛西！」然後他一甩後門，到臺階那兒撇尿。

藍道爾也叫：「愛西？」

我對著磁磚說：「刮腿毛啦。」聲音粗啞。

「刮腿毛？我不能來細仔那招，年紀太大了。」

「就快好了。」我彎腰就著水龍頭猛喝水，直到不再想吐爲止。關了水龍頭，我仍拚命嚥。我的舌頭好像攪和沒煮過的粗碾小麥，還是猛嚥。不斷告訴自己我不吐，我不吐，我不會。出了浴室，我沿著壁邊的暖氣出風口走。

藍道爾擋著我說：「妳OK嗎？」

我說：「我已經沖掉澡缸裡的毛，放心。」

空地傳來老爸發動拖拉機的聲音，我不理會。拉起薄床單蓋住頭，嘴巴靠著膝蓋大吐熱氣，熱到好像窩了兩個人。

當我再度醒來，空氣悶熱，天花板太低，熱氣升不上去。無處可走。我很訝異到現在老爸都沒讓細仔來叫我起床，去忙屋內的事，做颶風準備。昨晚，我在煮鮪魚時，他跟細仔拎了一些水甕進來，靠牆排著。老爸數了又數那些水甕，好像記不住，不時瞄瞄我跟藍道爾，好像我們盤算要偷似的。就算藍道爾跟他說我病了，他也不在乎。或許他們散在不同地方：細仔窩到屋底，藍道爾打籃球，嘖子在棚屋跟瓷器與狗崽一起。我的胃燒得厲害，所以我拿出放在床尾、夾在牆壁跟床墊間的《希臘羅馬神話》，我還在讀美蒂亞與尋找金羊毛。這可是我一眼就認出的女人。當美蒂亞愛上傑森，我的喉頭好像被捏得緊緊。我能瞧見她偷偷幫傑森：給他萬夫莫敵的藥膏、告訴他石頭裡的祕密。她有魔法，能讓自然物變成非自然。儘管她有大法力，傑森依然可以讓她像強風中的細柳彎曲；讓她拗成兩段。我認得她。當我抬起頭，瞧見嘖子站在門口，想哭的樣子。

「啥麼不對勁？」

嘖子搖頭，我跟著他走。

棚屋裡，狗崽在那兒划泥巴，趴在地上，伸出小樹枝一樣的四腳，在泥流裡猛點頭。除了一隻，其他崽都扭啊翻，不出聲，露出粉紅色舌頭，努力划向瓷器，巴著牠的肚皮，好像我們在河中抱住下沉的樹幹。牠們抓不住奶頭，小腳掌猛扒瓷器的肚皮，好像我們在濕滑的樹幹上平衡身體。所有狗崽都划啊吸啊，一隻除外。

是那隻白棕色的。就是我說的卡通游泳狗，出生時像大亨利跳水一樣探頭的。牠的臉趴在地上，嘴巴張闔，好像在啃棚屋泥地。嘖子跟牠貼得超近，說話時，狗崽的白棕色毛便微微揚起，好像在動。

「牠早上還很ＯＫ，吃過一次，沒啥麼狀況。」

我問：「你注意到牠啥時變成這樣？」狗崽的腦袋垂到一邊，看起來像脖子斷了。嘖子搖晃後退。卡通游泳狗抽了一口氣。

「大約一小時前。」

「或許是瓷器的問題。牠的奶不適合這狗崽之類的。」

「我想牠可能得了犬細小病毒。泥地裡染上的。」

我猛地回想起自己早上在浴室地磚上睡覺。

「可能只是不舒服。」

「要是泥土的關係呢？要是其他崽也染上呢？」

那狗崽一隻腳掌拍地。

「或許你該設法讓牠吃，牠可能只是沒吃夠。」

噴子撈起狗崽，放到瓷器身旁數吋的泥地。瓷器低下頭，像蛇一樣對準牠。狗崽再度扭動脖子，瓷器咆哮了，轟隆如石頭滾過紮實泥土。狗崽僵著不動。眼睛還沒張開呢。瓷器又吼了一下，狗崽滾到一旁。

噴子嘆氣說：「別這樣，瓷器，餵牠啊。」他把狗崽往前推幾吋。狗崽的臉整個趴進沙中。瓷器的脖子猛地朝前，咆哮，攻擊狗崽，牙齒拂過牠的身體，小崽的腿抖著往前伸，又緊緊縮回。

我大叫：「噴子！」

噴子嘶聲：「你個臭婊子！」眼神凌厲瞧瓷器，一臉受傷。他抓起狗崽，裹在T恤裡，兩腿盤坐。瓷器沒理會，腦袋趴在白色閃亮有如蒼鷺的前腳。眼皮低垂，突然間，牠看起來累了，乳頭腫脹，狗崽們死命吸扯。牠像疲憊的女神。

畢竟，牠一口氣做了好幾次母親。

「或許牠只是在保護其他狗崽。你知道的，要是這病很嚴重，牠鐵定知道。」

噴子將狗崽像棒球般包在掌中。他點點頭。

「好吧。」外面蟲子大聲叫，天太亮，幾乎金黃。老爸發動拖拉機，爲了颶風，他從凹地各個角落弄了三夾板，成捆拖到空地。大亨利曾說過他在哲曼的表親有一整窩小狗死於犬細小病毒，那些狗崽才剛睜開眼，先死了一隻，然後一天死一隻，每次他的表親到屋後的狗屋，就會發現又一隻翹辮子，硬邦邦又小不啦嘰，他簡直無法相信牠們曾活過。「妳今晚要出來跟我去野營嗎？」狗崽裹在噴子的黑色T恤裡，像顆黑色的球：又硬又圓。噴子沒瞧手裡的東西而是瞧瓷器，一臉敬意與愛，說：「我得把牠隔離開來。讓牠死得爽快點。」

我呼口氣說：「是啊。」我的胃顫抖，我得瞧著噴子殺掉那崽。「你知道我會陪你的。」

進食變得不同了。我低垂腦袋瞧著碗裡的蛋與飯，我吃了，卻覺得對自己跟噴子說謊。他正在偷拿晚上野營要用的食物。我每吃一口都是謊言。這會兒我最不想要的就是食物。噴子從水槽下面掏出更多塑膠袋，一層層包住原先裝食物的塑膠袋，現在看起來像不透明的蜘蛛蛋。我瞧不清噴子到底偷了哪些颶風儲備品。

他說：「看起來可以吧？」

我吞了一口，點頭。

「我們該拿一甕水。」

「你知道老爸可能都數過了。」

「叫藍道爾跟老爸說他昨天啤酒喝大了，算錯了。」

「藍道爾不來嗎？」

「哪知？不過妳知道他一定會跟老爸說的。」

噴子把那包東西塞到T恤下。現在他看起來像大肚婆。

我拿湯匙刮碗，金屬沿著碗的弧度轉。先前飯是一大坨，蛋成堆，現在全不見了，我究竟餵的啥東西啊。我想像食物變成泥，滑下喉嚨，穿過我的身體，像水穿過暴風，在胃底積成水池。冬日來臨時，肚裡的東西才能變成嬰兒。噴子拉著門對我笑，禮讓我過。他，簡直睜眼瞎子。

細仔正把三夾板拖過空地。他用力抬起板子，倒退拉著走，穿過泥巴地。老爸從凹地其他地方拉來三夾板，隨便亂扔，細仔在疊放它們，每塊三夾板都被蛀食黑爛，在他身後留下一條木屑，細仔這是沿路扔麵包屑呢。他渾身泥，像在粉筆灰中打過滾。薄薄的灰色短褲垮在身上，垂到小腿肚。鐵定是噴子的舊褲子。他砰地扔下手中板子。

細仔問：「你們這是去哪？」

噴子說：「關你毛事。」他走向棚屋，我跟在後頭。

我說：「細仔，走開。」他不需要知道狗崽要死了。他不需要知道年幼的東西也會離開世間。

細仔說：「我又不歸妳管。」我想擋住他溜進門簾後，但是他從我腳下爬過，瞧見噴子正在弄那隻病崽。那狗兒在泥地裡一動不動，腦袋垂到一旁，舉起一隻腳掌，不確定是噴子操縱傀儡一樣牽動牠的腳，還是牠在掙扎。

噴子說：「滾出去，細仔。你個壞小孩。」他從高架子拿下一個水桶，把狗崽放進去，又把水桶放回去，不讓瓷器碰到。瓷器咆哮。噴子朝牠的額頭正中央一推說：「閉嘴。」

細仔奔出去，說：「我要跟藍道爾講，你們要對狗崽幹壞事！」

我嘆氣說：「噢，尬。」

瓷器瞧瞧，側躺回去。狗崽們吸奶，牠不動，石頭一樣。只有眼睛閃亮如日光下的煤油燈。我早該知道瓷器是什麼，牠和我不相同，經常保持靜止，那是動物發動攻擊前的樣子，牠的尾巴也不搖。我肚皮起疙瘩，一路竄到手臂。

噴子說：「我們把牠留在上頭，晚點再來弄。如果牠眞的染上犬細小病毒，希望擱得夠遠，不會傳染。」噴子在滿是破洞的T恤胸口抹手。衣服扯高，露出肋骨跟肌肉精實的平坦小腹。「屁啦。病菌。我得去洗手。」

我坐在臺階等噴子，藍道爾從樹叢出來。他走路一蹦一蹦的，感覺像是一點一點脫離綠葉陰影：胸部、腹部、屁股、手臂、腿，最後，臉。細仔整個騎在藍道爾背上，我只聽到聲音，兩腳在藍道爾的腹部鼓搗，腳底板在他身上留下灰塵粉漬。

「細仔怎說你們要淹死一隻狗崽啊？」

我感到突如其來的噁心。

「天知道他怎想的。」

「他說你們把牠放到水桶裡。」

我說：「那狗有犬細小病毒。」

「他們要用水桶淹死牠！」細仔說這話時，藍道爾正將他舉起，他的臉孔在藍道爾肩頭一閃。

我說：「無有要淹死東西在水桶啦。」

「那你們拿牠做啥麼？」

「放牠回凹地。」

藍道爾放下細仔，細仔死命巴著，巴不住了，才像麵條扭滑下來，拿藍道爾當電線桿。我們仨互瞧，皺眉，不說話。

藍道爾說：「去吧，細仔。」

「但是，藍道爾——」

「呿呿。」

細仔雙手抱胸，肋骨像燒黑的小烤架。他得穿上襯衫。

「去啊。」

細仔眼睛發光。跑走時，腳在泥地發出小小的啪啪聲，捲起煙塵。噴子拎起水桶，還有從屋裡偷來的儲糧。

藍道爾說：「你不能把牠給殺了。」

「我可以。」

「你可以先救牠。」

「犬細小病毒沒得救。狗崽熬不過的。如果不處理這隻，其他的也會染上。統統死光，你覺得到時細仔受得了嗎？」

「受不了。但是鐵定有其他方法。」

噴子說：「無有。」他把包包跟ＢＢ槍扛上肩頭，抖顫的手握著水桶，說：「你懂籃球，但是你不懂狗。你隨便跟他掰點啥麼。隨便你說，但是這隻得處理掉。」他走開了。

藍道爾說：「他還太小，愛西。」沒有籃球，他的手看起來就毫不優雅，不知道該放哪裡。

我說：「我知道。可，那時我們也小啊。」他知道我在說誰。

「我總逮到他爬上桶子，就著棚屋的縫隙往內瞧，膽子太小，不敢進去。就在那兒偷瞧那些個狗崽。瓷器叫了，我把他拉開，能感覺他的心臟怦怦跳得忒快。但是三十分鐘後，又逮到他爬上桶子。」

我聳聳肩，舉起手，好像要給東西，其實沒。我開始朝噴子小跑，他正進入樹蔭深處，到凹地去。

噴子叫：「快點跟上啊！」藍道爾拍擊空氣，好像在傳隱形球。

藍道爾咒罵：「靠，尻啦。」

噴子偷了這些：麵包、一把刀、杯子、半加崙裝的潘趣果汁、辣醬、洗碗精。他把這些玩意放到桶子旁，給兩塊煤渣磚撢灰，上面的烤架是他跟藍道爾在我們小時做的。鐵架子烤得烏黑，石頭燒成灰色。噴子的槍垂掛肩頭，走路時，槍口頂著腿背。

我問：「帶這幹嘛？」

狗崽在桶子裡嗚嗚叫，牠寂寞了。

噴子說：「快點。」

林子裡，動物奔竄陰影凹處。陽光揮灑處，鳥兒啾啾。噴子拱著肩膀穿梭。他走路時身體前傾，專心研究地面，我跟在後面，在松針上拖著腳，發出噪音。我抬高膝蓋，希望能輕輕踏步，可是這麼一來，我又失去平衡。即將要變成娃娃的東西像個水球在我肚裡，我覺得隨時要爆炸。我的祕密讓我行動笨拙。噴子停步，跪在喀喀響的落葉與松針上，下層葉子早就爛成土了。噴子對我搖搖頭，抬頭瞧樹木。我們等著。

颶風來前，能離開的動物就會離開。鳥往北飛，脫離風暴，其他的能跑多遠就跑多遠，盡量離開風雨。過去幾天，空氣超級清亮，亮到晃眼，天空壓得低低，熱到不行，一整個感覺就像曼寧趴在我身上流汗：金黃、燃燒。昆蟲躲在我們腳下，松鼠從這棵樹跳到那棵，烏鴉在松樹梢滑翔，嘎嘎。牠們的揮翅聲非常輕柔，就像穆達姥姥拿掃把清掃前院沙地上的松針。噴子瞪視烏鴉的樣子像在瞧瓷器。總像瓷器隨時可能開口說人話，而牠一旦開口，就會解開他所有的疑惑。我想老爸是瘋了，整個夏天心心念念颶風這檔事。去年一個龍捲風重創哲曼那兒的購物中心，他就堅信墨西哥灣海岸成爲新的龍捲風通道。整個夏天都在告訴我們屋內哪些地方最適合蜷縮。每次他在廚房瞧見細仔，就要他演練一次學校教的龍捲風演習：蹲下，大腿併緊，腦袋埋在膝蓋間，瘦不啦嘰的指頭圍住脖子，保護下面的柔軟喉嚨。

噴子拿下肩頭的槍，壓扣。先是輕鬆握著，眼珠來回轉，好像樹林間的空氣有訊息，他正在閱讀。

「噴子，你打算射啥麼？」

「家裡的罐頭肉不夠，不能偷。」

「甭想叫我煮，我告訴你。」

噴子把槍頂上肩頭，瞄準天空。樹梢的風稍微搖動，又停止，好像有人離開了房間。樹木沉默盼望風兒再來。噴子的槍來回瞄準，追隨在樹間淘氣的松鼠，灰毛茸茸，肥肥嘟嘟，夏日飽食。

他說：「噓。我們需要食物。」

一根樹枝喀一聲。風兒回來了，松樹梢彼此摩擦，橡樹不動。松鼠最愛橡樹，在黑色結實的樹枝上奔來跑去，好像那是高架橋。這是牠們牢靠的家；如果眞有颶風，撐得過。陽光炙燒松樹，散發濃味。

噴子說：「逮到你了。」扣下扳機擊發。

子彈射中松樹彈出來，發出結實如拳頭擊肉的聲音。噴子眨了一下眼。松鼠融入黑色凹洞又冒出，繞著樹幹彎處跑，消失，再現。當一隻少了半條尾巴的松鼠出現在橡樹V字岔處，急呼呼要爬到地面，噴子再度開槍。松鼠一時抓不住樹幹，捲成團，跌了下來，留下血滴彩帶。噴子起身往前奔，又開槍。松鼠的半根尾巴抖動，身體僵直躺在地面。以密西西比松鼠來說，這隻很肥大。

「甭想我會清理牠。」

烏鴉尖叫飛走。昆蟲在樹頂刺耳合唱。

噴子兩手捧起松鼠，攏住牠的身體，深怕牠散成塊。血液從松鼠體內勃勃往外噴。心臟。

「妳想要他今晚也來，對吧？」

「你說誰？」

「妳知道我說誰。可不是大亨利。」他扯掉一小塊沾血的毛，它像紅耳環掛在松鼠皮上搖晃。「也不是馬奇斯。」

我搖頭說：「沒。」噴子一扯。松鼠僅剩的半條尾巴像掃把尖脫落。

噴子研究血淋淋的屍骸說：「你倆在一起不對勁。」噴子熱到鼻子都流汗。我想說：但是我們很對啊。我還想指著勃勃噴血的瀕死松鼠說：他讓我心臟這樣子怦怦跳。但是我什麼也沒說，噴子聳聳肩，捧起松鼠，好像那是供品，朝凹地走去。

回到營地，噴子把松鼠放在塑膠袋上，掏出刀子，切掉頭。血聞起來有夏天雨後的熱土味。

他把松鼠頭像球一樣扔到小樹叢，刀子在松鼠胸部畫下鋸齒狀的線，到手腳部位再切十字。他靜默殘酷，專注得像應戰前的瓷器。噴子用力扯，松鼠皮就像吹氣球似脫離下面的肉，撐開再撐開，直到像一張濕答答、軟綿綿的破布，噴子一把扔掉。四個毛茸茸的腳巴丫子倒還在，噴子剁下它們扔到頭那邊去。現在這動物只是肉，厚度如兩塊豬排疊起。噴子割開腹部，滑出藍紫色的東西，超像濕掉的毛線。

噴子吐氣說：「屄，屎啦。」動物內臟的氣味瀰漫。老爸以前養豬，牠們吃喝拉撒睡都在自己的屎尿堆，長得粉紅胖肥，但是聞起來就是一股動物內臟味，牠們的窩也一樣：生猛，屎臭。噴子沒說錯。

他想拉出內臟，扯不斷，想先切斷黏筋，卻不小心割破腸子。

噴子說：「噢，屄。」他把那動物、內臟還有刀子全扔到沾血的塑膠袋上，跨到一旁，雙手按在膝蓋，腦袋低垂。我的喉嚨好像塞滿沙子，沒法呼吸。

我說：「尬啊，噴子。」連忙奔到小樹叢後面，盡量遠離那氣味與黏液，跪倒，吐出蛋、飯、水，所有東西，直到腹內沒食物，直到我覺得喉嚨空空，止不住猛喘氣吐口水，依然無法全掏空。我的體內，胃部下方，那東西還在。

肉煮熟時已經縮小變成棕色，多處邊角硬如寶石。男孩們來了。馬奇斯拿出小刀，切下小塊肉放在被辣醬搞得濕潤軟塌的麵包上。噴子做了三明治，先遞給我，再做自己的。那肉都是筋，死硬，吃起來一半是野生動物味，一半是辣粉味，辣醬把麵包都染成粉紅色了。我咬了一口，又揀橡實來吃。老橡樹中心部位的小黑洞常嚇得我直跳。我跟噴子去找烤肉木柴時，太陽下山了，天空迸出色彩，然後太陽躲到樹後，色彩就像被沖進水溝，天空先是漂白，而後變成深藍與黑。我柴堆太多；噴子得不斷抓住松鼠腿離火，他用襯衫裹住手，擔心燒著。這火夠大，我能瞧清楚暗夜裡大家的臉。

馬奇斯說：「不錯吃。」

噴子說：「一股焦味。」坐在他旁邊的大亨利笑了。

大亨利說：「吃起來像大便。不敢相信你們都在吃。」他吞了更多啤酒。那酒整個溫了，熱夜裡，瓶身都不出水。「不如給那狗崽吃一點點這鳥玩意兒。」

我幾乎沒嚼三明治，只咬下一小口放在舌尖，用口水濕潤，吞下。噴子把半瓶潘趣遞給我，我喝了一大口溫熱的彩色糖水。我不餓，但是吃一點比較好，不會想吐。如果我又吐，鐵定有人問我啥毛病。我不想說謊還振振有詞。不想他們瞧著我東問西問。我把潘趣遞給馬奇斯。我們家一向只有這玩意兒稍稍接近果汁[7]。以前逛超市，媽媽讓我坐在購物車裡，把紅色潘趣果汁卡在我的腿旁，我就冰冰涼涼。我很喜歡，因爲晚點上了卡車後就沒冷氣，但是我的腿還是冰的，好像握在手中逐漸融化的冰塊。

桶裡的狗崽抓爬，噴子坐在一旁低頭瞧牠。偶爾，他會碰碰桶沿，好像想伸手揉揉牠安慰牠，但是沒有。

我問：「你無有要幫牠取名，是吧？噴子。」

噴子沒抬頭：「嗯。愛西，不過妳想，妳可以。」他兩手支著臉說：「牠是母的。」取名。以前學校有個女生，爸媽給她取那種驅蚊蠟燭的名字：香茅。她永遠有兩個以上的男朋友，嘴上抹護唇膏，所有檔案夾的顏色都跟課本搭配。以前碰到她跟父母到河裡游泳，我都跪在水裡，河水淹到脖子，偷瞧她。她簡直金黃閃亮就像那些蠟燭，完美到我超想恨她，也的確恨她一點點。不過，有時我一個人走在路上自言自語，會唸她的名字，我喜歡那名字的聲音，香茅兩字在舌尖滾過，就像舔了一大口冰淇淋。我想給狗崽取這個名字，卻怕被嘲笑，至少馬奇斯就會，他認識她，搞不好還是她的某任男友，陪她過街去公園，牽著她的手。

我說：「香香，我要叫牠香香。」

噴子點頭。大亨利想遞給我四十盎司裝的啤酒，我搖頭。辣醬讓我一直分泌口水，香香走了，我可能會哭，可不需要更多的鹽。馬奇斯把一根柴塞到火裡，壓壓灰燼。

大亨利說：「這是個好名字。」他露出笑容，在火光下閃亮又隱去。噴子瞧著水桶，好像沒聽到。給狗命名的那點小快樂像火焰在我體內閃爍，但馬上被按熄。都快死了，命啥名啊？

林裡傳來喀嚓聲，那是樹葉在腳底碎裂，藍道爾跟曼寧現身。曼寧吸走了全部火光，吞吃下肚，金燦燦。他在笑。疤痕閃亮，我的心整個臊了。

藍道爾說：「細仔終於睡了。曼寧說他表哥雷可在『一筒』[8]之前養的那條狗也死於犬細小病毒。」

曼寧坐到藍道爾身旁，靠近火，馬奇斯把果汁遞給他，他幾乎喝得精光，只剩瓶底殘渣。

曼寧說：「你應該現在就殺了牠，省得牠痛苦。雷可一瞧見狗兒生病，立刻割斷牠的喉嚨。現在這樣子只是折磨牠。」

嘖子說：「不，還不到時候。」

曼寧瞄一眼槍說：「你要射殺牠，那倒也爽快。」

「不。」

「那你怎麼弄啊？」

嘖子抬頭，說話時瞧的是藍道爾，而不是曼寧。

嘖子問：「你還記得老媽怎麼殺雞嗎？」

樹上蟬鳴一波波，像陣雨落在黑暗樹葉裡。當藍道爾回答，他緊瞪抓著桶邊的嘖子。

「老媽只在特殊日子才殺雞，譬如我們的生日或者他們的結婚紀念日。她會打量那些雞，好像認得每一隻，知道哪隻要孵蛋，哪隻許久沒下蛋了，哪隻只會變胖變老。那些雞好像也知道，變得緊張，窩窩簇簇成一堆，離雞舍遠遠的。你還來不及眨眼，老媽就抓住一隻拿到屋後，放在老爸從林裡拖來的老舊大橡樹樁上，就那麼站著，直挺挺，手裡的雞翅膀揮得超快，糊成一團影子，但是無有聲音。她拿手遮住雞的臉，好像不讓牠們瞧，然後抓住一扭，拗斷脖子。就在木樁上切掉頭。」藍道爾壓根兒沒喘氣，話就像溪水滔滔流出，他嚥了一口水說：「現在的雞都無有那麼好吃了。」最靠近我們的一棵樹上蟋蟀低吼，幾乎掩蓋藍道爾的話。我記不清老媽殺雞的事，聽他這樣子一說，好像就在眼前，想起來了。

噴子慢慢眨眼說：「就是。」他撈起狗崽。牠的肚皮上下起伏，呼氣聲像蛙叫。我伸手摸牠。噴子說：「別，會傳染給其他崽。」他瞧著我，半露微笑，低頭瞧自己的手指。

樹梢間，新月上升，香香正對著月亮唱歌。我彷彿瞧見細仔像松鼠一樣在陰影處蹦跳，雙眼金金瞧，等待。細看，營火後方只有黑暗。

當噴子抓緊一扭，他的手跟老媽一樣穩定。

噴子埋完狗崽回來，打赤膊，肌肉黝黑，跟松鼠一樣全是筋。滿身大汗好像塗了油。他在火光下站了一秒，筆直，呼吸沉重，把襯衫扔到火堆裡。

馬奇斯仍在吸吮松鼠骨頭，吞了一口，差點嚥下骨頭，咳著吐出來，透過牙縫問：「搞啥麼啊？」

噴子說：「汙染了，全部。」

他剝下褲子扔到火裡。

馬奇斯笑著說：「這麼嚴重哦？」

噴子說：「跟心臟病一樣嚴重。」他的四角褲往下掉，露出鬆緊帶。他抓起洗潔精，走向暗黑的凹地塘水，走到一半，彎腰脫下一腳褲子，再換一腳，轉頭，把它扔進火堆，沒轉身。他全身肌肉。小時，老媽讓我們同浴缸洗澡，那之後，我沒再瞧過他的裸體。

馬奇斯說：「不敢相信你要在那裡洗澡。」就在他說的當口，一直站著的藍道爾雖然沒摸狗崽，也脫掉衣服，疊成一堆。他比較高，手腳像橡皮筋。大亨利把啤酒瓶往土裡一扭，插個紮實，先踢掉鞋子，然後剝下襪子，對摺，放進鞋裡。他的腳好大，看起來好軟，腳趾上的黑毛像嬰兒頭髮往下捲。

我的兄弟去哪兒，我也去。

我穿著衣裳入水。全身濕透後，我抓起噴子的洗潔精，把泡沫揉進衣服裡，都是白泡後才一件件脫下，衣裳在泥巴岸邊疊成一堆，骯髒濕滑，我全身赤裸在水裡，

馬奇斯說：「你們這些黑鬼瘋了。」但是他也脫下衣服，尾隨我們進到水裡。

曼寧則說：「反正我也熱得要命。」他把白色T恤還有褲子扔到我剛剛坐的地方，脫到只剩內褲，跑向塘裡，潛水，冒出水面，就在藍道爾身後，一把壓住他，兩個都沉到水裡。他們摔角、咯笑，好像在跟釣魚線奮鬥的魚。馬奇斯抓著高樹的垂繩晃盪，大亨利緩緩滑動涉過塘面，雙掌直直切水，不起水花。藍道爾跟曼寧仍在互相打鬧歡笑，把對方壓入水裡。我希望曼寧碰我，游過來抓住我的臂膀，一把拉進懷，但是我知道他不會。藍道爾划開曼寧身邊，游向正在獨自涉水的噴子。

藍道爾說：「小心，你知道草叢下面有水蝮蛇。」噴子用力刷，巴不得脫下一層皮似的。

「沒事。牠們沒在打量我。」

藍道爾笑說：「我可不幫你吸毒液。」

「我不會被咬。你知道，牠們聞得出來。」
「聞到啥麼？」
「死亡。」
藍道爾停止向前划，在水裡走。黑暗中，我瞧不清他的臉。
他說：「閉嘴，噴子。你這是說胡話。」他用力拍水，擊起的水花捕捉火光變成紅色，點點滴滴像煙火從半空落在噴子身上。蟬鳴之下，我想像自己聽見了火焰的滋滋聲。
大亨利抓住馬奇斯的腳，想把他從繩上扯下來。馬奇斯踢腿，但是大亨利扯得超用力，綁繩的樹枝大聲發出「啪」響，像骨頭斷了。
馬奇斯大叫：「操，屄！」放開繩子，但是太晚了，繩子掉到大亨利頭上。我笑得啵大聲，肋骨都痛了，但是當曼寧像跳躍的魚，啪地冒出我身旁的水面，簡直像超級大獎，我停住笑聲，變成抓搔喉嚨的小聲音。
曼寧瞧大亨利、馬奇斯跟水中的樹枝搏鬥，藍道爾游過去幫忙，就問：「愛西，怎麼？」他側臉對著我說話。噴子仍在死命刷皮膚，沒瞧我們。曼寧潛到水裡，從我右邊冒出，離我夠遠，沒法碰他。
我吞下話，說：「沒啥麼。」
曼寧說：「妳害怕在我們面前脫光衣服？」他在笑，但是沒瞧我，在我身旁慢慢繞圈游，像月亮繞軌道而行。或者太陽。

從我喉嚨出來的只是小小噪音。

「怕人家瞧見妳的模樣？」

我搖頭。

他說：「沒那麼差啦。」

我抽了一口氣說：「沒那麼差？」我感到羞恥，因爲我在重複他的話。

「就那個意思啦。」他一根手指插進耳內，然後快速搖頭，像條狗，水兒激飛。他的下嘴唇是粉紅色，豐滿，上嘴唇是害羞的一條線。我夢想著吻他。大約三年前，我瞧見他跟某個女孩做愛。那天老爸不在，他跟藍道爾說服那女孩一起回凹地，經過我的窗戶時，我聽見他們在笑。我尾隨他們進入林子，到達凹地後，曼寧一把抓住那女的屁股，撫摸她的肚皮好像男人在拍狗肚子，那女的就爲他躺下來。曼寧在上面，摩挲她的兩腿間，親吻她。兩次，三次。他爲她張大嘴，舔她，好像在品嚐，好像她蔗糖一樣甜。他在吃她。不知何時開始，他不再這樣吻女孩，還是只是不吻我？現在他轉圈圈，一邊瞧我，一邊偷瞄大亨利跟馬奇斯。抓住我的手，拉向他，握住他的雞雞。

他說：「沒那麼差啦。」我想知道那是什麼滋味，所以我在水底伸手觸摸他的胸口，他的乳頭像紅葡萄大小，當然柔軟得多。他的肌肉縫隙皮膚是「糖老爹焦糖」的顏色。曼寧猛地往後退說：「妳搞啥麼？」他的雞雞滑出我的手，原本它在水裡熱呼呼：現在消失了。

「我只想——」

曼寧說：「愛西。」一臉失望，好像他不知道伸手摸他的女孩是誰。他的輪廓尖銳，閃亮如火焰中磨得光燦的銅板。當他笑，下嘴唇變薄了：「妳瘋了？」

我的手仍因他剛剛抓住我、摸向他而在觸電。

我想說他的名字，脫口卻是「沒」。

曼寧說：「甭這樣。愛西。」他划水，挺直身體，踢水，離開我。他說：「妳知道咱們不是那樣的。」突然，痛苦如大雨，傾盆倒下。

曼寧游向藍道爾，我老哥正走向岸邊，穿上衣服。曼寧的背影像一扇緊閉的門。他的肩膀好漂亮。我想像自己此時趴在他的背上，他背我游過深水到紮實的地面。我想像另一個曼寧會在水裡轉身吻我，吃掉我呼出的氣。到了陸地會跟我手牽手，而不是讓我在水底握住他的雞雞。當我跟他說這個祕密，他會轉而愛我嗎？我吐光肺裡的氣，沉到水底，腦袋發熱。胎兒在母親身體裡是不是也這樣子漂浮？我捧著肚子，聽到老爸在清醒時才會說的話：暗處發生的事遲早會在亮處曝光。自從我看到曼寧親吻那女孩，我便愛上他。早於他跟夏莉亞約會。夏莉亞是個瘦巴巴、皮膚淡色的瘋婆子，一天到晚想扁她懷疑跟曼寧搞三捻七的女孩。有一次橡樹酒吧的青少年之夜，她拿酒瓶敲破馬奇斯老表的腦袋。夏莉亞。她的眼睛跟貓一樣快速來回掃動。曼寧跟藍道爾提過其他女孩，卻永遠回到夏莉亞身邊。他會抱怨夏莉亞看他的手機、奪命連環叩、一星期只燒一次飯，就讓他的髒衣服堆在共住的拖車走道上，他還得自己洗，才有衣服穿去加油站上班。我在公園裡見過她一次，她的瘋狂貓眼睛越過我：不把我當獵物，也不把我當威脅。我比夏莉亞早愛上他。我想像這就是美蒂亞初識傑森、愛上他的感覺：一股火焰吞噬她的肋骨，煮沸她的血液，熱騰騰地從每一吋肌膚蒸發掉。我的感覺是如此火熱強烈，難以想像曼寧沒感覺。

我的肚子硬得像瓜，因爲裡面有寶寶，小得像曼寧做愛時掃到我臉頰的睫毛。這寶寶會長大，變成曼寧按在我屁股上的指痕、貼在我背窩上的手掌、攬住我肩頭的臂膀，要是這娃兒活下來的話。我懷這孩子是爲了曼寧；過去五個月，我只跟他發生關係。自從那次我在林子裡尋找細仔，他出其不意抓住我，懂得我的少女心，我就只讓他一人進入我。第一次做愛後，我便再也不想跟其他人做。當馬奇斯、法蘭柯、皮包骨或其他男孩暗示想要，我只聳聳肩，假裝沒聽見。他們開口要求，我便走開，感覺我在走向曼寧。

水面上有聲音，某人在呼喊。我浮上水面呼吸，空氣灌入肺部，現場只剩噴子一人，他沒說話。蝙蝠在我們上方呼地掠過，捕捉空中的昆蟲，牠們的翅膀不停舞動好像黑色落葉。噴子瞧著我游向他，走到泥地，穿上沾染泡沫的衣裳，還是沒說話，只是轉身帶領我穿過暗林，全身赤裸。

---

7 潘趣（punch）分為含酒精與不含酒精兩種。無酒精的是果汁加水、甜味劑、碳酸飲料。

8 狗的原名是Kilo，這是毒品黑話，代表一千公克的古柯鹼。如果翻譯成中文的毒品黑話，是「一條」或「一筒」，因為一千公克的量包在塑膠夾鏈袋裡，抓起來會是一條狀或筒狀。此處翻譯採「一筒」，呼應這條狗的體型。

第四天

值得一偷

到處是跳蚤。要去阿媽跟阿公的房子得涉過水窪，上面漂滿浮渣一樣的跳蚤，踏上前廊前，我飽受攻擊，跳蚤咬上我的腿，針刺一樣。所謂前廊只是殘骸：幾塊2X4木板斜斜靠上屋子，好像這裡是暴風雨水位上升後淹沒的廢棄碼頭，被捲上來的泥流覆蓋。紗門早就不見蹤影，前門只剩一個鉸鏈懸著。木門得用推的，木皮在我手上碎成粉塵，我側身閃過沾纏落葉的蜘蛛網，進入屋內。

這房子簡直是風乾的動物骨骼，多年下來，所有住人的痕跡早被劫掠一空。阿公過世前，幫老爸蓋了我們的家，他跟阿媽死後，我們先是拿走了沙發，而後椅子、照片、碗碟，直到啥也不剩。老媽想要保存那房子，但是一會兒我與噴子需要床，一會兒她燒焦了鍋子，得換一個。老爸說這些都比保留沙發、照著阿媽生前的樣子披上針織毯子、搞得像紀念神龕來得重要。所以這房子被我們挑得精光，像菜渣殘羹，而阿公在我們的記憶裡只剩連身工作褲、灰襯衫，以及伴隨年歲變藍的眼珠與眼中光芒。我比較記得阿媽在世的樣子。我坐在她的大腿上玩耍她的頭髮；灰白，直硬，像鐵絲。我協助她吃藥，把她一天要吃的藥放在兩手，一顆顆遞給她。她會讓我吃無花果，從屋後果樹摘的，仍因日晒而溫暖。她笑我吃無花果像小鳥小心翼翼；她的笑容黝黑，無齒。有時她會變得難搞，不要人擁抱，只想獨自坐在前廊椅上清靜。當她過世，老媽說她去了別處，我還想她到底去哪兒了。因爲大家都在哭，我就跟猴兒一樣兩手兩腳巴著老媽的柔軟身子，也哭了，愛意竄遍全身，像讓人視線模糊的夏日大雨。然後老媽也死了，我再也沒人可以巴著。

我彎腰拍掉跳蚤。噴子在廚房，喘大氣拉扯角落的東西，整個身體緊繃。昨日他還頂著短短的非洲爆炸頭，今天，剃個精光，頭皮色比膚色淡一層，像剛翻過的新土。

「細仔說你在這兒。搞啥麼啊？」

「弄這些油氈布。」

「做啥麼？」

噴子想扯起角落的那塊油氈布。身前已經有一塊凹折的，像書本折角。

他扯動那塊油氈布，說：「在土裡。」我以爲他會發出用力聲，並沒。他的肌肉像口香糖泡泡蹦跳。他說：「犬細小病毒。在棚屋的泥地上。」

「阿媽的地板又能做啥麼？」

他用力拉，說：「用來蓋住泥土。」啪的一聲，油氈布脫離地磚。他往後一扔，跟另外四、五塊湊一堆。

「你要給瓷器鋪地板？」老爸跟老媽結婚後，就開始蓋屋。小時，我聽過他跟阿公蓋房的事，我一直認爲這是男的婚後會做的事：蓋屋給他的女人住。

噴子用老爸的生鏽美工刀切割下一塊磁磚的底部，說：「不，愛西，我是要救那些個狗崽。瓷器夠壯夠老，犬細小病毒殺不了牠。」用力一扯，他說：「牠們可是鈔票。」

「你幹啥剃頭？」

噴子聳聳肩，用力拉，說：「就是膩啦。妳今天要做啥麼？」

「無有事。」

「要跟我去一個地方嗎？」

「哪裡？」

噴子又大力一拉，磁磚鬆動，他把磚塊扔得遠遠，說：「穿過林子，妳得跑。」我一向跑得快。以前我跟男孩賽跑，一定前三名。贏過藍道爾幾次，甚至有一、二次差點贏了噴子。噴子說：「我需要妳幫忙。」

「OK。」他需要我。瓷器生崽前，噴子經常幾天不見人影。我穿過林子去找蛋、去凹地游泳，或者瞧瞧有無藍道爾與曼寧的影子，才會碰到噴子在訓練瓷器攻擊、緊咬、鎖死舊腳踏車輪胎或者繩子。他們會拔河，掀起陣陣灰土，在松針上留下乾土河。要不就是瞧見瓷器打盹，噴子在那兒咬剃刀片，放進粉紅的兩頰肉與舌間，又吐到唇邊，動作快到我還以爲是想像呢。有次，我問他幹啥吃刀片啊。他笑著說，就只准瓷器有利齒哦？

我說：「是喲。」

遠處傳來老爸的拖拉機吼聲，逐漸逼近。噴子撿起地磚，從窗戶扔到屋後。這些年來，後門長滿紫藤與葛藤，他知道老爸不會去那兒。前門是唯一出入口。老爸擠進門時，噴子已將最後一塊磁磚與美工刀扔了。木門的吱嘎聲像槍響迴盪屋內，我還以為它扯脫了鉸鏈，但是依然屹立。老爸身上拖了蜘蛛網灰線，頭髮卡了樹葉。T恤的領口與腋下汙黑，延伸到背部中央。他的靴子踩在地上超沉重，好像要踏穿爛木板。他的個頭沒比我們大多少。當美蒂亞決定逃離老爸，帶著兒弟遠走高飛，追隨傑森，是不是也看到同樣景象？她是否看穿華袍之下的父親僅是個肩膀瘦小的男人？老爸現在只在挖蠔船打零工，或者拖吊廢鐵，沒在上班，還是穿著工作服，打我有記憶以來，天天如此：鐵片包頭的工作靴、褲子、兩件T恤、兩雙襪子。老媽以前每晚都會把乾淨的工作服疊好放在臥房牆角的椅子上，當她彎腰，老爸會走到她身後，摟著她的腰，在她的脖子低語。他會叫我們去看電視，回房間或者出門去。現在老爸瞧著我們，一臉驚訝。

「你們在這兒做啥？」

噴子迅速大聲說：「沒幹啥麼。」開始朝老爸跟大門走去。

老爸說：「等等，我需要你們幫忙。」

「我得去照料瓷器。」

噴子打算從老爸身邊閃過，老爸一把抓住他的臂膀說：「晚點，牠可以等。」

噴子繼續跨步脫離老爸的拉扯。他似乎很訝異老爸的手指滑下他的臂膀，老爸瞧了我一會兒，好像很迷惑。噴子停步轉身，老爸指指閣樓。

「墨西哥灣又有一個新颶風。叫荷西。應該會在墨西哥登陸。」

噴子張大眼，好像想翻白眼，但是沒。

「你瞧見上面的那些個夾板沒？不太爛的那兩塊。」

噴子點頭。我很訝異老爸沒有晨間啤酒後的甜麵包味。

「有啊。」

「你拿這把榔頭上去把它們從牆上撬起，扔下來。我跟愛西再把它們拖出去放到拖拉機上。」

起居室的天花板好多年前就垮了，可以輕易瞧見上面的閣樓，瞥見小片屋椽。噴子試著跳起來抓屋椽，把自己拉上去，雖然能跳到那麼高卻抓不住，膠泥像藤壺黏在屋椽上，沒法抓。

「愛西，妳蹲下來給妳哥爬上去。」

噴子瞪老爸，好像他是瘋子，但是沒說話。

「我辦得到。」

老爸如果願意，大可以做噴子的梯子，他的手跟繩子一樣結實，可以將噴子托上去，但是他不願意。我們都知道。

「來吧，噴子。」

我向前箭步蹲，模仿學校啦啦隊，她們疊羅漢時就這樣一個個攀爬，像兒童遊樂攀爬架：我膝蓋朝前彎，腿朝後伸直，盡量保持穩定紮實。老爸雙手抱胸，抬頭瞧閣樓。

「不必，愛西，我跳得到的。」

老爸說：「你不行。上去唄。」

噴子一隻手搭在我的肩頭。我訝異他的皮膚好粗；老繭像細柔沙子鋪了鵝卵石。老爸則整個手像砂礫。噴子不笑時，嘴角會朝下。現在他生氣了，下顎線條堅硬，嘴兒抿成一條線。

「我要踩上去抓，好嗎？我會儘快。」

我點頭。噴子又瞧了我一會兒，再說一次。

「我儘快。」

噴子踏上來，球鞋壓上我的大腿，橡皮紋路好像鞋跟的加固角，好痛。我的喉嚨忍不住發出小小聲音，連忙閉嘴卻差點喘不過氣。他站著，抓住天花板膠泥後面的一根屋椽。我的腿猛抖。

老爸說：「就那兒。」

噴子腿兒一蹬，雙臂使勁往上拉，鞋底轉磨壓進我的皮膚。我的喉嚨又突然發出聲音，我用力呼吸，覺得羞愧。小時，我們摔跤擦破膝蓋，哭泣，老爸就會翻白眼，叫我們閉嘴。閉嘴。

我站起身揉腿。

老爸說：「好了。」他朝上扔榔頭，噴子移到我瞧不見的閣樓另一邊，開始撬東西，我抱著腿，揉揉噴子留下的印子。第一塊板子很快就撬起。我抬頭，剛好瞧見噴子把它從天花板洞扔下來，落到老爸腳邊，超近。我跳開。「兒啊，小心點。」

老爸把夾板遞給我，轉身朝門走去。這時傳來另一塊夾板撬起的破裂聲，我回頭，瞧見噴子把夾板像紙飛機般扔下天花板，直直朝著老爸過來，老爸躲開了。

「操！」

噴子像貓跳下來，說：「對不起。」木板擦過老爸，彈到牆壁砰地掉落地上。噴子在笑。

「天殺的，兒。」

噴子說：「我已經說了對不起。」他不笑了。我推著木板出門，埋頭偷笑，因爲噴子臉上是那天表演吞刀片絕技的表情。這是替我報仇呢。

進入我家東邊的林子，得穿過約莫一哩的橡樹與松樹，樹齡長樹身大，枝條都像手臂垂到泥地上休息，接著出現鐵絲木籬圈起的草地，擠滿牛兒嚼食。草地中央是棕色大農倉，旁邊是一棟白色小房子，大斜度的鐵皮屋頂，小窗戶。住這兒的是白人。

這地方是噴子湊巧發現的。那天，我們分隊玩捉迷藏，連續數小時在林子裡互相追逐，繞圓圈。他無意間發現這塊空地，圍籬後面的松樹全被粗暴砍掉，樹樁散布像沒人坐的椅子。鷺鷥在草叢啄食，站在牛隻旁邊，專心顯眼，好像煩人的女朋友。當我衝出林子，忘了抓住噴子，而是吃驚天空好開闊，這空地瞧著不對勁。太大片藍天了。一輛皮卡從林內樹蔭空隙無聲滑出，應該是他們的車道吧，牛兒哞了一聲。卡車停妥，一對老年白人男女下車，揮揮腳底激起的煙塵。遠處狗在吠。

我說：「走吧，噴子。」

他又多站了一會兒，瞇眼瞧那房子，歪著頭。

我說：「我走人哦。」轉身，小跑步回去柔軟的林下樹叢與低垂綠枝。一直走到林內昏暗處，我才聽到噴子快步趕上，我嚇得回頭，以爲是住在野林鎮黑人心臟區邊緣的白人追來了，卻只看到噴子小跑步，臉色平靜，氣都不喘。

這就是噴子說我們要去的地方。他走進我的房間，已經換掉去阿媽老屋穿的牛仔褲，換上松針色的T恤跟黑棕色的迪凱思（Dickies）工作褲，膝蓋全是洞。穿網球鞋，沒穿襪子。

他說：「妳也得換衣服。綠色、棕色或黑色的。不要穿白色與古銅色。」

「爲啥不？」

噴子說：「得融入林子裡。」他到走道等我。我翻抽屜，找到一件黑T還有藍道爾嫌小轉送給我的黑色籃球短褲。褲子上有「聖凱薩琳高中」的標誌，代表是他順手牽羊來的球隊練習褲，已經舊了，原本邊角的字樣是絕對不符合噴子標準的蜻蜓藍，現在褪成灰色陰影一片。我把頭髮綁成馬尾，穿上黑襪、網球鞋，拉平浮腫肚皮上的寬大T恤。噴子敲了兩下牆壁，這是他說「快點」的方式。

「咱們走。」

我們用跑的出門，嚇得面前的雞四處亂竄，好像夏雨打落的紫薇花瓣旋轉，棕色、鐵鏽色與白色，撲翅是唯一聲音，只穿插了瓷器的吠叫。

離開凹地，松樹高聳入天，綠色針狀樹梢完全挺立。偶爾，樹冠會隨微風抖動，似乎在對某個我聽不見的東西點頭，會是墨西哥灣外的荷西颶風在對自己哼唱嗎？風吹不到地面。林下空氣悶而熱。樹木太過茂密，只有些許林下植物與矮叢努力在陰暗且硬實的地面競爭丁點陽光。跟昨日一樣，此處有鳥，棕色，小不點，小到可以放在我的掌中，或者塞進瓷器嘴裡。鳥兒一路跟。當我們循著看不見的路徑穿越森林，小不點鳥兒從這棵樹飛到那棵，尖聲啾啁聊天，跟緊我們的步伐。厚重的空氣裡，橡樹獨立於松樹叢外：嚴肅，不可動搖。樹臂掛著西班牙苔，像老國王的白鬍子。噴子抓住我的手臂，我差點跳開，訝異它搭在我皮膚上的感覺。噴子的手指硬實，因爲牢抓瓷器的狗鍊而起小繭，乾粗得像過期麵包。他猛地一拉，我們奔過松樹、橡樹、白樺、小鳥組成的長廊。我忍不住往後傾，抵消他的拉扯，笑了。

現在我們同一速率。我的臉紅燙緊繃，空氣跟水一樣灌入我的鼻腔。我這是在空氣中游泳。我的身體發揮它該做的事：動。噴子甩不開我。我們棋逢對手。噴子加快跑速，但是我的手臂與他之間的空隙依舊，緊跟他身旁，他快速轉頭，露出大大笑容。銀光一閃。那是他兩頰裡的刀片。美蒂亞跟她的兄弟手牽手，逃離父親的掌控，投奔阿果英雄時，是否就是這種感覺？每一步都像鳥兒振翅前的奔衝？當我們抵達空地邊緣，噴子放開我，我兩腿一跪，往前一趴，臉兒埋進松針堆，大口呼吸烘烤過的落葉汁液，渾身滴汗。我得尿尿；濕沉沉的重量讓我想到腹中娃娃。我找到一塊樹叢。等我回來，噴子正拿T恤抹汗，擦拭膚色較白的腦門，抹乾鹹辣的汗珠，另一隻手傷痕累累的指關節在翻弄刀片。我不想暴露自己的肚皮，沒拉起汗濕沉重的T恤衣角擦臉。隔著鐵絲網與閒蕩牛隻，農倉與房子看來遠，顯得小。這房子應該經過多年擴建，因爲外形毫不均衡：房屋尾巴搭了一個斜靠的棚屋，加上前廊的傾斜屋頂，它看起來像一艘左右兩邊都有人在划的船。我們到了。

「有。」

「看看能不能進入農倉。瞧見農倉側面那個小窗子沒？就是拖車正上方那個？」

「你上哪兒？」

「妳得把風。」

「我賭他們沒鎖窗。」

「進農倉幹啥麼？」

「他們有牛驅蟲藥。我有把握。」

「哪能給狗吃牛驅蟲藥？」

「可以的。那次瓷器跟雷可的狗交配，他提過這事，說那是最適合狗吃的打蟲藥。會有點病懨懨，但是保證全部蟲打出來。大家都這麼做。」

「所以你要去偷？」

「我的狗崽不能再死。」

「所以，有人來了，我就要通知你？」

「瞧見那邊一堆樹樁沒？三個擠在一塊，就在草地中央？」

「嗯。」

「妳去躺在哪裡，要是白人回來，妳就吹口哨。然後趴低，朝林子跑。」

「如果他們逮到你呢？」

「別停。」他看著我的臉，腦袋朝前，好像被狗鍊拉緊的狗，掙扎著要迎戰對面的狗。「妳聽見沒？別停。」

我們以房子跟農倉爲中心，繞著草地邊緣前進，不時得跟拍打上身的林木奮鬥。噴子還是一手抓著T恤，但是嘴裡咬刀片。他小心穿過林子，把樹枝像狗鍊一樣捲起放入掌心，動作輕柔，以免拗斷，再用兩隻手指放開它。他幫我拉樹枝，儘管如此，還是有好幾根打到我身上，像橡皮筋彈到手臂或者額頭。我發出噪音。

他回頭說：「對不起。」

我聳肩。他瞧不見，正專心偷窺房子。我們慢慢靠近房子這一側的草地。噴子觀察有無車子與動靜。離農倉一段距離的屋蔭處，一頭幼犬閒晃，是條雜種狗。噴子停下腳步，跪下。穿上T恤，弄溼一根手指，舉起。他的腦袋歪向一邊，一耳豎起，好像在聆聽樹木，昆蟲陣陣嗡嗡。我又對他聳肩，不過這次舉起了手。

我低聲問：「你在做啥麼？」

「測風向，上風還是下風。」

「好吧，鱷魚先生。」我以爲他會笑，他卻連嘴角都沒扯。他弄溼兩根手指舉起。我說：「你知道鱷魚先生嗝屁了吧？」

「閉嘴，愛西。」噴子靜靜在褲子上擦乾手指，說：「這一定是我們那次聽到的狗。」他又舔手指，舉高，沒一會兒就放下說：「測不出來。」

我們站在一大叢黑莓蔓藤中，枝蔓像鐵絲刮到我的腳踝，抓出短短的深溝，閃亮冒血，像被小孩抓傷。我朝空踢腿，試圖擺脫，小腿與腳趾處反而纏得更多。

噴子像抓樹條一把抓住它們，說：「別動，妳知道牠們會聞到血。」

「這麼遠，哪能啊？噴子。」

噴子拉開藤蔓，說：「隨便妳，不信就算了。」他又弄溼手指，不過這次是抹掉我腿上那些像夏天蚊蚋聚集的血珠。他一點一點地抹，舔舔手指，繼續抹。以前，我們在公共場所臉上有渣，不管是「酷愛冷飲」漬或者麵包屑，老媽都會耐心將我們清理乾淨，好像我們是小貓咪。噴子這會兒也有相同表情，他彎腰抹平我襪子的車線，光頭冒汗閃亮。他抬起我一條腿，我一隻手按著他的腦袋保持平衡，光頭皮摸起來像魚鱗，而且和樹蔭邊緣剛剛變黑乾涸的水窪一樣清涼。

我們像蟲在林子裡蠕動，一邊注意屋子的動靜。有的樹叢過於茂盛糾纏，蹲或爬都沒法穿越，只能肚皮貼著滑過去。我們像蛇滑行，手肘壓著泥巴與松針堆，使勁拉著身體前行。噴子不時停下，草梗與小樹枝滑下他的平滑腦袋落在肩頭，好像節日裝飾，然後他聆聽。我也跟著停下，盡量保持靜止，細聽可能的威脅，卻只聽到自己的喘氣聲，以及血液搏動的怦響。噴子爬過一棵砍伐後生長的幼樹，我們繼續前行。塵土在我們的手臂上變成泥巴，留下條紋。松樹冠偶爾呢喃一二聲，而後沉默，點滴陽光穿透灑下。除了我們在林下樹叢匍匐，沒別的。我們離草地與安靜的房屋還有一半距離時，突然瞧見一隻兔子坐在那兒，扭動耳朵，側臉瞧我們，黑色眼珠鑲在臉上好像濕潤的大理石，閃亮大睜，似乎瞧見超自然景觀。我們繼續前行，將牠留在我們匍匐爬出的小空地上，直到我們踏上車道，牠依然一動也不動。

往車道的路徑草叢沒那麼茂密。此處的樹多半在冬日掉葉，現在夏日綠意繁茂。我們穿越時，它們隨風鼓掌。路很窄，我能瞥見那房子，估計我們約莫已經爬過了四分之三的草地。路中央鋪牡蠣殼，其他地方鋪的該是河中小石頭。路的兩邊堆了高高的沙，像小丘，我跟噴子跪下，他瞇眼瞧車道前方，舉起手，滿布條紋的指關節說著：等一等。

昆蟲嘶嘶回應。熱啊。車道前方有一條蛇在睡覺。噴子揮手叫我往前，我們奔過車道，腳踩石頭，輕如打水漂。

車道長得似乎沒盡頭，尾端兩旁樹木合攏，在中間交會。有一年我們倒透楣，聖凱薩琳中學改變我們的校車路線，六點半就來接我們，接下來的一小時，載著我們往北走，跨出熟悉的野林鎮黑人區，進入我們不熟的白人區與內陸，經過教堂和大小就只有一間房、販賣香菸、熱薯條、薯片、瓶裝冷飲、散裝糖果的小店，那類店的門口通常只有一個字跡褪掉的孤零零加油泵浦。藍道爾會靠著車窗睡覺，噴子會寫功課，我則研究其他寂寞田野上的其他房子：有拖車房、長條型低矮磚房，以及隨便拼湊、小小的棚屋，最多兩個房間。沿途上車的都是白人小孩：寬肩肥碩、脣上有捲毛的男孩，兩頰紅潤、眼睛水藍，臉蛋用力刷洗過的女孩。我懷疑他們家的物業邊緣也有一個愛西跟噴子在匍匐，像螞蟻在地板下成排爬向櫥櫃裡沒收好的糖。

那房子從各個角度看都很平凡：白漆已經被陽光晒到褪色，窗戶緊閉，白窗簾拉上，這是一棟緊閉眼珠的盲眼房屋。前門有架高的水泥露臺，擺了天藍色搖椅。這種藍色，躲在我們家牆壁縫隙，或者靜趴在前廊上的蜥蜴也有。農倉很高，沒上漆，門上鎖。木頭舊而黑，像阿公替阿媽蓋房子用的木頭。看起來眞是眼熟，因爲牆壁接縫處的木頭也舊到差不多要剝落了。

噴子說：「噓噓……」我不確定他是要我安靜，還是在叫我的名字。但是他站得筆直，我便站在他身後。他伸手指指樹林凹處，那是我們初次見到這空地的地方，可通往凹地——現在有人在那兒。

噴子拱起背，手觸地，我們從一個樹蔭急奔另一個樹蔭，沿路抱樹藏匿，直到側身躺到紅土丘後偷窺，才看到我熟悉的東西：擺動如橡皮筋的手臂，小心移動的四肢。藍道爾與大亨利。還有尖銳的聲音。細仔。

「誰家的房子啊？」

藍道爾回答：「細仔，某個白人的。」

大亨利問：「你確定瞧見他們往這兒來？」

「我跟細仔剛跳過凹地的壕溝，就瞧見他們往這兒跑。啵快。」

「怎知他們到這兒？」

藍道爾吐口氣說：「不知。但此處只有這個。他們如果是玩捉迷藏，人數不夠。找到他們的話，鐵定會邀請我們一起玩。」

細仔說：「我要看牛。」他上下蹦跳，想跳到跟藍道爾的臉等高，但最多只到胸口。他說：「拜託。」

藍道爾說：「不成。在這裡瞧就好。」

我從沙丘起身，準備走過去。嘖子抓住我的手臂，幾乎扯痛我的肩膀，我的身子只挺起了一半。嘖子搖頭，我看不懂他的表情。他指指地面，要拉我躺到身旁，免得被瞧見，知道我們要幹什麼。

我低聲說：「他們可以幫忙，多幾雙眼睛。」

他仍抓著我的手腕，抓繩般拉我緊靠身旁，希望我謹慎。我用力一抽，像潮溼的魚掙脫。

我說：「我要去。」開始跨步走，不用回頭，也知道他跟在後面，他沒得選擇。耳裡傳來窸窣聲與松針壓斷的潮溼喀響，我知道他跟來了。

藍道爾非常敏感銳利，能瞧到別人瞧不見、聽到別人聽不見的東西，率先看到我們。

「我就說瞧見你們往這兒來呢。」

我說：「是啊。」

藍道爾說：「你們跑那快幹啥麼？」大亨利靠著樹，身體朝前傾，彷彿坐在空氣裡，樹幹就是他的椅背。

我說：「我也不知。」

噴子在我身後說話。

「你們得帶細仔回家。」

「他在這兒有毛關係？」

噴子雙手抱胸說：「我要弄一樣東西。」

藍道爾說：「從哪兒弄？」他看著噴子點頭，嘴巴大張，好像魚兒呑水，然後說：「噢。」

之後沉默。

大亨利說：「啥麼？」

噴子大呼了一口氣，雙手在胸前抱得更緊。

噴子不說，我就說了：「爲了狗崽啦。」

藍道爾說：「不成。」

噴子只看了他一眼，胸前手臂肌肉糾起。

大亨利說：「你不知道他們那些個白人家裡都擺了啥麼。搞不好有槍。」

我說：「我們沒要進屋，是進農倉。」

噴子嘴唇緊繃，說話了：「『我們』無有要去農倉，只有我，妳照我說的把風。」

藍道爾搖頭，細長的手指一張，抓住在身旁金金看的細仔，說：「你們哪兒都不准去，統統跟我回家。」

大亨利喘氣說：「噢，尻啦。」

噴子放開雙手，大力甩向身體兩側，說：「我們不走。」他的聲音很大，好像國慶日放的那種小焰火，四面冒火花，在骯髒泥地上蹦跳，亮得刺眼。噴子說：「首先，我跟愛西已經踩遍整個地方，觀察那房子媽的快一小時。無有人在家，只有車道那邊靠房子後側有一條小狗。我知道自己要啥麼，也知道它在哪裡，更何況，你也有好處。如果我的狗崽活下來，可以賺到八百元。八百元。你知道那八百元，我們可以幹啥麼？你不用在那兒求老爸給你錢參加兩星期後的籃球營，也不用拚死命在夏季聯盟求表現，想辦法搞到一個獎學金。我知道你想去，我也知道老爸沒那個錢。」噴子兩手擺在身旁，嘶聲吼，好像渾身冒酸嗆出苦澀的煙。他喃喃說：「何況，你也不算家長。」

大亨利說：「這事蠢透了。」

細仔拉著藍道爾的手臂說：「我跑得最快。」

我說：「閉嘴，細仔。」

藍道爾把細仔拉到身旁摸他的腦袋，就像噴子替我抹掉血珠時，我的手放在他的腦袋一樣。細仔安靜下來，轉身對著我們，藍道爾的手像圍巾繞著他的脖子。細仔還在笑，以為自己能跟我們一起跑。

「細仔，你哪兒也不跑。」細仔垮下臉。藍道爾抱著細仔的胸口，低頭瞧他的腦袋，拂掉他頭髮上的苔蘚，對著他的頭頂說：「你肯爲我這麼做？」一開始，我不知道他在跟誰說話，隨即想起噴子，他在我身旁點頭。噴子每點一次頭，汗珠便毫無阻礙從腦袋流過尖挺的鼻子、長了柔毛的上唇，然後像細細的夏泉滑落下巴。

噴子仍在點頭，說：「是的。我肯。」

噴子勾勒計畫。這就是他爲啥對狗和瓷器這麼有辦法，他能拿爛木板變出狗舍、搞出松鼠BBQ，扯開油氈布來鋪地板。

「你個頭太大，不能現身空地。」

大亨利說：「本來就無有要去啊。」噴子聳聳肩。

「你跟細仔待在林子裡。閉嘴，細仔。我講眞的。聽過糖果屋的故事沒？這屋子的主人就是這樣子，等著把你養得像小豬一樣肥殺來吃。所以給我閉嘴，跟大亨利待在林子裡。如果你像昨晚那樣偷溜出來——閉嘴，細仔，我可瞧見了——給我逮到就抽你一頓。要是那些白人沒先把你吃掉的話。」

藍道爾問：「你要我幫你進入農倉嗎？」

「不用。無要幫忙。何況你太高了。你待在草地邊緣，靠柵欄那兒，注意整個草地。瞧到啥麼動靜，就吹口哨。」

藍道爾說：「愛西呢？」

「愛西要去草地中央，躺在那些個樹樁旁：靠得比較近，比你容易瞧見車道動靜。瞧見了，就吹口哨。愛西，要大聲吹，不是小寶寶口哨。」

我說：「我比你早學會把手指放進嘴裡吹響哨啦。噴子。」

他說：「我知道。」說話時瞧著我，因此我知道他在說實話。「好了，大家準備好了嗎？」他的口吻與其說是問句，不如說是聲明。噴子才不允許你沒準備好。「好。就這樣。你們一瞧見我出了窗戶，就開始跑，別回頭，跑。」

我們之間有條隱形的線，連結草地上的我們；噴子彎膝，背部拱成黑球，奔向農倉窗戶。我半趴著，肚皮下的草高低不平，一叢叢，我像條蛇等在樹樁後。藍道爾躲在我後面的林裡，半蹲在葉子如指甲片大的巨大矮樹叢後。大亨利跟細仔在藍道爾更後面的林子。當我離開他們時，大亨利正在前後跳，細仔離他一段距離，蹲著，雙腳張成Y字，拿樹棍挖松針疊成屋頂。

牛兒扯起一撮草，規律進食、咀嚼、吞下，又扯一撮。鷺鷥拍翅，成對漫步。有一隻離開了伴侶，踱到我面前，一步一啄，所以鳥嘴看起來像第三隻腳。牠越走越近，我噓牠，牠便停步。牠比其他鷺鷥要白。羽毛柔軟如絨，好像年紀比較小，剛出生沒多久；溫暖的身體在羽絨下啪躂走。我再噓一次，這會兒牠又像撲拍的枕頭走開了。噴子奔過草地，牛兒沒理會他，太靠近牠們的沙拉盤時，牠們就踱開數步到旁邊進食。噴子在另一邊柵欄下爬行，然後像跳躍的一抹陰影，奔去他指給我看的那扇窗子。他的手抹上臉又放開，因此我知道他鐵定吐出刀片。他跳起來攀住窗沿，兩腳撐著牆壁平衡身體，開始搞那窗子。我的腋下又熱又潮。

我自言自語催促他：「搞啥麼啊？嘖子，現在，快點。」

他用力轉，但是窗戶打不開。他滑下牆壁，手又伸到臉上。抓起衣角，T恤從腦袋掙脫，裹住手臂，又跳上窗沿，攀住。一隻手撐著，裹了T恤的那隻手肘敲窗玻璃。裂了。再敲一次便整個碎開。嘖子手肘膝蓋並用，縮起大腿，扭曲肩膀，整個沒入農倉的一團黑裡，不見了。

我對鷺鷥低聲說：「謝天謝地。」牠不肯離開，在我腳邊狐疑地繞圈圈啄食。

就我視線所及，車道那邊空空的。樹木正隨風搖擺，遠看像閃爍的綠色窗簾，到了車道中央，變成深綠色絨布。我睜大眼死瞪，努力瞧動靜，猛舔嘴唇，舌頭捲成波狀，隨時可以吹口哨。我的手臂快麻了，所以我側身觀察車道。那抹藍色是金屬反光，有如消失前的星辰？什麼也沒有。我又噓趕那隻鷺鷥，想著曼寧怎麼沒來，啥時才會再來，下一次，他會不會對我需索更多？如果我能讓他再度正眼看我，不再走開，就好了。

那痛來得突然，尖銳。穿透我的屁股，我夾緊兩腿，訝異自己的膀胱像濕透的海綿。忍不住了。我得撇尿。再度。

我對著農倉側面以及空蕩亮眼的車道說：「尻，嘖子。」我忍得住的。但刺感再度衝上來，我在草地裡左右搖擺屁股，夾緊雙腿。有時這樣動一動夾一夾可以忍尿。果然壓力減低了。但只維持一瞬，我朝依然空蕩的車道點個頭，再搖個頭，尿意便回來了。壓不下去，蝌蚪長大，卵包不住了。壓力。我忍得住。我忍不住。

我站起身，回頭瞧藍道爾蹲伏的綠林。或許我可以把短褲與內褲拉到一邊，側著尿。我拉扯鼠蹊處的鬆緊帶，太緊了。我沒法面對車道小便。不可能。遠處的藍道爾與大亨利，以及更遠的細仔會看到。看到我的一抹肩膀、腿，甚至乳頭，還可以接受，但是在草地上亮出我的屁股對準他們放尿，這個我辦不到。我告訴自己，只要一下子就好，我往前一跳蹲下，面對林子裡的藍道爾、細仔、大亨利，屁股盡量貼地，一點點拉下短褲，直到肌膚感覺到空氣。我用力擠出尿液，有如水管猛噴，草都被噴趴了。寶寶跟尿液合而爲一，那一刻我忘記它們的存在，徹底忘記，甚至覺得它們消失了。我開始一吋吋拉上褲子，卻卡住了，想要避開尿濕的草時，我聽到了，眞希望沒發生。藍道爾的口哨短尖刺耳。我一口氣拉上褲子，朝前趴，轉過頭，便瞧見銀色散熱罩，接著暗藍色車影浮現佔據車道。

他們來了幾個字像球棒敲擊腦袋一陣痙攣，我把手指放進嘴裡，吹啊吹，直到我聽見藍道爾喊「愛西！」。

我先瞧見噴子的手穿過窗戶。卡車從車道出來，繞到房子側面，我呢，匍匐倒著爬，身旁牛群緊張撤退，鳥兒揮舞翅膀，跟我相熟的那隻鷺鷥在我身邊發出尖鳴，棄我而去。車門開了，我站起身，仍彎著膝蓋屁股朝後。車斗裡有一條狗，像母鹿一樣蹦跳吠叫，討人注意，叫叫叫。蓬鬆的長毛跟我的頭頂烏雲覆蓋的天空同個顏色，黑色腦袋對著我，鼻子堅定對準我們這夥人連起的線。

先下車的是白人男子。他甩上車門，對著狗揮揮手，姿勢像是夜裡在海邊朝淺潮拋魚網。我的腳似乎被鐵絲綁住了：無法跑。噴子上半身懸在窗外，狗兒躍下卡車，低咆變成怒吼，聲音像鐵鏟拖過磨損到只剩砂石的柏油道路。噴子臉朝下，前臂與腦袋率先落地，打個滾，起身。那條狗一路在農倉打轉蹦跳，是一團雨水裹住暴風的顏色，男人視線轉向他瞧不見的農倉側邊。噴子腿朝後踢，拚命跑，一手高舉過頭前後揮，好像在劈切空氣，我這才明白他在叫我跑。我連忙衝刺，男人在我背後大叫：「嘿！嘿！你們在我的草地搞啥鬼？嘿！」他年紀太大，頭髮像那隻狗的顏色，手臂太短，又有個大肚皮，才衝刺幾步，整個臉蛋就漲紅，跑到草地中央便放棄了，但是他的狗火力十足，暴衝，彈跳。噴子趕上我，喘氣說：「跑啊。」我不再瞧那男人，此時女人也下車了，穿了粉紅衣裳，手放在屁股上，頭髮鮮紅，那男人一瘸一瘸穿過草地朝我們走來，揮舞右手，彷彿手中有棍棒。我跑啊跑。狗兒興奮大叫，離我們僅數碼。

那男人對狗兒大叫：「嘿！」我瞧到他的最後身影是轉身走向房子，依然揮舞看不見的棍棒。森林張大嘴吞噬我們。大亨利跟細仔不見蹤影，藍道爾在我們前方奔跳，姿態優雅，腦袋低垂，兩腿像黑絲帶朝後飛。狗兒的吠聲好像卡在喉嚨，再由牙縫撕裂噴出。我的心洶湧，手腳開始刺痛，尿液沉甸甸在中央。繼續跑，我可以甩脫這感覺。

那男人又叫：「嘿！」濃密樹林壓抑了他的聲音。緊接著來福槍響。他叫：「扭扭！扭扭！」聲音逐漸變小成細絲。我的腳抓地又蹭開。噴子在我身旁，跑姿就跟往常一樣詭異：手刀飛舞。每次那頭狗鬼叫，就好像已經咬上我的脖子。我的皮膚恐懼緊繃。

噴子說：「加把勁。」他跑到我前頭，拉大距離。我伸長腿，腳跟抓地。狗在背後低吼。正前方穿過一叢松樹的是大亨利，細仔攀在他背上扭頭瞧，面無表情，只是伴隨大亨利跑步震動，嘴兒一張一張的。我以爲他會哭或叫，但是沒有。那條要命的狗還沒出現前，他就知道我們得死命跑。大亨利像頭受驚的熊，重重踩過矮叢，原來他也有腳步沉重的時候。藍道爾則像控球後衛躲過樹木。狗兒突然一咬，我發誓牠的口水都滴到我腿上了，我瞧見噴子撈起一根樹枝，拿它當球棒，卻像打高爾夫往後揮。

噴子一口氣說：「妳得跑得更快些。」我知道啊。全怪我肚裡那個該死的祕密。我舒展腳趾、腳弓、後跟、韌帶、小腿，轉開膝蓋的鉸鏈，以及連接大腿與屁股的關節。這是我擅長的另一件事：跑。

當我們跑過高聳如大教堂的橡樹，捲起煙塵蓋住中間如小教堂的矮叢，我聽到噴子說：「一半了。」那狗還是一步一嗥，不肯放棄。我本以爲牠會失去興趣，滾蛋，但是牠無情如盤旋不去的轟雷。

噴子再度朝狗揮舞樹枝，喊：「呿！」現在我跟噴子並肩了，卻仍無法甩脫那條狗。我們來到一個小丘，光禿禿沒有松樹，但鋪滿滑溜溜的松針。大亨利在山丘底，正爬起身，一隻手撐著地，另一隻手白白的掌心抓著細仔。細仔全程沒摔下。

我大喊：「跑啊！」藍道爾從大亨利手中抓下細仔，細仔到現在都沒出聲。現在我們形成集團，藍道爾在最前面，指點我們穿過松樹間的寬縫、哪裡有最矮的樹叢可跨、繞過高大強壯的橡樹。鋸櫚啪啪鞭打我們的小腿。狗吠聲轉尖銳，好像在說：我成功了。凹地就在下方，我們奔至邊緣，加速衝往房子，想竄進關上的後門，跳上汽車頂，保命。凹地與房屋還有棚屋間的林地，好像嘆息般咻地閃過，我們抵達屋後空地，噴子扔出樹枝。那狗猛地站住。快樂大叫，興奮呼喚滿臉通紅的主人：他們在這裡，這裡！

瓷器就像手指放在唇間禁止你出聲的「噓」，撲上那狗，白影壓灰毛，白雪蓋烏雲，冰冷殘酷一咬。毫不容情。那口咬得厲害，扭扭的咆哮與瓷器的怒吼相撞，但是牠已經像球一樣蜷曲翻滾，尖叫。藍道爾跟細仔奔上臺階，細仔仍是嘴兒張大大，眼睛金金瞧。我停步臺階底。大亨利爬上他的車頂瞧著噴子跑步。噴子雙手仍是朝外伸，扭身擺定重心，瞪眼瞧。扭扭再度尖叫，聲音有瘋狂味道。瓷器抓住牠，拱起背，咬得更深，整個身軀鑽向那條狗，像要生崽似的。扭扭的尖叫變成哀鳴。瓷器鎖死牠的脖子了。噴子在笑。

我大叫：「噴子！」用力拍他的背。他肩胛骨間的平滑背肌結實得像餐盤。他驚訝瞧我，笑容遁去。

「啥麼？」

「瓷器快斃了牠。」

他回頭瞧瓷器。這會兒，瓷器身體拱成兩節，露出獠牙，扯得那隻狗猛呻吟，不停顫抖，流血。

我說：「叫牠停。」

噴子的手在口袋裡撥弄，根據那玩意大如拳頭的形狀，我猜是牛驅蟲藥。

扭扭翻來滾去，像颶風。我壓過呻吟與尖叫聲對噴子說：「他會聽見牠在嗥，追到這兒。」

噴子吼：「停！」衝向瓷器大叫：「瓷器！停！」他抓住瓷器的後大腿，用力拉。瓷器轉頭，模樣凶狠，但只有一次，之後就放開扭扭，頭兒猛地後仰，嘴中鮮血閃亮噴向空中，變成珠串，如細雨落到沙地。扭扭跳起身，像他的主人般一瘸一瘸逃向凹地與再過去的林子，牠的驚惶叫聲像趕赴其他緊急事件而逐漸遠去的警笛。身後留下紅雨。

第五天

鑾骨猶存

今早，我膀胱裡脹滿孕婦晨間尿，衝進浴室撞見嘖子站在鏡子前，我明白了：身體會說故事。嘖子打赤膊，兩根手指正在撫摸腹部的割傷，就像每次鬥狗後，他掰開瓷器的嘴查看撕裂傷或斷牙：輕柔、敏感，也像人們手指伸進杯蛋糕舔糖霜。

嘖子套上T恤低聲說：「妳快點。」浴室光線仍灰濛，太陽還沒升上來。我們擦肩而過。他站在走道外，我沒關緊浴室門，留條縫，開始尿。沖馬桶，放下馬桶蓋，坐在上面，用力把腹部往下擠，它又彈上來。我盼著它只是萝卻也立刻明白它不是。嘖子在走道拖著腳走來走去，明白我不打算離開浴室，便又進來。扭扭跑走時，我注意到他的T恤破了，卻不知受傷多重。

「啥時發生的？」

「爬出窗戶時。太趕了。」

我壓下肚皮，噁心竄遍全身。我該怎麼跟他說？

我說：「對不起。我當時尿急。」

他拿起一條舊到褪成白色的王牌繃帶，拉起衣角扯向脖子後方，像連肩袖短外衣般掛在肩頭。他好瘦，衣服鬆垮垮的。

他說：「沒事。」

那繃帶是藍道爾的，大概是綁膝蓋的。他的膝蓋老有問題，教練說他得開刀，學校會出錢，但是藍道爾一直拖，不想錯過上場時間。比賽後，他的膝蓋都會腫得像水球。

「我一瞧見他們就吹口哨了。」

噴子說：「我知。」他一手拿繃帶，另一手想把繃帶繞過身體。那傷口好恐怖；四大條，深深割進腹部跟身側。他手忙腳亂。

我抓住繃帶的一頭說：「讓我來。」噴子放手。他腦門的顏色現在比較接近身體其他地方。昨晚我睡著前，他在棚屋陪瓷器，幫牠鋪地板，重新安置。他搭蓋的狗舍還只是三塊釘在一起的木板，右邊傾斜，擱在泥地上。我問：「你傷口有擦東西嗎？」

噴子對著腋下說：「只是沖了個澡。然後拿瓷器瓶裡的雙氧水倒在傷口上。」這是每次鬥狗後噴子會做的另一件事，用洗乾淨、漂白過的毛巾沾雙氧水擦瓷器的傷口。瓷器呢，懶洋洋微笑，好像穿了簇新國慶衣裳受到讚美的女人。

「這繃帶乾淨嗎？」看起來髒，磨到快破了。

噴子嘆氣說：「我昨晚洗過又漂白了。」我先為他繞上一圈，原以為布料碰到皮膚，他會縮一下，沒有。總算有一次，他聞起來沒狗味，倒像推動墨西哥灣潮汐而非岸邊潮汐的那種恆風。

天使灣的潮水有生蠔剛挖出泥地的味道。小時，老爸常帶我們到那裡的小海灣游泳，比河水混濁而且冷，水底是一片生蠔殼景觀。我們挖起生蠔，扔到海灣外。岸邊沼澤草舞動，松樹橫枝水面，鵜鶘成隊漂浮。老爸會在一個傾頹的碼頭釣魚，有時則跟幾個朋友到橋下樁基突出處垂釣，多數時候，一整天下來，他的收穫只有清空一整個冰桶的啤酒，以及在冰桶水裡小聲攪動的一、二條黃花魚。他的朋友釣的是十五磅重的紅魚，得死命拉扯才會離水。結束釣魚日，老爸會大聲呼叫我們，聲音裡醉意大過怒氣，下沉的太陽將我們背後的天空染成馬戲團大帳棚。我們腳底總有亂糟糟的刮痕。

噴子說：「綁緊一點。」

有時老媽也會跟我們去海灣游泳。繞著老爸跟他的朋友打轉，或者坐在凹陷的鋁條塑膠庭園涼椅，那是老爸從凹地撿來的。有時她會跟著他們的笑話笑，但是她不喝啤酒。多數時候她只是兩腿夾著釣竿坐在那兒，卻也是她釣到了鯊魚寶寶，顏色跟海水一樣，足足有她的手臂那麼長，力氣很大。老爸想接手釣竿，老媽不肯。老爸的朋友笑了，想要接過釣竿，她只是兩手緊握竿子，在布滿生蠔殼的沙灘上以及刺到咬人的沼澤草裡，走來走去遛那條魚，遛到橋下，又遛到橋再過去。老媽的手粗壯渾圓，氣力隱藏在女性脂肪下，把那條鯊遛到累，簡直是軟性謀殺。當那條魚放棄了，老媽收線把牠拉上來，發出響亮笑聲，那笑聲跟著張大翅膀隨風而起的鵜鶘一起衝上天。那晚，她用奶油煮鯊魚，浸在白脫牛奶裡去腥味。吃起來好嫩，帶海水鹹味，沒刺。

噴子看著我的手說：「快弄完了？」我不知道他是否瞧過綁帶下的傷口，有沒想過癒合後模樣。那可是屬於他的「鬥痕」。

我說：「是啊。」

老媽最後一次跟我們去海灣，老爸朝後甩竿要扔向海裡，卻勾到老媽的手掌。倒鉤刺得很深。她拔出鉤，就在我們游泳裡的水裡清洗手掌。那時她懷細仔已經大腹便便。傷疤癒合，扭曲，紫腫，流膿，還得上診所拿藥膏擦。有時外出，她陪我走過店鋪或者人群，就會捏著我的脖子，我感覺到她手上的疤，就想起那些鵜鶘。近看，鵜鶘嘴上點點黑，像船身的藤壺，跟老媽的手同個顏色，銳利如刀。鵜鶘不喜歡我們游得太近。老媽的手，獨一，無二。媽媽。

「妳昨日跑得慢。」

我抓緊綳帶，噴子從水槽拿起一個生鏽的別針，別好。

我說：「只有一開始。」

「爲啥麼？」

「不知。」陽光像霧氣滲入浴室。

噴子將襯衫拉回原處，低頭看我的胸部、小腹和腳。他察覺啥麼？我移動身體，忍不住想雙手抱胸。

「或許妳體重增加了？」

「你說我肥？」我忍著不哭。我不要他知道，不想告訴他，因爲說不出口。我都還沒大聲對自己說出那兩個字。自從我看到驗孕棒的兩條線，我只在腦海奔竄想著這事兒。

噴子說：「沒啦，或許妳只是抽個頭兒。」噴子走出浴室後，陽光厚重瀰漫四處，海灣味隨噴子離去，留下炸物味，我旋開水龍頭，臉兒埋入洗手槽，盡量不出聲，吐。

我跪在洗手檯上。洗臉盆是硬鐵，接觸塑膠檯面的部分就形成一個脊，吃進我的膝蓋。我想看看肚子有多大，是不是看得出來。這是屋裡唯一可以偷偷照鏡子的地方。起居室倒是有面假金框的大鏡子，但是沒法在那兒照。我得瞧瞧噴子、藍道爾、細仔、爹地，還有曼寧眼中的我。我成日拿手遮著肚皮，醒來時手都還擱在短褲上頭，我得親眼瞧瞧雙手下的肚皮。

我將衣角扯高，塞到胸罩裡。我的胸部豐滿浮腫柔軟，像月經前的乳房，但還能硬塞到胸罩裡。我的軀幹成平坦的Y字型往下到腰部。肚皮上的黑點像小黑豆，那是小時得水痘留下的疤。我、藍道爾、噴子那時一起得水痘，我神智不清、痛苦迷糊地在沙發上躺了三天。老媽每隔一小時就得拿洋甘菊液給我們抹身體，那幾天感覺是永不結束的黑夜，像阿拉斯加隆冬。不抹洋甘菊時，老媽就讓我的頭靠在她的腿上，掀起我的T恤，搓揉我的皮膚，直到舒緩與睡意上身。那時，我連舌頭都潰爛起泡。

懷孕前，我的小腹幾近平坦，肚臍突出，像閉起的眼睛。皮膚黝黑，痘疤更黑。現在，我看起來也不算胖，最多是略微豐腴。肚臍「眼珠」現在張開成一條縫，周圍是一層肉。我側過身子，腳蹭著洗面盆，腳趾在盆裡，屁股坐在腳跟上，膝蓋朝下壓，盡量挺直身體。喏，就在那兒。不像西瓜的曲線，沒那麼大。也還稱不上哈密瓜，沒那麼固定。最多像洋香瓜，微微長條形凸起。我用力壓，它不會像脂肪一樣緊實泛白下陷，而是彈回來，水水暖暖的。我從胸罩拉出T恤。我們幾個分享衣服，多數是男性T恤、寬大牛仔褲跟棉短褲。從外表，他們看不出我懷孕的，但它確實在那兒。可能那天裸泳，我上岸穿衣時，嘖子看到了。我不知道。但絕對不會有第二次。我不會讓他看到，直到瞧不瞧得見，再也由不得我們選擇，由不得我們迴避，由不得我們視而不見，直到我們一回頭就變成石頭[9]。

終於，老爸像鳥兒築巢那樣堆在地上的東西今天沒變大。他像條蛇隱密躲在傾卸式卡車下的泥地上，暗藍色褲腿，紮進工作靴的褲腳是黑色的，好多年前老媽買這條褲子給他當聖誕禮物，褲腳還是棕色的。細仔坐在老爸腳邊，在泥地挖洞。他拂開泥土，讓人家看不到挖掘的痕跡，只看到一個個洞。

「小鬼，給我那個扳手。」

細仔不是沒聽見，就是懶得動。他輕拍泥巴，就跟他以前輕拍凹地這兒的流浪狗一樣。嘖子沒帶瓷器回家前，這兒有流浪狗，多是斑駁色，像枯枝落葉沉入泥巴後變黑那種，牠們成日跟在細仔屁股後頭。當細仔不想洗澡朝藍道爾大發脾氣，或者考試砸了，跑到空地與樹林裡哭，那些狗就像雨後漲潮的溪水繞著細仔打轉，舔他的臉。牠們會跟細仔一起窩在屋底。瓷器來了兩年，流浪狗失去蹤影。我不記得是瓷器鬥死牠們，還是牠們瞧見瓷器一日壯過一日，能撕爛輪胎，就在夜裡一頭頭溜走。細仔永遠成了過早斷奶的小崽。

老爸高聲嚷：「細仔！」我躡手躡腳穿過破網狀的陰影，企圖閃邊不讓他們瞧見。我想找噴子。他得給狗餵藥。

老爸嚷著：「細仔！」拿手邊不知啥工具猛敲傾卸式卡車的輪胎輻條，鏘鏘像鈴聲，驚醒猛瞧土洞的細仔。老爸吼：「扳手！」

細仔撿起扳手。他是個強壯的小男孩，手臂彎曲抓東西時，肌肉一蹦一蹦的。跟所有偏食的小男孩一樣，他精瘦，要到青春期才會變成瘦長或者肥壯，逐漸進入成人體型。他把扳手放在老爸的腿上。

細仔說：「在這兒吶。」我動作太快，吸引了細仔的目光，我朝他搖搖頭，但是他已經衝口說：「愛西，妳上哪兒？」

「愛西！妳的哥哥們都在哪兒？我這兒需要幫忙。」老爸的聲音像汽車噴煙從車盤底呼嘯而出。

「不知吶。」

他又吼：「啥？」

「我說我不知。」細仔已經起身追隨我，我加快腳步。

細仔問：「噴子哪兒去啦？藍道爾有在嗎？」

老爸大吼：「等等，給我過來。」

老爸在車盤底扭動。它整個遮蔽老爸，看起來也像空地上的其他廢物，譬如鏽蝕如魔鬼蛋撒辣粉的冰箱、引擎碎片，還有年代久遠到槽裡還有攪拌棍、簡直像蛋糕攪拌器的洗衣機。

「我要妳坐到駕駛座。細仔來通知妳時，妳就發動車子。」

「如果你需要，我可以去找噴子。」

老爸的一邊肩膀已經塞回車底，說：「不用。我今天就得修好。馬上。暴風雨過後，有傾卸式卡車的男人可有錢撈了。荷西昨天剛掃過墨西哥那兒的人，不過墨西哥灣外又有一個形成。第十號熱帶低氣壓。還很遠，水便很熱……」老爸聲音越來越小，消失於金屬下。這輛車在老媽死後沒多久便報廢了，因爲是事故，老爸還領了殘障補貼。我沒問他，又沒人要求，他是要怎樣開著這輛大卡車滿街轉？細仔蹲伏老爸旁。老爸身邊的泥地埋著一瓶喝了一半的啤酒。

駕駛座有好多支控制桿，我一支都不認識。

我朝細仔大叫：「跟爹地說，我不知道怎麼發動卡車。」駕駛座的邊縫都剝落了，看起來像塑膠包裝紙，裡面的泡棉潮溼。儀表板、方向盤、窗玻璃都蒙了厚厚灰塵，像糖果硬殼。

老爸靠近時，聞起來像醋、像鹽。這是剛開始喝酒的氣味。

「瞧見那個沒?」

「嗯。」

「那是離合器。這是煞車。這個放在中間位置，不用動它。但是轉動鑰匙時，同時間踩離合器跟煞車。」

「好。」

「其他啥的都別動。」老爸的手像我跟嘖子的。我們就是從他那兒遺傳了寬扁的手指。我瞧他的臉以及指關節一樣頂著襯衫領口的鎖骨，看不出我還遺傳了啥。他繞到卡車邊。幾分鐘後，細仔攀上卡車門。

「他說發動。」

我按下鑰匙轉動。喀啦一聲後啥也沒。細仔跳下車用跑的，一下子又現身爬上車。

「他說再一次。」

我又按壓轉動鑰匙。這次連喀啦聲都沒。一隻蒼蠅嗡嗡飛進車內，決定嚐嚐我的手臂。我揮走牠。

機械噪音中，我聽到一聲悶悶的「幹」。

「去問他，我還要再試嗎？」

細仔懶得爬下去；探出身子朝外喊。細小的肌肉像鞋帶緊繃。當他還是個小娃，藍道爾抱他最多，其次是我。一開始是老爸餵奶，後來他發現我跟藍道爾也行。他教藍道爾正確的配方奶比例，怎麼用一盆熱水溫牛奶，才不會太燙，就上了皮卡，出門找院子活或者零工。之後，藍道爾負責泡奶塞到冰箱，我跟他就可以餵細仔。嘖子呢，只要一碰，細仔就哇哇哭。開學後，老爸送細仔到穆達姥姥家。穆達姥姥一頭白髮辮子盤頭頂，除了家居服，沒瞧過她穿別的。她幫上班父母帶孩子賺錢，照顧細仔直到他上啓蒙方案[10]爲止，那時她的記性開始變差，就不再帶孩子了。她的獨生女蒂達搬回來照顧她，但是多數時候，蒂達回來奔波傑馮家與她家的泥巴路上，搞毒品快克。我懷疑細仔還記得穆達姥姥。他從未提過她，就算我們前往公園，瞧見她像躲迷藏的孩子迷失在杜鵑花叢裡，他也沒喊過她的名字。有時我懷疑細仔的腦袋像個大漏杓，誰餵他奶、誰照顧他、誰舔乾他的淚水這類記憶就像水嘩嘩沖下水道，從漏杓的金屬洞流光了，只留下眼前：他的沙地洞、他的赤膊雞胸、藍道爾的吼叫。他的現在沖走過去，就像我們沖洗掉蔬菜上面原本藉以生長的泥巴。

我按轉鑰匙，等待。

「停！」老爸朝空中揮舞扳手，但是卡車太大，引擎蓋遮住他的腦袋，只瞧見他黑抹抹的手跟骯髒的工具。他說：「出來。這車還沒有好。妳走吧。」

我跳下卡車，細仔已經跟屁上來。

「細仔，再幫我拿罐瓶酒。」

細仔說：「愛西，你們總是拋下我，等等我啊！」然後他奔進屋內，身後留下幽靈似的一條灰塵。

噴子說：「牠需要一點獨處時間。」瓷器在他身旁，正張口咬蚊蚋。一旁是曼寧，雙手抱胸，腦門上棒球帽高高。每次瓷器一咬，他儘管努力忍，還是縮一下，看他圓圓的肩關節就知道。

瓷器張口咬，沒咬到，猛地搖頭，曼寧聳肩掩飾自己的驚嚇，拋出這句：「你該給牠洗個澡啥麼的。」

噴子蹲下來撫摸瓷器的胸口說：「我會的。」瓷器抬頭，全身微微抖動，好像橡樹藍調酒吧裡跳舞的女人。橡樹酒吧位於野林鎮正中心的一塊六畝林地的棒球場裡。夏季星期天，他們爲黑人城鎮球隊舉行比賽。我們還小時，有個星期天比賽，戶外廁所壞了，藍道爾陪我走進橡樹酒吧上廁所。他、噴子跟我一整天纏著朋友討零錢，去牛棚區後方掛在鐵絲網上的零食攤買醃黃瓜跟汽水，看客隊鼓掌、吹哨、踢球棒，練習打擊，老爸跟老媽則進進出出橡樹酒吧。

曼寧說：「從沒瞧過牠這麼髒。」

瓷器嘴角還有扭扭的一點點血，像唇膏。凹地的紅土讓牠發出粉紅光，好像身上還帶著黏黏海水、略微川燙過的蝦子。曼寧沒睬我，也沒睬正朝著樹枝蹦跳、拿它當籃球框碰觸的細仔。平日揣在口袋裡、抽小雪茄用的打火機，此刻正在他的指關節上下翻轉。這是他緊張時的習慣，心有旁騖就會出現的動作，自已都不知道。

「我要等到鬥狗前才給牠洗。到時閃瞎牠們。」

藍道爾陪我到橡樹酒吧上廁所那天，裡面彎彎角角、煙霧瀰漫，還有酒瓶像保齡球撞擊桌面的聲音。藍道爾緊抓著我的肩頭，我都疼了。老媽在舞池裡；我從未瞧過她跳舞，後來更沒機會。她是跟別的男人跳，老爸坐在舞池角落看。老媽看起來就跟瓷器現在一樣抖動，腦袋往後甩，喉頭汗珠亮晶晶，平日裡結棍的身體乳波臀搖。她好美。

「我以爲你還不打算讓牠鬥，還在奶狗崽啥麼的。」曼寧停止翻動打火機，拋向空中再接住，點燃一根小雪茄，含在嘴角說話。

「無有要鬥牠。但是要帶牠去。可不能讓那些黑仔忘了牠。」

瓷器懶洋洋躺在沙地。牠的乳房還是腫，只是小了點，攤在身上好像枕頭。劃分乳房與肋骨的肌膚皺巴巴的，乳頭粉紅，幾乎淡成白色。我從沒摸過牠的乳房，我想像這大熱天的如果我摸下去，乳頭應該軟軟涼涼的。牠不像其他狗腦袋趴在泥地上呼呼噴氣，而是猛盯我跟曼寧。好像知情似的。

「你知道雷可會去。一筒會上去鬥。」

當曼寧提到雷可，又開始上下翻轉銀紅色的打火機。上面的圖案像刺青，寫著「愛火熊熊」，對角線的兩顆心熾烈燃燒。他的嘴吻上小雪茄，深抽一口。瓷器眨眼打哈欠。我乳房下的胸口波動，好像有人把水管龍頭開到最大，夏日熱氣炙烤的水嘩地衝出，滾燙。這就是愛，痛啊。曼寧從頭到尾沒瞧我。

噴子說：「那一筒最好有準備，因爲馬奇斯跟我說啊，他在巴頓魯治那邊的表兄弟喇賽說他有一頭天霸王，要帶來參賽。」噴子跨騎瓷器，揉摸牠的側邊身體，撫順肋骨附近的毛。瓷器的尾巴敲地，揚起灰塵，靜止。

「一筒永遠準備充分。」

雷可是曼寧住在哲曼的表兄，是他帶一筒來跟瓷器交配的。雷可的那條狗一身紅肌肉，咬得死人。當初是曼寧牽線的。當瓷器慢慢長大，柔軟的幼崽肌肉逐漸變硬，像生蠔正中央的珍珠，而噴子的奉獻灌注就是活生生的肌肉。牠身子抽長變壯。每次大夥在樹下聊天，曼寧就在那兒噴垃圾話，好像能貶低噴子寶貝狗兒的神奇。他以爲他藐了瓷器，我們就會相信在這個到處是垃圾、勉強掙飯吃，樣樣事都得扁著個肚皮奮鬥打拚的凹地裡，瓷器不是雪白、漂亮、優雅得像朵木蘭花似的。

曼寧會坐在牛奶箱或樹樁上說，我雷可表哥有條狗可火呢。跟你的差不多年紀，體型比較大，肌肉比較多，咬得死人。噴子不是不理他，就是拖著死咬著自行車輪胎不放的瓷器逛垃圾堆附近的沙地，斜眼看曼寧說，是哦。曼寧被碎玻璃烙印過的漂亮臉蛋上白牙一閃說是啊。瓷器尖吠回應，撲地向前一跳，拖得噴子趺步向前。他會說，到時就知道囉。

雷可說瓷器是「小咖」，直到那天他跟曼寧來凹地終於瞧見牠：膝蓋一般高，公狗一樣壯，渾身肌肉卻線條流暢，腦脖子長得像蛇。噴子要牠爬上傾斜的樹，撕裂半個汽車輪胎，牠咬得超狠，輪胎橡皮下的鐵絲都劃傷了噴子的手。當瓷器跟一筒交配，牠讓一筒舔屁股，也讓牠騎。一臉笑，好像很喜歡。噴子脖子青筋暴露，瞇眼瞧，看上去像緊閉眼睛。當一筒把大嘴放到瓷器的脖子，好像在親吻，口水直流。瓷器認定一筒想鎖死牠，討厭臣服，張口一咬，撕裂了一筒，又再咬，一筒從牠身上摔下。瓷器嘴角有血，一筒沒有。

「巴頓魯治那條狗叫啥？」

噴子笑著說：「天霸王。」瓷器朝沙地噴氣。

「總之，一筒打遍佛羅里達跟路易斯安那州。咬斷過一條狗的腿。他們最好有心理準備。」

「你瞧見了？」

「啥麼？」

「斷腿啊。」

「沒，雷可說的。」曼寧揮揮蚊蚋，用力吸小雪茄，噴得一臉菸霧。「你們得在這兒生個火。凹地做啥總這麼多蚊蟲，膽子大到白天都到處飛，晚上更是瘋了。」他扔掉小雪茄；它在泥地裡冒出一條鉛筆狀的煙，然後熄滅。

「我們凹地這兒樣樣東西都蠻，蟲蚋也一樣，蚊子更大得像蝙蝠。」噴子朝我跟細仔點頭說：「你最好留神。別瞧細仔個頭一點點，能偷捶你的脖子，讓你喘不過氣。還有愛西——」噴子站著說話，瓷器在他的腳邊轉，嗅泥巴地，他說：「你已經看到瓷器有多威了，你以為凹地裡另一個雌貨是好惹的嗎？」

「我無有說他們弱。」曼寧仍是沒瞧我，繼續說：「但是你也知道瓷器沒以前那麼威了。」

噴子青筋暴露說：「啥麼？」

曼寧說：「就算你沒想過，也該知道狗兒生那麼多，就沒法跟從前一樣。奶小狗很耗身體，這是雌貨必須付出的代價。」曼寧終於肯看我了，卻拿我當玻璃略過。

噴子笑了。那笑聲好像是劈開他的身體冒出來。

「你搞笑是吧？牠們就是這時最強，知道自己有東西要保護。」噴子瞄我，眼神轉離後，我仍能感覺。他說：「這就是力量。」

瓷器舔噴子的手，像在舔崽。噴子推開牠的頭，牠還是繼續舔，噴子不再看曼寧，脖子青筋消失，危險遠離：如果他是一頭狗，此時毛髮會趴下來。

噴子彎腰撫摸瓷器的脖子、下顎、臉蛋，一副要親上去的樣子；瓷器伸出舌頭。噴子說：「孕育生命就是明白啥麼東西值得一戰，明白啥麼是愛。」噴子揉揉瓷器的側腹與肋骨。

我問：「你給牠打蟲了嗎？」曼寧是怎麼看我的？以為我很弱？做為一個迎合他、接納他、將他吞噬乾淨的身體，這是必須付出的代價？曼寧是不是很高興他永遠不必付出代價？

「無有。稍早，牠不肯吃，吐出來。」

曼寧把打火機放回牛仔短褲口袋說：「你知道怎麼混吧？」他的緊身衫跟牙齒一樣白，夏莉亞鐵定洗過了。我懷疑他是否跟夏莉亞提過女性弱點。是否叫她雌貨，還像吐掉不甜的甘蔗一樣呸出這話？

噴子抬頭看曼寧，兩手一攤，嘴兒大張。

「混？啥麼意思？」

「屄，你要殺死牠啊。」曼寧的笑容簡直是想放聲大笑。我嚥下口水，突然明白自己超想推他的，超想兩隻手平放他的胸肌用力推，就因為他瞧噴子的表情，侮辱，也因為他說的那些話就是在講我，他卻毫不自知。我要他往後倒，扭傷不好的那隻手，然後我要把他壓倒在泥地，勒令他好歹也撫摸我全身一次。他說：「你應該拿食用油混合愛獲滅（Ivomec），才餵給狗吃。如果無有食用油，也甭用水，混不好的。」

噴子抓住瓷器的臉，掰大牠的雙眼細看，說：「今早，牠啥也沒吃。」

曼寧還在笑：「你確定？」

「確定。」

「牠只需要一點點，你有注射器嗎？」

「有啊，我……」噴子停了一下，看著我說：「昨天弄到一支。」我猜藍道爾早跟曼寧說了牧農、驅蟲藥還有那條狗的事，但是我也知道噴子不想要人知道。萬一那牧農穿過林子到我們這兒問東問西，越少人知道就越少人談論。我們住在野林鎮黑人心臟區，他則住在外圍的蒼白動脈區，我猜他大概不會跑到這兒，揮舞棍子像揮舞斧頭，狗兒嘴邊噴沫，貼了隔熱紙的閃亮皮卡後座窗戶邊可能還靠了一把來福槍。但是我知道噴子會老實回答，但是啊。

「二十磅體重半毫升。諾，瓷器大約六十五磅？餵牠一點五毫升。」曼寧說話時一隻手繞過胸口聳肩。這是伸展他的傷疤。他覺得無聊時就會這樣做。他的視線從噴子、瓷器身上轉開，越過細仔，細仔正在偷瞄睡在黑暗棚屋新地板的狗崽。之後，曼寧眼神又望向林子。從頭到尾沒瞧我。他說：「超過這個分量，牠可能瞎掉，再多就可能翹辮子。」

噴子扯著瓷器的腰腿，把牠拉近身，掰開牠的嘴，嗅嗅牠的舌頭。他已經從愛人變成父親，牠則是受寵女兒。我的腳趾在沙地上畫線，雙手原本插在短褲口袋裡捧著腹部，現在抽出來，我想暴露自己，好讓曼寧像注視瓷器一樣瞧我。細仔開始對著黑暗棚屋吹口哨，似乎想呼喚狗崽過來，帶牠們進入光線，認識一位新兄弟，然後跟他一起躲到屋底下挖土，就像他失去的那些流浪狗。

噴子說：「細仔，給我離門遠一點。」瓷器舔著噴子的氣息，品嚐他的話語。噴子問：「愛西，咱們有食用油，對唄？」

老爸在櫥櫃有桶兩加崙的植物油，如果他有捕到魚和生蠔，或者有朋友送，可以拿來炸。我不認爲瓷器會喜歡那味道。我伸出一根手指浸到油裡再抹到牙齒上。金屬味，平淡。但是檯面上還有老爸保存的培根油脂，放在積著厚厚殘渣的老舊金屬咖啡罐裡，那個吃起來有燒肉滴油的味道，感覺再吃一口，就會吃到鹹鹹、脆脆、硬如樹枝、外焦內嫩的培根。這個，瓷器會喜歡。

噴子找到一個大紙箱，切成一半，裡面襯了東西，說不準是舊衣服、舊床單，還是舊毛巾，因爲墊在狗下面，看起來就是黑灰的破布。紙箱底部寫著「西屋電器」。

噴子說：「在教堂大廳後面找到的。」他拿針筒吸愛獲滅。那東西跟水一樣無色。噴子坐在角度歪斜的生鏽工具箱上，兩膝夾著愛獲滅的瓶子。當他挪動身體，工具箱裡的鐵器嘎響，好像有人在磨牙。他重新蓋上瓶子塞到褲袋。曼寧走了，細仔站在角落，背著雙手，靠著棚屋牆。

「曼寧呢？」

「說有事要辦。」噴子一手拿針筒，另一手拿裝了培根油脂的咖啡罐。身體搖晃。

細仔大聲說：「他說還會回來。」他搖腳跟，撞擊棚屋，震動鐵皮。

噴子說：「停。細仔。尻，我需要一個碗。」他轉身對我說：「幫我拿個碗，拜託？」

「細仔，去幫他拿碗。」儘管我必須撇尿，T恤下的瓜熟了，但是我不想離開棚屋。

細仔靜靜地說：「他叫的是妳。」專注看狗崽。牠們正盲目朝紙箱的門外鑽。

「細仔，去！」

「不要。」

「愛西，拜託。」

回到屋內，我坐在馬桶邊緣。我彎腰嘴靠膝蓋，碰觸膝蓋上方的細嫩皮膚。屋外，一隻公雞突然大白天地亂啼，叫聲穿透朦朧的昆蟲嗡嗡。我噁心大作。曼寧走了；我不要想他，不想知道他在某處吸走所有陽光、抽小雪茄、在加油站遞貨給客人、他的手像沼澤草般溫柔撫摸夏莉亞，我不想，但是沒辦法。我沿著陰影走向棚屋。我無法逃避陽光，它穿過樹枝碰觸我的身體，灼燒。

噴子倒了約莫一掌心的培根油脂到碗裡，再注進愛獲滅。用手指頭混攪。雖說我們待在陰處，但是棚屋的暑氣更恐怖，好像裹在熱拳頭裡。細仔與噴子渾身汗珠晶亮，噴子猛眨眼，好像快哭了，因爲汗水從腦門直下額頭再到眼裡。我正打算瞧瞧碗裡的愛獲滅是不是混得均勻，突然門口一暗，噴子抬頭，眼神越過我，氣噗噗。

「閃開，你擋住光線了。」

是曼寧。他兩手抓著頂上的門框，身體像太妃糖往前伸，傾入屋內。我只能瞧見他的影子以及笑容下的白牙。不能瞧見他的臉，好怪，他現在看起來跟我一樣黑，更不對勁，他居然會被身後的太陽遮陰，像墨水滴落吸飽水的紙張。

「有人瞧見我的打火機嗎？」曼寧的聲音清晰尖銳如噴子屁股下的工具箱邊角。

噴子正用手指攪混愛獲滅，說：「沒有。閃開。」

「愛西，妳呢？」

我搖頭。

細仔說：「你放進口袋了。」曼寧靠著門框側木，摸掏口袋。光線漏進房間。我瞧見曼寧的側臉，碎玻璃烙印過的那一邊，然後他停止掏摸，轉身面對我們，屋內又暗了。我想要他抓住我的手，像他抓住頭頂黑門框那樣，我要他帶著我走出棚屋，遠離凹地。我要他幫我忍受陽光。一旦知悉我的祕密後便抱住我。變成另一個人。

曼寧說：「沒瞧見你在那兒呢，細仔。」

噴子說：「謝謝你啊。」愛獲滅已被油脂完全吸收。混合液有點奶白。噴子嚐一口。

陰影曼寧說：「你不該這樣做。」

「你沒別處可去嗎？」

「我只是想幫忙。」

「想幫忙就別遮著我的光線，要不進來，要不閃開。」

曼寧聳聳肩說：「我閃。去樹下找我的打火機。要我進去，門都沒有，瓷器討厭我。」瓷器坐在噴子面前，不在意我多麼靠近噴子，只專心那碗培根油脂。牠在喘氣，滴口水。

噴子用針筒吸回混合液，說：「瓷器喜歡所有人。」

曼寧笑了：「你說了算。」他又露出笑容。每次我看到白牙，噁心感便頂我一拐子。曼寧挪開身體，光線再度流洩屋內。我想要他走，想要他回來，想要他從沒出現過。瓷器踮著後腿轉跳，因爲噴子站著，手裡拿著注射筒。

「來。」

我把碗壓向肚皮。

瓷器現在踮著後腿跳。昨日牠才撕爛那頭灰狗，現在卻像橡樹酒吧裡的女人，點唱機傳出藍調吉他的第一個短樂句，酒杯在手，便走向舞池中的男伴。瓷器前掌碰地撐地而起。噴子蹲下來一手環繞瓷器的頸背，扣住牠的下顎，抬起牠的頭。

他說：「這才是我的妞。」

瓷器咧嘴笑。舌頭像濕布鞭揮出。

噴子細聲說：「我最了解我的妞了。」他的另一隻手把注射筒傾斜靠近瓷器的嘴巴。

瓷器吠叫，點頭。前掌像是搭在情人胸口，以臣服乞求的姿態往後仰頭。

噴子說：「乖婊子。」

瓷器口鼻摩挲注射筒，舔食。

噴子說：「這才是我的婊子[11]。」噴子指頭一擠，藥液不見了，他往後退。狗崽在他們腳邊磨蹭扭動，瓷器不小心踩到橘色那隻，牠咽叫了一聲。

噴子說：「永遠都是我的婊子。」

棚屋外院子裡，曼寧正拖著腳在沙地踱步。

噴子對著瓷器的皮毛噴氣說：「是他的婊子就乖乖爲他躺下。」[12]我站在門邊瞧，瓷器就像屋裡的蒙灰燈泡。細仔沿著牆壁躡手躡腳，想要親近狗崽。院子裡，曼寧尋找打火機的腳步激起煙塵，遮蔽了他，現在，他的白襯衫與金黃皮膚暗得有如傷到皮的桃子。

我聽學校裡的女孩說過。這類對談都是憑空捕捉，就像我們從晒衣繩上取下乾而脆的衣裳。女孩們說，如果你懷孕，吃一個月分量的避孕藥，月經就會回來。說如果你喝漂白水，生病，就會把原本要長成娃娃的東西打出來。說你重創肚皮，譬如撞向車子的金屬邊角，撞擊位置夠低，導致瘀青，就會流產。說你沒錢墮胎、不能養寶寶、沒人要你肚裡的東西時，就這樣幹。

站在浴室，我彎腰站著，指關節用力揉搓肚皮，希望那個瓜爆開，它卻不斷彈回來：成熟。執意要負載種子。我可以找大而硬的東西撞上去：老爸的傾卸式卡車蓋，老爸的拖拉機，院子裡隨便一個老舊的洗衣機。洗衣間裡就有漂白水。唯一弄不到手的是避孕藥；從沒拿過處方箋，有處方箋也沒錢買，也沒閨密可幫忙弄點，我沒去過衛生所。誰會帶我去？老爸？他有時根本忘了我是女的。大亨利？少數擁有汽車的朋友。曼寧？黑暗裡白牙閃亮的曼寧？要是我能搞定，他永遠不必知道。我想著，永遠不必知道，這或者能給他一點時間？有時間怎樣？我用力壓肚皮。變成另一個人，愛上我。

這些就是我的選擇，等於零。

幾個小時前，太陽就下山了，我坐在馬桶上，拉開藍道爾用來替代窗簾的毛巾瞧院子。噴子把木板拖到棚屋口，裡面的光禿燈泡照到屋外，點亮他跪著的土地。他在拔木板上的釘子。光線邊緣，蚊蟲蜂擁。過去幾天，狗舍的框架一直像翻倒的稻草人，卡在泥土裡，現在豎直了。他在幫瓷器蓋房子。他照顧牠，想方設法不讓牠生病。他懂得愛。

「操他媽的。」

老爸的皮卡以超慢速度滑進院子，慢到引擎嘎響，我還是能聽見他幹譙。這是他醉到趴的開車法：很慢，遠光燈閃亮。他的車頭燈打破原本圍繞噴子的金色泡泡，讓院子流洩光亮。噴子拿榔頭的手遮眼。老爸把皮卡停到傾卸式卡車旁，那卡車渾身鏽到像爬滿藤壺，今早我發動不成後，它就一直在那兒。老爸沒關車頭燈，下了皮卡。

「我說啊，操他媽的。」

老爸想要重甩車門來搭配粗口，但是沒抓準，手滑下車門，它只輕輕闔上，我就坐在窗旁的馬桶都聽不見。

老爸喃喃說：「操他媽的范氏汽車舊貨場，根本沒有我要的零件。」他靠著卡車像倚著人，說話聲音低微，幾乎像媽媽還活著時，他夜裡爛醉回家的那個樣。媽媽會出去迎接他，攬孩子般抱住他。老媽只比老爸矮幾吋，可以承受他的全部重量。走上前廊的水泥石板階梯時，老爸會對老媽呢喃。說什麼，不得而知。想像中，他會說我愛妳，浸過酒缸的溫柔。

噴子說：「你大燈沒關。」

「現在我是要怎樣在颶風過後搞錢？」老爸想大力拍車子，但是動作笨拙，角度不對，變成輕撫。他說：「你說啥？」

「我說你車大燈沒關。」噴子正用力拔一根頑強的釘子，低著頭，專心一致，拿眼角瞄老爸。

老爸說：「哦。」伸手進卡車按熄大燈。慢慢走向噴子。這是他喝醉酒的步伐：刻意，拖拉。他問：「你搞啥？」

噴子整個僵住，停止拔釘子，依然彎著身，說：「沒啥麼。」

「沒？」

「一點也沒。」

「我瞧見你在做事呢，不可能沒幹啥。」

「你不累嗎？」

「啥？」

「一整天跑來跑去弄傾卸式卡車的零件。」

老爸說：「他媽的就是咩。U-Pull-It二手零件店、范氏汽車舊物場全拿我當瘋子。沒傾卸式卡車零件。我在那兒翻汽車零件也不幫忙。當我說強烈颶風要來了，他們那樣子好像說：瞧這男人說啥哩。」

噴子挺直身體，重心放到腳跟，準備耗得比老爸久。槨頭靠在膝蓋處。

「那些個是擋風木板。你去掏我堆放的東西？」
「無有。」
「我是搞來弄房子的。你咋總是瞎搞？你要我們窗戶碎光嗎？」
「爹地，我無有亂搞你的木板。」
「那你哪兒弄的？喝？」
「在林子遠處找到的。」噴子拿榔頭前後摩擦腿，他在等老爸變臉的那一刻。
「你在那邊林子能找到個屁！」老爸的手在空中亂揮，驅趕驚嚇起飛的夜蟲，邁步穿過那些殼子硬得像鹹味奶油糖果、棕色身體油亮的蟲子。他啐了一口說：「有嗎？」
噴子靜靜地說：「有。」榔頭不動。
老爸大叫：「狗屁！我為你們做了那麼多，你們感激個屁！」他又舉起手，好像要激起更多蟲子飛舞。他抓住噴子要拉他起身，可能想推他往後倒。當他想跟你來硬的，羞辱你，這是一貫手法；把我們一把抓近到面前，用力搖，朝後推，讓我們跌個四腳朝天。我們就像學步兒在地上爬，手臉全泥巴，眼淚鼻涕直流，丟大臉。噴子就跟他身側的榔頭一樣挺直。老爸想推他，雙手卻好像聾得聽不見腦袋的指令，太慢放手，變成抓住噴子的肩頭，緊緊的。他死命搖噴子。
「爹地。放開我。」噴子的聲音小到我幾乎聽不見。
瓷器站在棚屋門口。沒吠，沒嗥。只是站著，側頭，前腳張開穩踏，哺乳的胸部讓牠的體型更顯龐大，其他部位隱於棚屋的黑暗裡。牠靜止不動。

「放開我！」

「我做了那麼多！」老爸用力推噴子，力道大到他自己朝後踉蹌，但是跌倒前穩住了身子。

噴子咚咚往後退，但仍穩住腳跟，只是蹲著。瓷器飛撲向前。噴子緊抓榔頭像指揮棒。

噴子喊：「停！停！」聲音有點哽咽。瓷器就地停住。牠就像公園旁墓園裡那些外表剝落的雕像，淋雨的天使，刺眼燃燒。

老爸兩手垂放身旁說：「我倒是盼著牠撲上來。撲上來啊。」

噴子側著身子走向瓷器，放下榔頭，撫摸牠的嘴鼻。在噴子的手指下，牠靜如大理石。

「我會帶牠往內陸走，斃了牠。」

「別。」

「我要打電話給郡上的收容所來把牠帶走，你給我睜大眼瞧著。」

噴子的手環繞瓷器的背，伸到牠的腹部，停留在乳房附近。瓷器沒有轉頭舔他。還是靜靜瞧著老爸。噴子另一隻手揉牠的胸口，大力往下梳順牠的毛，一次又一次。

老爸說：「我這是要救大家的命。」噴子仍蹲著。老爸又說：「你們至少該懂得感激。聽到沒？」

夜蟲回應是是是是，噴子沒理老爸，仍在撫摸瓷器，來回注視。

「把那些個天殺的木板放回原處。聽見沒？」

瓷器的尾巴下垂，耳朵仍像兩片羽飾朝後貼著腦門。噴子附耳對牠喃喃。

老爸大喊：「聽見沒？」威脅地朝噴子邁前一步。瓷器的尾巴又翹高。

噴子說：「聽見了。」他面無表情看著老爸，臉色平順，只有嘴兒微張說：「聽見了。」

老爸退後一步說：「很好。」噴子靠著瓷器，不讓牠動。老爸轉身走回屋裡。拖著腳，刻意慢慢側著走，瞧著噴子和瓷器目送他走開，只留下他倆、地上的榔頭、散落的木框，以及充斥蟲鳴、樹搖、風響、有如新娘拖地婚紗延伸不見盡頭的黑暗。

9 這是引述希臘神話，奧菲斯下地府救妻子尤瑞迪絲，被囑咐不得回頭，奧菲斯忍不住回頭，尤瑞迪絲變成石頭。

10 Head Start，政府輔助貧困家庭的幼兒就學方案。

11 原文用的是bitch，英文裡bitch是母狗，也用來罵人婊子。但是近年來在黑人用語裡，bitch有翻轉的味道，女性會自稱「婊」，代表自己有力，不在乎外界眼光。男性也常稱呼自己的女友是my bitch。在這裡，作者的用詞從「妞」(girl) 轉化到「婊」，暗示噴子看瓷器充滿情人視角。

12 此處原文用His bitch must've give it to him。Give it to在美國俚語裡代表一位女性已經準備好要性交。噴子此話充滿性暗示。

第六天

穩定的手

老爸正在拆卸雞舍殘骸。我們的小雞與公雞早就不待雞舍了。夏日大雨，雞舍木頭會變軟腐爛，接著，冷到凍掉指關節的短冬裡，木髓會變乾中空，雞舍開始垮塌彎曲陷入土裡。以前老媽的晒衣繩一頭綁雞舍，另一頭綁在松樹上。老媽死後，老爸把晒衣繩移到較近的樹，卻綁得不夠緊，藍道爾跟我洗完衣服拿木夾掛上去，繩子便垮下來，褲腳都碰到土。

噴子昨晚拿榔頭跟老爸對決後，就跟狗睡在棚屋。我坐在起居室窗戶旁的沙發等著他進門，我知道他會先在屋外繞，然後打前門進來，省得跟老爸在後門照面。噴子沒露面。以前我們剛開始在凹地游泳，他總是那個憋氣最久的，趴在垃圾與淤泥堆積如礁石的池底；我們像船隻一樣焦急圍著他繞，叫他浮上來，但是他靜止不動，在水底吐泡泡。我時不時停下來，從廚房拿維也納香腸罐頭溜進浴室偷吃，一口氣火速吞五條。簡直比空氣還空無。早上我試著讀書，尋找金羊毛的旅程看到一半就停下來，美蒂亞再度搞得我分心。這女人一心只想著傑森，臉蛋泛紅，心頭火辣，甜蜜的痛苦吞噬她。女神降咒要她愛，她別無選擇。我無法專心。我的肚子簡直就是頭野獸，曼寧則像泳者不斷浮現我的腦海；我也有我的溫柔之痛。我把書塞進牆壁與床之間，溜進廚房偷老爸的颶風儲糧。我吃，我的胃卻像無底洞，啥也碰不著，無法告訴我吃飽沒，食物之外，那裡還藏著別的東西。

椰頭砰，砰，砰。木頭裂開。一塊板子掉下來。老爸大聲咒罵：狗娘養的，操這個，幹那個。我懶得等了。抓起一罐香腸塞到短褲口袋。我跟美蒂亞一樣，要去尋找兄弟，一起出逃，踏上偉大的阿果冒險之旅。我將提供協助。

噴子活似被人揍青了雙眼。老爸的榔頭聲鑽門而入，像血液穩定搏動。瓷器趴著，腦袋靠在腳掌上，狗崽在牠胸前小聲尖叫咬乳頭，我進門，牠沒抬頭。細仔像烏鴉蹲在門口的鐵桶上吃花生醬餅乾。搞得我也餓了。

「事情不對勁。」噴子靠牆坐在地板，頭往後仰，喉結像骨頭明顯突出。

我說：「哪兒不對勁？」噴子眼睛赤紅，好像發高燒。

「牠太——好脾氣了。通常牠讓狗崽吸，夠了，就把牠們撵開，牠們已經吸了快一小時，牠動也不動。」

「或許像你昨天說的，牠只是累了。」

老爸的榔頭聲迴盪棚屋內。

「不是那樣。」

「那是怎樣？」

「我想我可能餵太多藥。」

「你照曼寧說的做啊。」

「妳怎曉得曼寧知道自己在幹嘛？」

「雷可大概有教他。」

「誰又知道雷可教的是不是正確方法，如果他知道曼寧要教我的話。」

「他不會這樣做。」

「誰？」

我吞下「曼寧」兩字。曼寧絕沒那麼爛，我知道。

噴子對著天花板說話，眼睛大睜，兩個手肘垂下膝蓋握緊雙手，這是他的祈禱方式。

他說：「很難說。」

「噴子，不是每個人都在陰謀搞你和瓷器。」

他爬過地板，朝瓷器的臉揮手。瓷器的眼睛追隨，大聲嘆氣，激起油氈布地板上的灰塵。

「愛西，我沒這樣子講。」噴子撫摸瓷器的臉，小心翼翼，好像老媽從烤箱拿出餅乾。瓷器又用力呼吸，漫不經心推開一隻狗崽。噴子說：「這才是我的妞。」

「牠或許需要吃點東西。」

噴子說：「我不能失去牠。」他的光禿腦門因爲睡在骯髒的棚屋地板而沾滿泥土。老媽以前到屋後的小菜圃拔菜，雙手也這樣。菜圃的木板條圍籬是老爸拆掉老舊搖籃做的，搖籃是路邊撿來的。噴子這話是暗示瓷器可能會死，這很危險，大聲說出來更是莽撞，會招禍，會弄假成真。

「你怎不去洗個澡？」我想像他身體側邊的傷口在藍道爾的舊繃帶下感染紅腫。凹地這兒，得到瘍腫跟招惹流浪狗一樣容易，因此，我非常清楚瘍腫，知道那是細菌感染。他不會想去醫院的，真要那麼糟，老爸也不想帶他去醫院的。我說：「你的肚子。」

噴子說：「沒事。」他正隨著老爸的榔頭節拍撫摸瓷器的頭。

「鬥狗後需要保持乾淨。健康。牠也一樣。如果你受傷了，牠怎辦？」這話才能打動他的心與尊嚴。他停止拍撫瓷器，手放在牠的溫暖圓形腦袋上。瓷器嘆口氣，又踢走一隻狗崽。三角形陽光消失又浮現地板，先前被雲遮住，現在自由了；噴子抬頭瞇眼看我。

「好吧。幫我瞧著牠。」噴子起身走到門口，推了細仔一把，他差點從桶子上摔下來。

細仔大叫：「你爛人！」

「甭讓細仔碰任何東西。」

瓷器乏力地踢踢狗崽。挪動背部離開牠們，直到碰到牆壁才停止扭動。狗崽發出小聲尖鳴，腳掌揮舞空氣，無助地左右翻。牠們的眼睛還只是指甲月牙兒片大小。一共四隻：瓷器的白色複製狗、長得像一筒的紅狗、發育不良的花狗、黑白圖案的那隻。牠們蹣跚離開瓷器。我蹲在門邊，肚皮突出抵到膝蓋與大腿；我拉開貼著肚皮的T恤。瓷器懶洋洋看著我們，腦袋靠在腳掌上，閉上眼睛，看來，應是睡了。

「愛西？」

「啥麼，細仔？」狗崽在地板揮舞手腳。細仔跳下鐵桶，大聲蹦落我身旁的泥地，蹲著。

他說：「牠們得回到瓷器身邊。」他兩手垂膝，不過，看起來仍是想抓狗崽。「不然會跑出去了。」

「咱們坐在這兒，牠們是要怎樣出去？」

細仔的手在我們之間揮了一下說：「有縫。妳瞧。」

我拉拉T恤說：「甭碰牠們。」細仔的呼吸有花生醬味道。我好累啊；疲倦像模糊視線的滂沱大雨淋遍全身。睡夢中，瓷器耳朵扭動。眞希望牠能開口說人話。

「噢，愛西。」細仔挺直腰腿前傾，慢慢朝狗崽伸手說：「妳瞧，我只是把牠們放回去。」他抓起白狗的脖子，用整隻手輕捏，移動約莫一呎，靠近瓷器。瓷器熟睡噴氣。細仔轉頭瞧我，微笑，嘴唇遮覆著牙齒、數處缺口與牙縫間的蛀痕。他說：「瞧見沒？」

「你可以做，不過要快點。」熟睡中，瓷器尾巴扭動，隨後靜止。「趁牠沒醒前。」

「OK。」細仔拎起紅色崽，放在牠的兄弟旁，嘴唇裂開，露出牙齒，這次是眞正笑了。

我低聲說：「快點。」我超想跟瓷器一樣躺到棚屋涼快的沙地上大睡。

細仔低聲說：「好啦。」黑白花紋狗被放下前，在細仔手上扭動，柔弱、盲目，像蚯蚓。

我嘆氣說：「你不准再碰牠們。」瓷器側腹肌肉抖動，像晒衣繩上的白衣翻揚。「聽見沒？」

細仔抓住最後一隻——發育不良的花狗。拇指與中指捏著牠的肋骨，從腹部撈起。這崽很瘦，不像其他的長奶膘。細仔把牠捏到面前；近到狗毛似乎在抖動。跳蚤在羽絨一樣的毛髮裡穿行。牠的腦袋垂到一邊，硬是扭回來。我很訝異牠全身毛髮骨頭皮膚加起來不過小孩巴掌大，脖子這麼硬啊。

「你聽見沒？」

細仔沒動，說：「有啦。」

我咬牙叫：「放下！」我超想巴細仔的，這會吵醒瓷器。細仔正在嗅狗，我敢說如果我不在場，他早舔起來了。瓷器夢中嗚嗚。

「天殺的！」我用力抓住他細瘦如竿的手，掐下去。希望我的手能讓他畏懼。

細仔嗚咽叫：「好啦，愛西！」想扯開身，仍捧著狗崽。瓷器踢腿。

我再掐，說：「放下！」我的腋下發熱，猛流汗，渾身燒。「細仔，聽見沒！」

「好啦。」

細仔的笑容不見了。嘴角緊扯，遮住下排牙齦。這是他的哭哭臉。他的背脊就像一把尺那樣窄而硬。他彎腰，狗崽從手中滾下，側著身子停住，在地板上左右搖頭。細仔扯開手臂，捧在胸前，拒絕看我。他瞪著狗崽，嘴兒下撇憤怒低語。

「愛西，好痛，眞的好痛。」

「要是噴子進來呢？要是瓷器醒來呢？」

沒抓著細仔，我的手整個軟了。他還是小寶寶時，藍道爾跟我在沙發上輪流抱他，餵他、揉他的肚皮、摩挲他的腦門。藍道爾說細仔皺起眉來像老媽。

「妳搞得我流血了。」細仔朝手臂吐口水，來回搓揉，我留下的紅掐痕像在眨眼。「妳沒必要這樣子用力。」

我說：「誰叫你不聽話。」細仔還是寶寶時從來不哭。

他拿吐過口水的手臂揉眼睛說：「還是沒必要啊。」

我說：「啥事都可能發生。」瓷器熟睡中再度噴呼。我指指牠的方向說：「細仔，你知道的吧？你知道牠的個性。」

瓷器又在夢中吠叫，高而尖。我摸摸細仔的背部，順著彈珠串似的脊椎而下。他抽身，仍捧著手臂，瞪著我，他的眼睛像牡蠣的黑心。我回頭瞧瓷器，確保牠仍熟睡，又回頭瞧狗崽有沒有跑遠，再確定我的T恤沒貼著肚皮。我又累了。細仔跪坐泥地，遠離我，不讓我抓他，仍留在我身邊。我還以爲他會跑去躲到屋底。

我說：「對不起啦。」

細仔彎身趴下，雙手靠著泥地，屁股翹高，對著狗崽點頭。當他還是小寶寶，他會用這個姿勢在沙發或者藍道爾的床上睡著。狗崽好像在深水中努力划游離開瓷器，再度投向細仔。我在想當我們帶瓷器出去，細仔是不是都偷溜進棚屋，早跟狗崽玩過了。

他問：「咱們今天能去公園嗎？」老爸猛敲兩下雞舍，然後幹譙。他喝大了。待會就變得粗暴。我撕開香腸罐頭，拿出一根給細仔。瓷器翻身面對牆壁，連在夢裡都要盡量逃離那些崽。我點點頭。

「好哟，咱們去。」

當我們還小，老媽會來叫我們起床上學，先是碰碰我們的背部，當感覺我們在她的手下輕微扭動，漸漸迎向清晨，她就會輕聲叫我們起床，該上學了。老媽死後，換老爸叫我們起床，他不會碰我們，只會用力敲房門旁的牆壁，大叫：起床！噴子重回棚屋，換了黑色吊嘎兒跟牛仔短褲，已經渾身大汗。他叫醒瓷器的方式就像老媽叫醒我們。狗崽們滾落旁邊，他把牠們放進一個較大的紙箱，讓牠們在裡面扭啊抓啊，沒人看見。

當我們跟噴子說要去公園散步，他堅定地說：「牠得起來。動一動，發散發散。」

噴子爲瓷器拴上狗鍊，抱起牠，甩上肩頭。牠的兩條後腿在噴子大腿上晃盪，讓他舉步難行。瓷器不再是小寶寶後，他便沒這麼扛過牠。以前瓷器會趴在他的肩頭微笑，舔食他耳朵與脖子上的鹹味。現在牠皺起臉，眼睛半閉，打起瞌睡，在噴子背後留下細細一條口水。噴子一路把牠往上抬，繞過房子、那個老舊澡盆、一輛我從未見過它發動的汽車空殼、跳過淺溝，抵達破舊的瀝青馬路，才把瓷器放下來。風兒突然搖動兩旁松樹，瓷器也跟著擺動。牠在發抖。掉落的白色毛髮鋪蓋噴子肩頭。噴子肩膀緊繃，皺眉，拉緊狗鍊。

「走吧。」

細仔碰碰我的身側。

他說：「我一會兒就回來。」然後奔向屋子。

瓷器跟在噴子身後，漫不經心。噴子又拉一次狗鍊，開始往前走。瓷器勉強起步，啪啪跟上。狗鍊拉到牠的耳朵，像絞頸索繞過牠的腦袋。噴子朝前傾快走，沒回頭。一隻老鷹順氣流翱翔我們上方，轉圈繞下，拍翅消失於輕軟的樹梢。我家房子是鐵鏽色，窩在橡樹下與垃圾堆後，近乎隱形，歪斜。下面的水泥地基則是沙色。我跟著噴子，他走得超快，身影在日頭高照的熱氣裡逐漸變小。我以爲細仔會拿著球回來，卻聽到腳踏車的吱嘎摩擦聲，瞧見他站在腳踏車上，卯足勁在路上奔著。每踩一下，暗黑色的腳踏車便左搖右晃一下。這車小到連細仔都不能騎。他滑到我身邊煞停，我這才發現車子根本沒座墊。所以他站著騎。我笑了。

「哪兒搞來這個？」

細仔噴氣說：「找到的。」他的笑容比較像是在吐氣，接著又呼呼往前騎，離開我，到噴子身邊繞圈。瓷器以前會猛追騎車的人，現在卻頭低低，懶得理細仔，在那兒慢慢走。噴子也不理瓷器，一股勁地往前走，背部彎曲，整個身影就是緊繃憂心的線條。狗鍊依然抓緊緊。我跑步跟上。

當我們走進野林鎮中心，遠離凹地，房子逐漸浮現，隱於樹後，一棟棟挨得緊，只有參差不齊的小林地隔開彼此。我們經過大亨利那棟與景觀不協調的狹長屋，又經過馬奇斯家的粉紅色小屋。他家只有三個窗戶，座落於擁擠的杜鵑花叢中，看起來就更像褪色花朵。「富二代」法蘭柯的家是綠色的，不知為什麼，院子裡的樹最下面兩公尺都漆成白色。兩個年紀較大的男孩約書亞、克利斯朵福的家是藍灰色，加裝紗窗的露臺圍繞房子側邊，橡樹下九重葛亂攀。再過去是穆達姥姥的黃色房子，日晒褪色，整個淹沒在紫藤花裡。曼寧的拖車屋在野林鎮另一頭，遠離這個街區。這兒有小小的天主教堂、噴子割草的雜亂墓園，以及附有泥地停車場的郡立公園。這公園企圖為野林鎮添加一絲文明、維持一種秩序，終告失敗。公園邊緣野木雜生，合歡樹高聳，伸出籃球員一樣的優雅長臂，粉紅花朵如球墜入公園地面。松樹四處冒頭，出現在公園周邊的溝渠、缺了籃網的籃球架旁、陷入泥地的木製遊樂設施下方有如牙縫般的小片陰影裡、雨水磨圓邊角的石頭野餐桌旁，就連棒球場中央都長了高草。維護人員通常是穿了郡立監獄綠白條紋連身囚衣的犯人，一年來一次，漫不經心企圖清理修整入侵的林木，割平草地讓它開花，撒下松樹種籽。但是野林鎮的野物完全不理；第二年又得重播種籽。

細仔吆吼一聲離開我身旁，扁氣輪胎發出鋸子磨過樹樁的刺耳聲。他衝下溝渠又飛上來，落地前在空中停留了一會兒，劇烈震盪，差點把他整個人插入消失的座墊裡。他回頭看，驕傲吶喊，擺尾騎向公園。噴子仍奮力拉著羞愧低垂腦袋與尾巴的瓷器，並未隨細仔進入公園到人群聚集的籃球場。

「你幹啥麼？」

「讓牠走一走，散一散。」

「你拖牠到公園，已經走了天殺的快兩哩，你認爲牠還沒出汗散掉哦？」

噴子說：「沒。」他用力一拉瓷器的狗鍊，開始小跑步，離開我，前往墓園。這熱氣簡直像藍色濕毯子。我轉身跟著細仔到球場。樹下有個小小的扭曲木製看臺，已經坐了人；我看到長長的黑色陰影勾勒她們的臉龐，閃亮的長腿交叉，緊身小短褲：兩個女孩。雲朵落在太陽屁股後面，突然她們的臉龐清晰：是夏莉亞跟她的表妹費莉西亞。我馬上止步，停在球場邊緣，面對橡樹蔭與看臺，一屁股坐到草地上，毫不優雅，像重重摔下。

曼寧在場上像彩帶般旋轉，伸展身體端球上籃。夏莉亞能像我一樣看出曼寧受過傷嗎？譬如他太快上籃，手臂呼地收回放下，因爲沒法伸得那麼遠。夏莉亞會注意他跑步時，手臂放在胸前來回擺，彷彿還盼著克服那次撕裂傷，治癒它，讓身體重回原有的完美無瑕嗎？我懷疑夏莉亞注意到他做愛時，喜歡把大部分重量放在左邊，因此總在你的右耳邊呼氣。一隻螞蟻爬過我的腳踝骨，伸長觸鬚嗅聞。我把牠揮到旁邊的刺草堆。汗漬在我的襯衫胸前散開，乳房輕輕搏動，近來，它們總是痛。黝黑的皮膚好像吸收了全部熱氣，讓我忍不住瞧向陰影處，卻看見夏莉亞手臂上的金屬捕捉樹蔭灑下的陽光，金亮亮反射回去。我才不坐那兒呢。

大亨利、馬奇斯、傑馮、法蘭柯、皮包骨、藍道爾都在場上。喘氣哽咽大聲咒罵。除了大亨利，全打赤膊，互相推擠，摔倒在地，任由水泥地擦傷手部、膝蓋與肘彎，破皮像花瓣落下。每個人都張大嘴，興奮萬分。噴子把狗繩繞緊手中，使勁到繩子都吃進皮膚裡，對瓷器大喊瞧緊牠們，瞧緊牠們——上！的時候，會出現這種表情，這也是他們多數人做愛的表情。橡樹下，夏莉亞拿糖果盒當扇子朝臉上搧涼。她揉揉一隻手臂再揉另一隻，然後手兒一揮，好像彈掉汗珠。她就像家貓一樣鎮靜自若；只有一個男人的女孩舉止就是如此。重心穩穩，好像那男孩的愛可以將她們深根扎入土裡，讓她們跟橡樹一般直挺，颶風也無法拔起。愛就是篤定。我想像瓷器也是這種感覺，儘管我回頭看到的景象是噴子繞著棒球場跑，手中狗鍊拉緊緊。

曼寧喊暫停，走向最靠近我的籃框架，眼睛緊閉，呼吸緊促。他靠著柱子，伸展手臂，拉臂。藍道爾的眼光越過馬路，雙手枕在腦後，瞧著瓷器與噴子在遠處跑步。曼寧大幅度甩臂，伸展肌肉，瞄著邊線，瞧見我坐在草地上，離他僅一呎，扯了一下嘴角。

曼寧喊：「開始吧。」

比賽重新開始，曼寧表現得像蟲蟎侵襲耳朵的瓷器。牠會繞圈子追著尾巴跑、拿腦袋猛磨矮叢，希望甩掉牠們，直到噴子把牠卡在兩腿間，抓緊牠的頭，幫牠搞定爲止。曼寧就像那樣滿場飛跑，穿梭大亨利與馬奇斯之間上籃。藍道爾擋在他面前，他還跳投，免不了被拍出界。儘管曼寧因爲手傷，投籃力道開始不足，吃麵包，還是猛投，完全不理會法蘭柯伸手要球。曼寧此刻的表情就像瓷器第一次被蟲蟎攻擊，那時牠身軀短、四肢長，還沒長完全。當那些蟲蟎受不住熱，開始在牠耳內激動狂咬。瓷器轉向細仔的最後一隻流浪狗，一頭黑棕色花狗，少了一隻耳朵，咬掉了牠的另一隻耳朵。皮包骨把球傳給曼寧，曼寧接住後，朝臂肌眨眨眼，跟大亨利一起奔向籃框，雖然皮包骨才是禁區另一個長人，而大亨利隨隨便便也比他高半呎，還足足兩倍寬。大亨利絆到他的膝蓋一起摔倒，滑過水泥地。

馬奇斯尖叫：「又不是踢美式足球！」

曼寧跳起來大叫：「犯規！」

大亨利暈頭轉向地說：「你扯啥麼？」腳尖指尖並用，站起身來。

藍道爾說：「繼續打！」他朝馬路揮舞手臂，嘖子已經消失遠處。曼寧搶在大亨利之前起身，藍道爾捏捏他的肩膀說：「屌，繼續打。」藍道爾之於曼寧，就像嘖子跟瓷器。曼寧冷靜下來。現在放慢速度，當他最後一次喊暫停，靠著夏莉亞對面的籃球架休息。揮揮手指，她笑了。

比賽開始拖泥帶水，懶懶地結束了，藍道爾在中場跳投，三分破網。馬奇斯小跑到水龍頭那兒，法蘭柯跟在他後面。藍道爾讓球滾到草地停下，走到我身旁，雙手壓著膝蓋，汗如雨下，喘得跟馬一樣。大亨利落坐我身旁草地，優雅如蒼鷺，然後朝後仰，手臂遮著眼睛，太陽已從浮雲後露臉，晒瞎人。

藍道爾說：「打得不錯。」

大亨利喘氣說：「謝謝。」

曼寧邊說邊啐：「嘖子在搞他媽的啥麼？」

「讓瓷器跑跑。」

「看得出來。做啥麼？」

「昨日給牠打蟲，他說今天牠就病了。」

「蛤？」

「我想他擔心分量給多了。」

藍道爾噘起嘴好像吃到一顆酸的斯卡柏丁葡萄，咬著兩頰內粉紅色的肉。

「他能怎辦。」這是蓋棺論定的口吻。我聳聳肩瞧看臺。夏莉亞應當是幫曼寧帶了運動飲料，我瞧見他站在橡樹下，傾斜瓶口直直灌入喉內。陽光穿透橡樹葉捕捉他的肌膚，他全身碎閃，跟臉上的傷疤一樣。

「啥麼？」

「他能怎辦？」這次是疑問句。

大亨利說：「不能怎樣。」他兩手朝外伸，瞧著我。他其實不是胖，只是渾身碩大：手像棒球套，腦袋如西瓜，胸口像鐵桶烤肉架，雙腿像屹立不搖的樹幹伸出樹枝。大亨利說：「沒辦法。」我感覺他似乎能看透我的T恤，看到我的浮腫胸部與坐下來後更顯突出、難以發福兩字掩飾的肚皮。他微笑，舉止輕柔小心。不過這是我事後才想到的。

藍道爾整個人拗成兩截，拿籃球短褲擦臉，說：「噢，幹啊，屁。」

「明天的夏季聯盟比賽，你準備好了？」

「嗯。」短褲遮蔽了藍道爾的聲音，變成顫音。

「他們要付今年的籃球訓練營費用？」

「不知。教練說柏丁是我的唯一對手。」

「緊張嗎？」

「他們只選一個，不過，我的場均得分是柏丁的兩倍。也比他認真。」

大亨利笑了：「你已經開始想像訓練營裡的那些個球探，對吧？」

藍道爾站起身，兩手抱頭搖晃說：「我穿黑色球衣最帥，淡藍色的也不錯。」藍道爾說笑歸說笑，我知道他多少是認真的，似乎知道想上哪所大學。

大亨利手肘撐地而起。曼寧坐到看臺上夏莉亞身旁，靠過去，拿溼漉漉的肩膀摩擦她。她吱吱叫，想要跳起來，曼寧抓住她抱近。她邊笑邊叫邊扭動。太陽灼熱打在我的身上，我的汗珠、水分、血液蒸發脫離我的皮膚、枯乾內臟、易碎骨頭、葡萄乾一樣的身體。如果可以，我想把手伸進體內，扯出我的心臟，以及那個將要變成嬰兒的濕潤小種子。讓它們先走一步，其他地方才不會這麼痛。

「草會讓你發癢。」

藍道爾說：「我知道。」他拉扯一下短褲的鬆緊帶說：「喝水去。」前往草地那頭的水龍頭。他像液體，高，黑。

大亨利以兩根手指輕碰我的手背，壓一下說：「妳知道妳坐這兒很熱。」

曼寧叫：「耶！」把額頭汗珠抹到夏莉亞的臉頰。夏莉亞的吱叫變成尖叫。她的牙齒好白。

大亨利說：「妳想到我車上坐嗎？我停在樹蔭下，窗戶沒關。」他瞄一眼看臺，翻身立刻站起。有時我都忘了他是個運動員。

我說：「好哩。」雲速變慢，遠遠掛在林線，好像害怕太陽。「ＯＫ。」我起身時瞧著地面，轉身離開球場瞧著地面，走路時也是。勉強壓抑回頭望的念頭。壓根兒沒瞧見細仔的車輪滾到我身邊，他又呵呵鬼叫，在我身旁繞轉。笑呢。泥土停車場那兒，傑馮的車子停在樹下，車身閃亮得像逼近的太陽。馬奇斯靠在他的擋泥板。藍道爾從我們背後趕上來，趴到大亨利的引擎蓋上，面對擋風玻璃，溼漉漉的上身看起來像布丁。我和大亨利坐車內，車門打開，伸出一條腿，腦袋往後靠。大亨利在聽 Outkast 的歌。

藍道爾打屁，大亨利笑了。當太陽落到樹梢，我們回家，曼寧跟他的妞兒還在球場玩一對一，曼寧戲弄她，拍掉她手中的球，球兒彈跳場上。她的笑聲搭著粉紅色微風而來。大亨利拉上車門，我也砰地關上。藍道爾挪挪身子，趴到副駕那邊的擋風玻璃上。細仔仍跨騎腳踏車，抓住車門頂，大亨利伸出巨掌攬住他，輕踩油門，放開，我們就這樣跟隨正在跑步、吸收了黑暗、全身鍍滿夕陽碎雲亮彩的噴子與瓷器，回家了。

狗崽嗚咽要喝奶。一整天，牠們聽著老爸搥打雞舍、拔釘拆木，天色跟松樹一樣黑了還不消停。狗崽彼此挨靠、蠕動。噴子捏著牠們的脖子，一隻隻撈出來，放到仍在嗅聞地板的瓷器面前。瓷器的狗鍊尚未取下，在身邊堆成一坨，像沉重銳利的腳踏車鎖鏈。瓷器張大嘴呼吸，吐氣時，喉嚨深處好像有什麼濕東西堵著，牠隨著呼吸點頭，腿兒依然筆直，被噴子押著跑步流出的汗從背部滑下，把毛皮上的紅土灰塵渲染成水彩。燈泡照明下，我的手臂比往常更黑，從沒這麼顯髒過。我把頭髮朝後攏，抽出髮根處的一撮繞過頭髮綁成結。討厭它們老碰著我的臉，老媽說錯了：我毫無亮點。啥個屁也沒。

老爸大叫：「藍道爾！」少了搥打聲，這夜的聲響顯得怪怪的。

藍道爾在棚屋門口應聲說：「幹嘛。」大亨利站在他身旁，細仔趴在他背上抓著肩膀、二頭肌，汗濕抓不住，往下溜。噴子朝門口看，對老爸的吶喊搖頭，鬆握狗鍊。瓷器看起來好像在吃土。

「過來。」

藍道爾嘆口氣，抓住細仔的前臂，彎腰，把他扛上背。

「來囉，來囉。」

我取代他留下的位置，站到大亨利身旁，才能瞧清棚屋一切。藍道爾走路時，細仔舔手指，抹進他的耳內。

藍道爾說：「噁。給我停下來。不然我放下你。」他揉揉耳朵，不過我知道他無法把口水清出來。

「不要，藍道爾，求你。」

藍道爾說：「那就給我停。搞這個，亂噁的。」他停下腳步，兩隻長手在背後互握，形成椅子兜住細仔屁股，背了起來，說：「幹啥麼？」

老爸只敲下雞舍的一面牆。雞隻在他腳下酒醉暈眩亂竄，似乎不解他為何要拆卸牠們的家，雖說牠們好幾年不以這裡為窩了。棚屋流洩的半明燈光加上老爸的頭頂燈，雞兒看起來像黑色的。老爸扔下榔頭，牠們像風中落葉四面飛舞逃跑。

「這個颶風現在有名了。糟到不能再糟，是個女人：卡崔娜。」

藍道爾問：「又有一個？」

老爸搖頭皺眉看著雞舍說：「不然你以爲我在說啥？早說過颶風要來了。」我重複老爸的話：糟到不能再糟。女人。老爸說：「我們得試試別的方法。」

「啥麼？」

老爸指著雞舍較長的那面牆說：「我要你開我的拖拉機，我指揮你怎麼過來這面牆，咱們撞倒這王八蛋。」

藍道爾又把細仔撈高，細仔的臉趴上肩膀。

「我不會開那東西。」

「你只要上檔，踩油門就好。你知道怎麼操控方向盤。」

「咱們非得摸黑做？」

老爸朝旁邊跨一步，現在我能瞧清他的頭，勉強只到藍道爾肩膀高，臉上帶笑，話聲卻沒。

「你說啥『非得摸黑做？』墨西哥灣上的低氣壓已經變成颶風，我們沒有足夠木板釘死門窗，然後你要懶屁股不動，問我幹嘛非得摸黑做？」

藍道爾不出聲。細仔又開始下滑。

「它往佛羅里達州去，有點偏，你認爲它要撞上哪裡？」

藍道爾嘆口氣說：「佛羅里達。通常不是登陸後力道就沒了？」藍道爾沒托高背後的細仔，細仔想用兩腿攀著藍道爾的腰部，不成，下巴先從藍道爾的肩頭消失，腦袋窩到肩胛骨。藍道爾說：「我只是說你來開會比我好得多。」

老爸揮揮手，懶得理睬這句讚美：「我知道。」通常藍道爾使出這套都有效。老爸繼續說：「我瞄不準角度。如果你來開，我可以指揮你撞哪裡，整個雞舍馬上垮掉。」

細仔的腿已經滑到藍道爾的膝蓋，整個人落到泥地，差點沒站穩。我想叫他回棚屋，因為我知道他惹煩老爸了，會讓情況更糟，但是我沒開口。今晚，他就是帕特羅克斯[13]，藍道爾的阿基里斯腱。

老爸說：「來吧。」轉身走入黑暗，根本沒看藍道爾跟上沒。藍道爾兩手環扣腦後，搖頭，繞過轉角。細仔緊跟後面。

噴子解開瓷器的狗鍊，一圈圈繞上手臂與肩膀，看起來像硬邦邦的銀色翅膀。瓷器啪啪走到自己的角落，不像往常先優雅坐下再輕柔轉身側躺，而是猛地趴倒在地，頭靠在油氈布地板上，沒揚起灰塵，噴子應該是掃過了。噴子走向門口，把鐵鍊放到油桶上，東摸西摸整理它。不忍心看瓷器。

大亨利問：「你認為這樣就好了嗎？」

噴子說：「不知。」

我說：「或許牠只是累了。」這話回應大亨利也是對著噴子說，因為我希望能撫平他的眉頭，解開它們亂如毛線的叢結，讓他不再呆看雙手。大亨利靠著門框左右換腳站。當他移動，蝗蟲、蟬與草蜢便壞脾氣地大叫一通。

「你讓牠跑了好一會兒。」

噴子說：「是啊。」此刻他撥弄鐵鍊的樣子就像他小時撥弄盤子裡的肝、麥片，或者外形像一條條小紅莓調醬的罐頭甜菜根。不過當他長歲數，膝蓋開始長肉、肩膀結成球，他吃起利馬豆、蘑菇、大腸啊，簡直是鏟進嘴裡，好像完全不在乎吃的是啥。

「而且牠還在餵奶，可能只是累了。」

老爸的拖拉機在暗處咆哮，霸凌蚊蟲。輾過樹枝、廢棄的塑膠垃圾桶、脫落的擋泥板。它們喀嚓迸裂，留下碎片。藍道爾與細仔跟隨其後，蹣跚越過碎裂物。噴子搖頭。

噴子說：「他會天殺的鼓搗它一整晚。」他拿下祕密藏放在架子高處的狗碗。換成大亨利或藍道爾伸手就搆到，他卻得踮起腳尖。老爸讓拖拉機空轉，一隻腳伸出車外，下來。噴子把狗食倒進碗，放在油桶上，說：「等等。」

大亨利側身讓噴子跨出門，然後對我笑。月亮在他腦後閃亮如熒光燈泡。一陣風吹，我的頭髮像不牢的蜘蛛網鬆逃，蓋到臉上，飄飄。藍道爾爬上拖拉機坐下。細仔攀上去，開始刮鐵皮。

老爸問細仔：「你搞啥？」

「給藍道爾幫手。」

「幫倒忙啊你，下來。」

「我不會礙事。」
「下來。」
「求求你。」
「我說不行。」
藍道爾挪前，比比身後。
「他可以坐在我背後。不礙事的。」
細仔身子往後仰，懇求老爸，讓老爸以爲他就要聽命跳下拖拉機，兩手卻仍牢抓椅座，並沒要踏下。
「求求你，爹地。」
老爸清清喉嚨，啐了一口。他的T恤在脖子處有大裂口，邊角不齊，好像被人扯過似的。
老爸說：「那就快點。」
老爸揮手叫他上車，細仔爬上去，溜到藍道爾背後，摟著他的腰，一臉期待，好像小孩等著騎旋轉木馬。噴子砰地一聲甩上屋子的後門，拿著杯子，腦門上蟲蛾飛旋如亂塵。他打我身邊走過，我聞到培根油脂的味道。
噴子說：「牠得吃。」把松樹汁顏色的培根油滴到乾狗糧上。瓷器瞧著，轉開臉。碗滑到牠面前，牠也完全漠視。噴子的眼睛是臉上黑窟窿，他說：「來呀。」
瓷器朝他齜牙，露出牙齒與紅色牙齦。狗崽在油氈布上扭動，想靠近牠，似乎能聞到牠粉色胸膛下的奶香。牠的乳頭像嚼過的口香糖。

老爸揮手叫拖拉機向前，說：「來。就是這個角落。就是這兒。」

噴子喘氣說：「好吧。」懶得理那些蠕爬的狗崽，把碗一直往前推，近到瓷器整個腦袋可以放到碗裡。噴子的肌肉線條黑得像煤灰畫成。

老爸大叫：「就這樣！現在直直向前，到這裡。」藍道爾踩油門，拖拉機整個往前衝，細仔猛地朝後仰，沒掉下來。藍道爾又踩一次油門，金屬嘎嘎，木頭碎裂，拖拉機猛地一跳。老爸說：「等等！鐵絲網纏上卡車的散熱罩了。」

老爸扯扯鐵絲網，拉拉散熱罩，推推引擎蓋。整個人前傾，臉蛋都快埋到散熱罩上，先解開鐵絲，又開始拉扯。藍道爾保持靜止。

噴子勒令瓷器：「給我吃。」

瓷器的耳朵像塑膠刀一樣平貼腦袋，嘴巴粉紅濕潤如生雞肉，只不過皮下骨頭隱約可見。牠在打顫，肌肉似乎被跳蚤大軍侵佔。渾身抖，跟噴子眼瞪眼，好像沒瞧見在碗旁團團轉、爬著要吃奶的紅色狗崽。這崽是老爸一筒的翻版，養得最胖、吃得最好，霸王頭。渾圓腫脹充滿生氣。我想牠鐵定也會是最早睜開眼的一隻。

拖拉車怠速，引擎轉動，聽起來好像要往前開了。

老爸大喊：「別開！」但是他拉扯鐵絲的喘氣聲蓋住了「別」，我不知道藍道爾聽到啥，他鬆開煞車、上檔，拖拉機緩緩向前。老爸大叫：「停！」他想往後退，手卻卡在鐵絲裡，死命扯，手被拉長如繩子。

紅狗崽偷偷往前，貼近瓷器的碗，鼻子聳向牠的乳頭。瓷器翻身，站起。拖拉機的轟隆聲就是牠的怒吼。牠抬高頭，腳趾朝前伸。噴子往後退。紅崽匍匐向前；肥大蟲蟎一隻。瓷器張嘴咬住牠的脖子，像平日啣狗崽那樣，只是一點也不溫柔。只見瓷器眼睛翻白，嘴兒咀嚼。啣著狗崽像咬破輪胎那樣猛甩，只露出一小截，噴子搆不著。

噴子大叫：「停！停！」

藍道爾拉動排檔，打到停車檔，引擎怠速，但是已經扯下的雞舍像個小丘扯著拖拉機往後退。

老爸大喊：「不！」

老爸抽出手。上面有機油。捧在胸前。油漬染滿T恤。他張大嘴，朝棚屋光線走來。T恤上的機油變成紅色。嘴裡聲音像低咆。

噴子大叫：「不！」

老爸T恤上的血跟瓷器嘴裡的肥圓狗崽同個色。瓷器昂頭一甩，狗崽撞向鐵皮滑了下來。藍道爾急奔。大亨利跟老爸一起跪在泥地，地上是老爸左手的中指、無名指與小指，整齊削下如樹幹。指肉血紅潮溼如瓷器的嘴。

噴子跪在泥地，摸著被肢解的狗崽，腦袋跟肩膀猛撞鐵皮桶、工具箱與舊電鋸。

噴子哭喊：「妳幹啥這樣？」

藍道爾、大亨利圍在老爸身旁，老爸低聲說：「爲什麼？」血液噴濺他的前手臂。他們緊抓老爸的手腕企圖止血。噴子繼續猛敲眼前看到的鐵器。瓷器嘴兒染血，雙眼如美蒂亞灼亮。如果牠會開口說人話，我想問牠：這就是所謂為人母嗎？

13　帕特羅克斯（Patroclus），阿基里斯的摯友，他死後，阿基里斯甚至誓言死埋同穴。

第七天

比賽的鬥狗與球賽的男人

去醫院的車子擠了太多人。老爸在前座，裹手的毛巾紅血不斷渲染。大亨利開車。細仔、藍道爾跟我在後座，血液聞起來像海水退潮再加上狗味，彷彿瓷器也在車上，坐在駕駛與副駕間，血腥舌頭舔著鬚毛，嗅聞不在車上的噴子。老爸嗚嗚吞氣吐氣，聽起來像大號狗崽。我懷疑劇痛中的他意識到這點。他的頸子青筋暴露拉長如煮熟的火雞脖。我們抄後面的路去醫院，穿過數哩樹林，黑暗中，零星房子像負鼠時而浮現，時而被車燈拋棄於後。細仔讓我握他的手。抵達醫院，藍道爾與大亨利幾乎是半拉半抱老爸穿過大門，走向似乎本來就在門邊等我們的醫院雜役，他們讓老爸坐上輪椅。我們坐在大廳等。雜役把老爸推過來，讓我們跟夜間值班護士小聲交談。她穿著印了紅心的粉紅色手術衣，腳踏紅色卡洛馳（Crocs）鞋，手拿拍紙夾，從櫃檯後面起身。老爸佝僂著身體，血液像急流飢渴滴落大腿，滲進椅座，護士開始問問題，老爸坐直身體，腦袋後仰，她瞧見老爸的手，馬上把拍紙夾放到腋下，抓住輪椅把手，問老爸的名字。這護士跟老媽一樣門牙縫很大。她推老爸，藍道爾邊回答邊跟著她走。

細仔坐著就睡著了，歪靠大亨利身上。大亨利癱坐椅上，兩肘放在膝蓋，努力抹掉雙手的血。血液在他的皮膚上散開如粉紅色水母。我們後面的第三排，坐著一對白人夫婦；男的禿頂，只剩耳邊蒲公英絮般的小撮頭髮，女的頂著這個年紀的白人女性常見的稀薄蓬鬆沖天爆炸頭，紅髮。他們衣著乾淨，熨燙折線已經褪色。每隔幾分鐘，女的就摸摸胸前金十字架，男的就拿下銀框雙焦眼鏡擦拭。我們等候期間，他們研究服務臺，始終沒正眼瞧大亨利跟他的手，沒瞧好像在噩夢中墜落抖動雙腳的細仔，也沒瞧我。我始終不知道他們在等誰，一個護士來找他們，他們就走了。候診室刷得蒼白乾淨，有派素清潔劑、咖啡與疲憊的氣味。

當藍道爾與老爸現身長走道，已經是半夜三點。燈光下，藍道爾看起來比老爸還老，老爸兩眼汪汪好像醉酒，但是清澈閃亮如我灌滿水的玻璃甕，毫無凶狠之色。他拖著腳走在藍道爾身旁，紗布、膠帶一路裹到手腕，好像緊緊繞著山核桃樹結繭的蓑蛾，蟲卵在繭裡囓咬綠色肥葉，直到熱氣鎖喉的秋老虎天才鑽出來，振動黑翼飛走[14]。只是老爸的手不會整個抖動鑽出。老爸的手不會成為蛾，只會剩下枯枝，像棄留在蛻殼下的骨頭。

老爸此刻在睡覺。只有老媽死後的那個星期，他才睡到這麼晚。那時，他不是爛醉在桌旁就是沙發、浴缸旁或者走道，身體橫跨門檻，兩腿伸出，酒瓶酒罐（多數是啤酒）散落身旁，好像小號版本的他。此刻，太陽已經高掛樹梢，陽光灑下圍繞屋子的小空地。所有風扇都對著窗戶呼呼轉，屋子嗡嗡作響，好像活的。大亨利睡在沙發。藍道爾在房裡打呼。老爸房門關上。雞舍依然三面牆挺立輕靠拖拉機，好像拖拉機為它提供了肌肉雄厚的橡皮肩膀。細仔在看《閱讀彩虹》

（*Reading Rainbow*）重播，聲音很小，只比風扇大一點。細仔沒轉大音量。

噴子昨日沒跟我們一起奔上車，就留在棚屋。當我們回家，他已經熟睡在他與藍道爾共用的房間，裹著被單，只能看到隆起的一坨。他沒脫鞋，鞋子像牙刷毛尖從被單裡伸出。棚屋入口原本搭著簾子，現在改成白鐵皮擋著，可能是他從阿媽家的屋頂拆來的。瓷器軟癱在泥地上，蒼白如麵團，下巴搭著僅剩一半的汽車殘骸。噴子將牠與狗崽隔離。今早我醒來，噴子已經不見蹤影。瓷器也是。

我拿隔熱墊端雞湯麵條進臥房，邊緣有點潑濺，只見老爸靠著枕頭坐在床上，正一片片吃餅乾，放在唇間再捲進去。咀嚼的聲音像揉皺筆記本紙張。我把湯碗和湯匙放在擁擠的床頭櫃，上面擺了一杯自來水、充當菸灰缸的百威啤酒罐，以及止痛藥與消炎藥。他的手擱在昨晚藍道爾幫他堆高的舊被單與針織靠墊上。床鋪對面是個有鏡子的寬五斗櫃，老爸在看上頭的十三吋黑白電視。房間依然保留老媽死前的模樣：小玻璃燭臺裡插著桃色大蠟燭，五斗櫃兩頭各有一個看似玻璃杯的矮花瓶，插了小把假花。還有拍立得的全家福，媽媽把它們卡在梳妝鏡的薄鏡面與木框間。還有一張照片是放在相框裡，她跟老爸貼胸站著，老媽的手放在老爸肩頭，頭髮燙直平順往後梳，洋裝胸前開襟，露出鎖骨，硬實閃亮漂亮如銅製門把。她微笑不露齒。老爸沒笑，雙手摟著老媽的背，嚴肅驕傲翹首，那神情就像噴子在鬥狗前驕傲展示身旁的瓷器，之後才是瘋狂的翻滾、撕裂的咆哮與牙齒。

老爸說：「弄弄天線。」他的聲音跟餅乾一樣乾。他傾前把擱在床旁的藤托盤拉過來，放到大腿上。左手顫巍巍端起雞湯碗，放到托盤時，濺出一些到隔熱墊上。

電視只有靜電吱吱。我抓住右邊天線往上拉。

老爸說：「低一點。」

窗邊立扇完全沒把外面空氣打進來。這日子一天熱過一天。我抓住左邊天線，像扯雞胸叉骨一樣將它與右邊天線分開。

「好，就這樣。」

「卡崔娜颶風已經登陸佛羅里達……距離邁阿密數哩。」這是地方新聞，女氣象播報員跟主播對話，一邊指著面前的互動螢幕，我們的電視太舊，解析度超差，地圖看起來像水泥，颶風看起來像油漬。

「稍早報導顯示有傷亡。是否有人……知道……是哪裡……颶風預測？」我們在靜電吱聲中捕捉到主播麥可的聲音，平而直。

「……不清楚。颶風目前只有一級……可能減弱……也可能改變。」女氣象員一頭淡髮，可能是金色。

「蕾秋，妳給我們的觀眾哪些建議……？」電視發出靜電嘆息，我把兩根天線扯得再開些。

「……做好一切防風準備。卡崔娜正在……如果不減弱……往西北走，大家也該準備……政府可能頒布強制撤離。」

「這代表什麼？」

「代表原本打算待在家中躲颶風的觀眾……得開始準備……可能的撤離。」蕾秋似乎在笑。

「愛西，我瞧不到。」

我往旁站開。麥可回到鏡頭前。

「……高速公路將開放撤離。最好早點走……幾個小時……免得塞在車陣。」

老爸說：「妳還是擋到我啦。」他吹吹湯，拿湯匙攪和，但是沒吃，藤托盤橫放在大腿上，沒受傷的手擱在托盤後面。

照片中的老媽笑容安逸，不知道三年後，缺了三根手指的老爸現在躺的這張床，將是她流血而死的所在。一張拍立得裡，我在廚房跳舞。那是老爸老媽舉行派對，老爸的朋友加上一、二位老媽的朋友齊聚喝啤酒吃炸牡蠣與馬鈴薯，在積滿沉渣與鹽巴的回鍋油裡炸得金黃。老媽會插上收錄音機，播放巴比・布藍（Bobby "Blue" Bland）、丹妮絲・拉莎列（Denise LaSalle）、小米頓（Little Milton）的卡帶，我會跳舞，眾人鼓掌，對著我雙手古怪扭動的舞姿大笑，大汗淋漓。老媽會說，瞧瞧我的寶貝，我的跳舞女孩。我會更加賣力跳，更加用力揮手。音樂讓我筋疲力盡。現在我看看自己、老媽、蹦跳的藍道爾、黑眼皺眉彷彿肚內有蟲的噴子，眞想從鏡框扯下那些照片，拿回我的房間，攤在床上，解碼拼湊成一幅巨大的拼圖。

蕾秋說：「準備……關鍵。」

我關上老爸的房門。

瓷器在喘吼。每吸一口氣，便吐出一聲吠，單調有力如巴掌。牠的叫聲傳遍林子。我站在後門臺階，感覺牠的叫聲越來越近，卻沒瞧見牠或者並肩的嘖子。只有晃眼的白晝，比前一天更熱，濃滯如水接近沸點。瓷器的叫聲再度傳來。還有其他狗，散布於凹地另一頭、靠近我們住家的林地，沿著彎曲且碎石裸露的整條街道，牠們與瓷器唱和，像和聲貫徹雲霄，四面八方同時響起。我知道嘖子一定在某處，置身狗群呼喚牠們過來。他是拉住狗繩的手。是掌心。揮揮手，牠們便聚過來；放開狗繩，牠們便四處奔向紅泥地、松樹林、小溪、橡樹林，嗥叫，耙地。

瓷器大聲一吼，瞬間，牠們全閉嘴了。

藍道爾的比賽是今天。我拿掌心擦拭浴室鏡子，鏡邊有裂痕，粉碎的鏡面像亮片飄落。我給頭髮抹油，它們聽話變成小捲，再拿出媽媽留在洗臉槽下塑膠盒裡的兩根髮夾，把頭髮夾到耳後，像枕頭框住我的臉。細仔跟著電視哼唱，歌詞不可解，他的聲音比女孩還高亢。我笑了，臉兒左右轉照鏡。這就是我的模樣。真是個謊言。嘖子的氣味比人先到：狗汗的油哈味、綠色松針味，加上沒洗澡，活像熱天裡在廚房放到餿的牛奶。他站在門口。我給嘴唇抹上凡士林，抿一抿，希望有亮唇效果。

「剛剛是啥麼聲音？」

「妳說啥麼？」

「瓷器啊，叫得跟瘋了似的。」

屋外，藍道爾在運球。從窗戶能瞧見他把球扔向屋子，反彈後接住，再扔。日正當中，直射練球的空地。他在熱身。籃球有點洩氣，每次他接住球，都像巴掌的聲音。

「沒啥麼。」

嘖子T恤領口朝下墜像圍兜。他往下瞧，搖頭，雙手一扯，T恤破了。剛冒出來的頭髮刺得像魔鬼氈。

「聽起來不像沒啥麼。」

T恤是黑色的，濕印子應該是汗，如果是血，我會知道。嘖子把T恤一扔，啪地一聲潮溼掉落磁磚。他走動起來氣味四散，像焚燒濕葉的煙。

「牠忘了。」

「忘啥麼？」

「昨天牠忘掉我是誰。」

「你是說忘掉牠的崽吧？」

藍道爾每次接到籃板球就扔回去，不讓球落地，免得它一再發出單調崩裂的聲音。他嘴角往下，正在笑。

「不，牠忘了我。」

噴子彎腰，轉開浴缸的水龍頭，從掛勾上拿起蓮蓬頭。水霧細柔涼爽。

「你打算讓瓷器綁鎖鍊多久啊？」

「該多久就多久。」噴子踢開鞋子，一下、兩下，說：「該多久就多久。」剝香蕉似的扯下襪子，腐爛臭氣。我的胃一陣翻攪。

大亨利蹲在汽車引擎蓋上，旁邊的馬奇斯身體彎曲近乎對折，像隻螃蟹，只看到背部與四肢，在藍色金屬引擎蓋上捲大麻雪茄[15]。瓷器面對大亨利，粉紅色舌頭伸出下垂如驚嘆號。牠時而微笑時而齜牙，似乎有兩副臉孔，不斷轉化。原本沾染凹地紅泥的皮毛現在覆蓋棕色泥渣，像黑色奇異筆清晰勾勒牠的肩膀、後肢與背部的肌肉線條。大亨利身體稍斜，似乎隨時要拔腿落跑。我的手放在超短褲上，低頭瞧我盡力刷白的網球鞋，現在是骯髒奶色，像煮蛋白灑黑胡椒。大亨利轉身不看再度齜牙裂嘴的瓷器。我坐上大亨利身旁的擋風玻璃，馬奇斯往前挪地方給我。

「你認爲他準備好了嗎？」

馬奇斯問：「誰？」

大亨利大笑說：「不是問你啦，蠢屄。」然後煞住笑聲，看著我跟瓷器。

我問：「你是說噴子？」大亨利對著馬奇斯搖搖頭，而馬奇斯聳著背小心移動、挑撿菸絲，計量。

「藍道爾。」

藍道爾此刻可能正跟噴子擠浴室，不是吼叫噴子快點滾出浴缸，就是乾脆不理噴子，拿破布沾肥皂站在洗臉槽前擦洗，肥皂水滴得檯面、地板、馬桶到處都是，腦海裡可能在想比賽的事。好多年了，他因爲身材太高大，已經不適合在水槽前洗澡。

「他動作快。很快就會出來。」

大亨利微微笑，只牽扯出嘴角的小窩說：「我是說比賽啦。」

我臉紅點頭回答：「哦。他練習了一整天。妥當的。」汗珠讓我的大腿背面濕滑；在金屬引擎蓋上往下溜，像大雨過後山崩土石流，緩緩黏上馬奇斯的背，停住。

馬奇斯正在舔捲菸紙要黏合，轉頭，嘴角露出嘲諷：「哇哩，愛西，我不知道妳這麼想要我啊。」他對我眨眨眼，他的舌頭邊緣泛白，黏著脫落的雪茄碎紙，好像食物渣。我可是認得那個眨眼，那個笑容。大約一年前，我們最後一次打炮後，他擦拭自己的身體，轉身離開我，便露出這種笑容：好像把鹽巴撒向肩膀後方祛除楣運。我抓住擋風玻璃連接引擎蓋的縫隙，扯開自己的身體，不再接觸。我討厭他的笑容。

「你少煩她，馬奇斯。」

「我只是搞她一下啦。」

「大熱天的，你搞誰都不恰當。」

我滑下車子側邊，低頭站，拉扯短褲，免得繃勒出鼠蹊，讓我現形。當我終於抬頭，卻瞧見大亨利在看我，跟他瞧瓷器的眼神一樣：迷離，分心，彷彿在想其他事。我聳聳肩，可是沒人發問啊，於是，我又聳了一次。

我說：「我啊去找藍道爾。」先是走，變成跑，感覺他們看我。

我們去看比賽時，老爸在睡覺。我在他的床頭放了滿滿一杯水跟一包餅乾，藥瓶挪近集中，方便他拿。老爸睡覺嘴張開，因藥物作用而臉蛋鬆弛流口水。細仔跟藍道爾的睡容像小男孩，胖而平滑。老爸的睡臉跟噴子一樣：起皺紋還肌肉拉扯，凍結於戰鬥狀態。五斗櫃上，老媽的手撫摸老爸，對我燦爛微笑。

我很高興能坐到後座靠窗的位置，細仔瘦巴巴的屁股在我腿上扭來扭去，噴子坐中間抽大麻雪茄，馬奇斯靠窗，菸霧瀰漫，整個不透明。大亨利戴了棒球帽，難以分辨他的腦袋與其他男孩有何不同。藍道爾在前座靠著車枕，眼睛緊閉，全身靜止，但是眼皮像蜻蜓飛舞，應該不是在做夢。細仔扭動，我抱緊他：他是我的盾牌。

夏季聯盟比賽在聖凱薩琳小學體育館舉行。杜多爾老師有次說，一九六九年反種族隔離通過前，那是只收黑人的地區小學。法條通過時正好碰上最後一次大颶風，人們忙著尋找、重葬被洪水沖走的親人遺骸，只能睡在以前住家的地基板上與帳棚裡，還得騎腳踏車或步行數哩取得新鮮淡水與食物，實在累到沒力氣抗爭阻止反隔離。老爸在這兒上學時還是全黑人，老媽也是。某次藍調之夜，我跳到全身骨頭都要鬆掉了，老媽講了他們怎麼相遇的故事，說老爸總在學校走廊拉她的頭髮，嘲笑她全身發育良好卻還留小女孩辮子，有天老媽實在受不了，轉身用力捶老爸的胸口，他差點喘不過氣。之後，老爸不再扯老媽的頭髮，而是在她的桌上留禮物：從他阿媽那兒偷來的山核桃糖果、包在報紙裡的整顆山核桃，以及沾了水溝黑泥、日頭晒得熱呼呼、滲出汁液的黑莓。他們就是這樣開始的。

現在體育館靠門的走道牆壁貼了色紙，像臨時畫廊。大型工業立扇吹得紙兒啪響。一個女人負責守販賣攤，她燙了手指波浪捲、嘴裡有顆金牙、口紅顏色像杜鵑花。細仔拖著不肯走時，她便對細仔翻白眼，臉上的痣褪色成雀斑，像水彩潑濺。摺疊桌上放了馬鈴薯片，整齊有序，一包疊一包。我抓住細仔皮包骨的肩膀，推著他走向上層看臺，那是我們的座位。

體育館內部陰暗，鐵皮天花板橫梁消失於濕氣中，像雲量圖，上排的看臺更熱。大亨利旁邊是馬奇斯，一隻手肘撐著四仰八叉的身體，正向大亨利蹭運動飲料喝。藍道爾已經在場中練習，傳球給像繩結穿梭的隊友讓他們上籃，或者接住弧度疲軟的籃板球。噴子躺到看臺上，屁股幾乎著地，兩腳直直伸出，腳底心對著球場，兩手往後搭到後排座位，緊繃的身體整個舒展開來。他拿T恤衣角擦汗，汗珠隨即又冒出來。他懶洋洋點頭，微笑，牙齒整齊潔白像閃亮的骨頭。他嗑嗨了。

噴子對著場中說話：「妳訝異我來了。」笑容漸垮。嚴肅眨眼。

「是呀。」

噴子肩膀聳起又如滑順羽毛放下，說：「木已成舟，沒辦法。瓷器會回到我身邊，牠會恢復原狀。很快。」

「你讓狗崽回去吃奶了？」

「對。但是我牢牢抓住牠的嘴。牠的腦袋一接近狗崽，我就扁牠鼻子。」

「你認爲剩下的三隻崽會活？」

「尻，一定會。」嘖子腦袋靠看臺往後仰，縮到肩膀後面，吞口水，喉結像老鼠滑入蛇的咽喉。「這絕不會打垮我。」

細仔敲我的小腿打摩斯密碼。

「愛西？」

「去。離零食攤遠一點。」

細仔微笑，缺了門牙，隨即掩蓋，想讓自己看起來值得信任，會遠離零食攤。

「還有，甭偷東西。」

細仔小聲叫，嘴角下垂乞憐。

「不行。」

大亨利說：「諾，給你。」伸手到口袋，捧彈珠一樣撈出一堆零錢，放入細仔掌心，細仔小心捧著，舉高，跳下看臺。他的T恤在身後如軟垂旗幟飄飄。

馬奇斯揉揉髮辮說：「連聲謝謝都沒。」

細仔大叫：「謝謝！」

大亨利手肘靠著膝蓋搖頭。往前傾，他的臉龐自寬廣背景驚奇浮現。他瞧瞧我，彷彿那些銅板是落在我的掌中，是黑色核桃糖，是糖漬核桃，是晒得熟透的黑莓。噴子半垂眼皮看比賽，眨眼，藍道爾與隊友已經滿身大汗，在昏暗燈光下黝黑發亮，像排列在凹地泥灘上沖刷過的石頭。大亨利發問了，像是對空氣說話，但是大家都知道他在問誰。

「妳要啥麼嗎？」

他的手跟曼寧差很多，非常大，緩慢移動如沿著密西西比灣胡亂種植、發育不良的棕櫚樹葉片，根本不是當地種，用來阻擋早就被緩衝島嶼拖慢的風。

我說：「不用。」我必須上廁所。

我得繞過成群的男孩女孩才能到看臺下方，他們有些跟我上同個學校，有的來自野林鎮與聖凱薩琳。體育館只有半滿，觀賽的家長（六、七個吧）帶著學步兒，全坐在第一排。女孩沿著長條凳滑動坐下，彼此拍打；男孩穿白T、無袖T、籃球短褲，戴棒球帽。大家笑啊，尖叫，彼此調情，拐對方肘子，扯屁，為平日私底下才會出現的行為臉紅。

球場上，藍道爾已被汗水糊了眼，猛眨。球衣黏在身體兩側繃緊如花苞。他飛身一躍眾人頭頂抓籃板，大家憤怒抗議，他摔落地面。裁判吹哨，藍道爾走向罰球線，在腳邊拍球。他彷彿萬物不沾身，不管是球場、球，或者他拉扯著透氣的球衣。他是泥沼河口的蒼鷺，即便下降也不碰黑色沼澤，便再度起飛。

「妳不喊借過的哦?」

撞到他眞是意外。他身體結棍，但是厚實胸膛已經像植物脫籽前鬆弛了。新剪的棕色漸層頭髮有一抹紅，當他轉頭看我，那撮紅髮捕捉到門口透進的陽光，發亮。他戴了金牙套，帶一筒來跟瓷器交配時也戴了。他張大嘴，口水閃亮的金牙烙了四個字母，一顆牙一個，拼出金色的R—I—C—O（雷可）。

「對不起。」

曼寧就站在雷可後側，穿藍色衣裳。他、夏莉亞、雷可鐵定剛剛一同去了理髮店，因爲他的一頭捲髮被剪到只剩黑色波浪，儘管沒有頭髮綴飾邊緣，他的臉龐還是突出，美極了：鼻梁堅挺、下巴上有洞，上面有全新的粉紅印，臉上閃亮的疤痕讓其他地方更鮮明。他微抬下巴、聳起眉毛，對我擺出那種哥兒們輕鬆打招呼姿態——咋樣?他的身旁是穿了涼鞋迷你裙的夏莉亞，全身凹凸有致，像到處坑洞的路面被雨水撫平。金耳環、手鐲、項鍊一應俱全，這裡免費入場耶。

雷可說:「咋樣?」我沿著場邊走，雷可的龐然身軀從我身旁轟隆而過，曼寧拉著夏莉亞跟在後面。我穿過門邊成群小孩，都是細仔那個年紀或者更小，互相交換裝在蠟紙裡吸吮的糖果、鹹得要命的薯片、霓虹亮色的冷飲，瘦巴巴的手指早已抹掉瓶身的標示。廁所在體育館的後面，一棟獨立的小建築，我跨步奔去。

廁所很暗，比體育館還暗，又小，只有兩個暗綠色廁間加一個水槽。牆壁是灰色煤渣磚。我進去離門口較遠的那一間，轉身鎖上，踩上馬桶墊小便，然後沖水，擦淨馬桶蓋，坐下來，大小正好像座椅。我的鼻子埋在大腿間呼吸。我的腹部與T恤隆起一團，好像塞在大腿間的枕頭。眞希望把它拔出來。我眼眶紅了。我的胸膛裡似乎有一把彎刀，上下來回揮舞，砍斷有生命的東西，在原本綠色植物盤據的地方，劈出一條濕淋淋的道路，滴滴答答。我的臉擱在腿上，濕濕的。我靜待一切停止，馬桶不再有水聲，有人打開廁所門，彎刀才停止砍伐，散發汁液氣味，銳利。

我拿T恤抹臉，打開廁間，他便站在那兒，鎖上廁所的外門，禁錮了黑暗。

我軟弱地說：「這是女生廁所。」

曼寧說：「想著妳呢。」把我推回廁間，關上門，抓住我的手臂轉身，換成他坐在馬桶上，拉開褲鍊，我用力抓緊他的雞雞，盼著他會痛。我想要他痛。他並未皺眉，專心鬆開我的短褲，一把拉著我跨騎他身上，就進去了。輕鬆。濕潤。他抓著我的肩膀往下用力壓，接著整個人往後，再度壓下我的肩膀，他的臉埋在我的胸口。這是他第一次抓著我腰部以上的地方，雙手靠近我的臉龐。碰觸我。

他說：「等等。」讓我站起身，扯掉我的短褲與內褲，再讓我坐回他身上。我的衣服滑落腳踝，好像隨便夾在晒衣繩上。我們從未這樣做過。他的手放在我的臀部，低頭想要瞧清楚，這便讓我們面對面。他的髮際冒出汗珠，停留在電剪推過的紅色溝痕，像螞蟻爬行額頭最上方。他皺眉往下看，撇頭，看向我的肩膀後方，看向天花板。

我抓住他的臉。

他剛刮過鬍子的下顎握在手裡，好像貓舌頭。比起他較爲白皙的皮膚，我的手指黝黑如樹幹。

他會正眼看我。

他聳肩，臉蛋扭到一邊，好像剛釣出水的魚抖動。我搖動屁股。太甜美了。

他會正眼看我。

他哼出聲，腦袋貼在我的肩膀。我用力抽，雙手滑過他的臉。再度抓住。

他會正眼看我。

他呻吟，抓住我汗淋淋的腰部，閉上眼。他的眼睫毛比我認識的女孩都長。漂亮。長長的手臂，拇指壓在我的腹部，方便再次拉抽，然後遲疑了，再度硬壓：我的肚皮頂回去。他低頭看，然後抬頭，跟我四眼相望：我要的就是這個！這個！他在看我。他看見我，他的手朝前觸摸我的肚皮，感覺它的哈密瓜弧度，那個腫不是腫，那個肥不是肥，而是剛冒芽的寶寶，他的眼睛好黑，幾乎整個眼珠都是黑的，像沒有星星的夜空。自始至終，我想要的就是這個。他知道了。

曼寧大叫：「尻！」一把將我扔開，脫離他的身體。我砰地撞上背後的門，手裡不再有貓兒粗舌的感覺，我抓金屬、空氣，什麼也抓不住。廁所聞起來有沼澤泥巴的鹹味，也像窄縮淺灘裡瀕死蝌蚪的氣味，曼寧正在拉褲鍊，開門出去時，把我擠到廁所的角落，我獨自站在黑暗裡，腿間濕黏，乳房腫痛。媽媽的一根髮夾原本夾住我的一綹頭髮，現在掉落漂著浮渣的馬桶。我抹淨自己，按下沖水，看著水流像小暴風旋轉，髮夾被拉著往下又往下，消失。

我三度踏出廁所門檻，每次都以爲哭完了，可以回去看比賽，坐在我的兄弟旁，好像啥都沒發生，就又開始掉淚，胸口熾熱，比蜜蜂昏睡紫薇花叢的大白日還熱，只得退回廁所。我進入另一個廁間，抱住雙腿，縮蹲在馬桶蓋上。臉蛋埋進鹹濕的膝蓋。當我能再度呼吸，就離開廁間，朝臉上潑冷水，眼睛還是赤紅，眼皮浮腫如照了遊樂園恐怖屋的鏡子。然後我想到曼寧看見了我、棄我而去，遠離我的腹中物，從我的手中扯開他的金黃烙印臉蛋，就想我以前究竟算個啥，現在又是什麼狀況，將來又會如何，我就哭了，再度。

「愛西，妳還好嗎？」

「沒事。」

「大亨利叫我來瞧瞧妳。我說我不想進女生廁所，但是他說……」

「等等，我馬上來。」

我的臉現在至少是乾的。或許大家會以爲我只是嗑嗨了。我們繞過建築回體育館，我希望細仔走在前面，因此放慢腳步，但是細仔走得更慢，不肯放我一人，走了十分鐘才到體育館正門。

細仔問：「愛西，妳還好嗎？」

雜亂掌聲像夜間小蝙蝠亂飛，偶爾夾雜吶喊。聽起來空盪盪。

我只能用嘴呼吸，回答說：「沒事啊。」剛剛在廁所，我哭太凶，此刻只想吐。小鬼們就像我們家的雞，擠在體育館門口轉來轉去，我以爲細仔會跑去加入他們，他沒有，手臂繞著我的手肘，好像護花使者，我持續低著頭，眼皮半垂，因此細仔引領我爬上看臺的路上只看到無名的腿、網球鞋、金色涼鞋。我們繞過大亨利，往上坐到噴子那一邊，離群眾與球場最遠，隱在黑暗裡。直到我坐下來後，才發現曼寧、他的妞與雷可就在我們下面幾排的右邊。曼寧身體往前傾，跟她有點距離，好像隨時要衝下看臺加入比賽。他的T恤拉到肩膀後面，背部結實，我轉開視線。

噴子問：「愛西？」他好像有點退晦了，眼神沒那麼呆滯。

我努力大聲說：「我沒事。」

噴子輕碰我的膝蓋說：「那黑鬼去死吧。」伴隨點頭，以示強調。感覺他好像在碰觸我的傷痛，所以我挪開膝蓋，緊閉嘴唇。我已經想哭了。噴子又碰碰我的腿，這次只用一根手指：輕輕的，快速的。他對著曼寧的背啐出：「幹他。」響亮到大亨利都聽見。

大亨利問：「咋啦？」我搖頭，眼神朝下。

噴子兩手拍擊長凳，大聲迴響。雷可正拿肘子推曼寧，講話，他的手像鳥揮舞，聽到噴子拍長凳，馬上回頭一笑，露出金牙。雖然曼寧搖頭制止，雷可還是站起身，兩步做一步往上爬，停在噴子跟我的面前。昏暗光線下，他的牙齒金閃。

雷可說：「聽說你的母狗生下我們的狗崽啦。」

噴子問：「我們的？」

「是啊，我們的。我以爲要均分。」

「眞的啊。」

「健康嗎？」

「怎不問你表弟牠們健康嗎？」

「我想瞧瞧這些崽。」

「沒啥可看的。」噴子緩慢挺身，說話時，背部拱起，肩膀內縮，肌肉繃起。

「啥意思？」

「這是瓷器第一次生娃。不少死胎，很多後來也死了。」

「曼寧說有一頭長得就像一筒。我要那隻。」

噴子站起身說：「牠死了。」儘管雷可站在下面一個臺階，噴子也只跟他差不多高，體型更只有一半，但是噴子歪著頭，斜眼看雷可，我知道他不怕，永遠不會怕。噴子說：「瓷器殺死的。」他的聲音有種抒情韻律，好像在唱歌。歡喜得很。

「那麼，我要另一頭。」

「只剩發育不良的。」

雷可說：「媽的，我幹嘛要個發育不良的？」邊說邊笑，聲音堅硬如他的牙齒。

「噢，我只有這個。發育不良的跟一頭黑白相間的。兩隻都很小。」

噴子漏掉白色的崽，瓷器複製版的那頭。

「曼寧？」

曼寧應聲說：「來啦。」起身爬上臺階，看著雷可跟噴子。我躲開他的黑色眼珠。

「你不是說他有一頭跟瓷器一模一樣的崽？」

「是有啊。」

噴子說：「想要走我那隻母狗的崽，你們是不是太早了點？」他身體往前，像被狗鍊拉緊緊的狗，說：「牠們才一週大。你跟我一樣心知肚明，能活過六週才算數。因此，六週之前，你他媽的有啥資格要屁。」噴子在笑，揉搓拇指，拳頭輕握，彷彿已經感覺到拳頭擊上雷可、曼寧的刺痛。我知道他眞正想打的是誰：曼寧。大亨利跟馬奇斯擺出輕鬆姿態圍了上來，護衛噴子。

「你們這些野林鎭矮黑鬼還眞以爲能偷我啊？我幹死你們！」

曼寧說：「大夥冷靜點，沒必要搞成這樣。」

噴子說：「操你媽！」他的音聲遠傳，滑高，然後在臉上裂成碎片。「你尻媽的髒貨一枚！」

「你讓這個小老黑這樣罵你？如果我是你，我把他揍到——」

噴子就等雷可說這話，用力揮拳。他以全身力氣對著雷可大汗淋漓的寬臉蛋拳如雨下，發揮小個頭男人的猛烈快速力量：凶悍如瓷器。場中的裁判開始吹哨，我們周遭的觀眾都站起身，好像在做加油波浪舞。曼寧想拉住表兄雷可，大亨利伸手去抓噴子，誰知曼寧卻把雷可當球一樣推回噴子身上，接著開始猛捶噴子，馬奇斯跳到曼寧身上，大亨利試圖插進去，以身軀做壁壘阻擋他們，可是雷可開始捶他，大家互相吼罵，摔下臺階，撕爛布料般衝散觀眾。

場子中央，藍道爾正甩脫對手的環抱搶球，一名裁判哨聲尖響，他停下動作，茫然分心於觀眾的騷動，看到兄弟們在看臺上互毆，細仔跟我手牽手沿著看臺邊緣直奔門口。藍道爾站在場中不知所措，軟綿綿抱著球。另一個裁判對著噴子、雷可、馬奇斯、大亨利吹哨，此時他們已經打到場邊，觀眾就像颶風之前才有的泡沫浪，將他們擁出門外。

藍道爾的教練對他大叫：「滾出去，貝提斯！」他用來抹汗的綠色手巾啪一聲，好像狂風吹旗幟。「這些是你的人，對吧？就是你！你完了！滾！」

藍道爾把球扔向體育館牆壁，回彈到場中。沒因群架而發愣的球員連忙搶球。我拉著細仔的手，率先跑到門外；細仔速度超快。藍道爾則衝入延續到門外的混戰，大聲叫罵，尖聲怒吼，拉開一個個盛怒的幹架者，直到他站到中間，比任何人都高，黑如鐵，硬如門。

「你們尻的發啥麼瘋？」

雷可叫罵：「媽的，你誰啊？」曼寧抓住他的肩膀，將他從藍道爾身邊扯開。

噴子大叫：「放開我！」臉上的小抓痕點點如珠。大亨利抓著他的臂膀，馬奇斯站在他倆身旁，大喘氣，怒沖沖。「我要殺了那個操屄，他休想從我這兒拿到任何東西。」

雷可嘴角流血，冷笑說：「明天，我等著你這個懦夫小爛貨，還有你那頭尻狗。」

大亨利踏前一步面對曼寧跟雷可，噴子也蹣跚向前。大亨利說：「你知道剛生崽的狗不能比賽。」他的一邊嘴角浮腫潮溼。

馬奇斯咬牙切齒說：「我就知道我爲啥討厭這賤屄。」他的額頭挫傷。

噴子說：「屄他媽的！屄！他休想得到我的狗崽。」

藍道爾靠近噴子，手依然舉著，說：「噴子，明天如果你讓瓷器上場，一筒贏了，那些狗崽就得餓死。你知道的。」

噴子大叫：「一筒才不可能贏。」大亨利雙手抱著他，摟著，噴子用力掙扎。

大亨利說：「不行。」

馬奇斯說：「我表哥會帶他的天霸王來。牠會代替瓷器上場。如果牠贏了，那就操你媽的。」

雷可說：「要是我贏了呢？」

噴子說：「還是操你媽的。」

藍道爾拿手肘頂頂噴子的胸膛，一根手指對著雷可，好像在噓他靜聲。

藍道爾說：「你會分到一隻崽。」

雷可粗聲說：「隨便我挑？」

藍道爾看著噴子，緩緩點頭。

「由你選。」

噴子搖頭。

噴子說：「屄他媽的。」

雷可笑了；刻在金牙上的名字沾血。

噴子啐了一口。

藍道爾說：「對。對。」

14 蓑蛾（webworm moth）的幼蟲會收集樹木和葉子或其他物體，製作出睡袋並掛在樹上。

15 blunt，拿雪茄菸挖空裡面的菸絲改填大麻。

第八天

讓他們都知道

「愛西？」

細仔碰碰我，我翻身離他遠一點。

「妳要去看鬥狗嗎？」

今早醒來，我好痛。

「噴子說妳不去的話，我也不能去。」

有人一直在打我。

「他已經要給瓷器洗澡。」

他們在睡夢裡打我。

「他跟藍道爾吵架，藍道爾說他不該讓瓷器出賽。那不是牠該去的地方。」

我不要起來梳洗。我不想吃東西。

「他說噴子一向就是個蠢屄，我們總是捅簍子。譬如搞砸他的比賽。他說現在只有噴子變出錢來，他才有辦法去籃球訓練營。」

我捲起身體。躲在枕頭被單下面，捲住我的傷痛，捲住我洩漏的祕密，捲成一個球。

「藍道爾今早灌籃好用力，扯破了整個籃框。要嘖子去修理。」細仔拍拍我的肩頭。

「他扯破了。愛西？」

這痛，我想要它停止。

我試著讀完整本《希臘羅馬神話》，沒辦法，總是卡在一半。我放下書本，抹抹濕濕的臉蛋，在被單下吐出晨間空氣，已經被捂成午後熱氣，就在這裡停住了閱讀。美蒂亞殺了自己的兄弟。一開始，她的侄子告訴阿果勇士她有法力，能夠幫助家人，就像瓷器吃了愛獲滅生病了，我盡可能幫助嘖子一樣。但是對美蒂亞來說，愛情讓助人的力量走了樣。根據作者的說法，故事有好幾個版本。其中一個是美蒂亞與兄弟出逃，她欺騙他上阿果號，讓傑森突襲他。她眼睜睜看著他死，看著那個與她相同的面龐像剖宰的雞：粉色皮膚變成血淋淋的肉。另一個版本是她親手殺了兄弟，他與美蒂亞出逃，與阿果勇士一起，自以爲很安全，但是美蒂亞把他切成碎片：肝、胃、胸部、大腿，一塊塊扔到海裡，讓父親一塊塊撿起，拖慢他的追逐速度。

我讀了一遍又一遍。感覺好像跟美蒂亞一起躲在被單下，兩人一起汗濕成水。爲了逃避她，逃避我身上經過了一整夜與上午依然散發的曼寧氣味，我起床了。

細仔坐在門外走道地板。

「你坐這兒幹啥？」

細仔聳聳肩，抬眼看我。

「我本來要出去玩，但是噴子要瓷器洗澡，屋底下會全是爛泥。妳剛剛幹嘛不起床？」

「我很累。」

「老爸在問妳今早怎麼沒端東西給他吃。藍道爾跟他說妳人不舒服。」

「藍道爾幫老爸弄了蛋？」

「是啊。」

「那他現在幹嘛？」

「睡覺。之前在狂吼颶風的事；說颶風的速度沒有緩下來，說電視裡的女人說颶風直直衝過來。藍道爾叫他冷靜點。他跟大亨利去店裡買了啤酒，老爸就睡著了。」

細仔跟著我進入老爸的房間。藍道爾給窗戶釘了一條毯子，現在對摺起來塞在嗡嗡響的箱型立扇後面，光線滲進來。老爸坐著睡覺，往前傾，維持我昨日離開時的樣子。電視開得很小聲，像悶響的炮竹。螢光幕上是墨西哥灣地圖，卡崔娜在上面旋轉，好像佛羅里達州的長手臂扔出的陀螺。床頭有兩個啤酒罐，一個已開罐，兩罐瓶身都在冒汗。我掩上門留下小縫隙。

「妳要去看鬥狗？」

細仔碰碰我的手背，我在浴室外面止步。他又捏我，我低頭看他，黑色的大眼珠、缺牙與長睫毛。他的眼睛張得更大，滿臉期待。

「啊，愛西，拜託？」

「誰幫你剪的頭髮？」

「藍道爾今早幫我剃的。說留頭髮太熱了。」

我摸摸、搖搖他光如燈泡的腦袋，說：「沒錯。」

他苦著臉說：「愛西。」他看起來超像老爸房間照片裡的噴子。空氣實在窒悶，封閉如塘裡的水。

我說：「好啦。我們去。」

我側坐馬桶上，手臂擱在窗臺，感覺好像被鯰魚咬遍全身，肚皮像鉛錘。噴子在棚屋前拿一隻手試水溫：天氣這麼熱，水龍頭出來的水鐵定滾燙。他在等水流變涼。當噴子剛拿水管沖瓷器，瓷器渾身一顫，四條腿叉開，背脊直挺，腦袋昂起。牠在舔水珠，看不出一絲絲生過病的模樣。牠像舔棒棒糖的女孩一樣賣弄風情，對水管投懷送抱。瓷器打了個噴嚏，閉上眼，泥巴像水簾從身體兩側流下。這陣子來，我第一次看到牠沒繫狗鍊。

噴子說：「來吧，咱們讓妳洗亮亮。」

噴子關掉水，撿起一瓶快用完的洗潔精，整個倒在瓷器背上，開始刷洗，泡沫變成灰紅色。他將肥皂泡抹到瓷器平坦的大腦門，再到臉，拉起牠的毛皮往後扯，瓷器露出緊閉的牙齒，獠牙彎曲緊鎖粉紅色牙齦。牠的眼睛瞇成線，愉悅半閉。噴子按摩牠，讓牠變得柔軟。在噴子的手下，牠整個鬆開來。牠鼻孔朝天，長長的身軀美得像伸展的翅膀。噴子跪在瓷器面前，用力撫過牠的胸膛，瓷器舔舔噴子，快樂。

他說：「妳回魂了。」

「你不該帶牠去。」

藍道爾從屋外繞過來。我以為他手上有球，並沒。手上沒球，他看起來好像少了鼻子。

「藍道爾，你可以閃一邊去。」

「你沒道理生氣，我才有。」

「牠是我的狗，那些是我的崽。」

「你不斷捅簍子，我得插手。」

「操那教練。」瓷器開始齜牙，因為噴子拉扯牠的皮膚，用力刷洗，牠似乎被剝個精光。

「操他的雷可。瓷器一點都不弱。」

「你還是沒替狗崽著想。」

噴子打開水龍頭。瓷器在水中繞圈圈。

噴子大叫：「站住。」瓷器果然凍結了。「狗崽不是你的，你不能給人。」

「那也不是你的比賽，憑啥麼搞砸。現在我該拿籃球訓練營咋辦？」

「如果他對你說那些幹話，你也會衝上去扁他。」噴子皺眉說：「還有他瞧愛西的樣子！」

藍道爾邊和噴子鬥嘴邊來回踱步，泥地被拖出一條溝，聽到這話，停住步伐說：「雷可亂搞愛西？」

噴子哼一聲，瞄一眼我的窗口，但是外面日光太耀眼，他不可能瞧見我。他嘴角扭曲，似乎嗑到了桃子核，冷笑一聲，像苦澀響亮的狗吠。

噴子重新調整壓在水管口的拇指，現在水柱變成強勁閃亮的兩條，然後說：「你啥屁都不知道，是吧？」水柱噴到瓷器的身側，發出響亮聲音。「你今天不用來，反正跟你無有關係，幹嘛不去練投？」

藍道爾搖頭，腳趾深深插進乾土裡，泥塵揚起漂浮靜止的空氣裡。他朝浴室看，我往後靠，隔著T恤我能感覺水箱冰涼濕滑。

我聽到他說：「我要去。你答應了我，如果那些狗崽活下來，就要幫我付籃球營的費用。」他講得很大聲。

噴子大叫：「是啦！你踢起了灰塵啦，藍道爾！」

「你就像老爸，老是一頭栽進某件事，狂熱。」我聽見廚房側門吱一聲打開又關上，藍道爾扔下噴子，進屋了。

水聲停止。我傾著身體，勉強瞥見窗外動靜。噴子又跪在瓷器面前，把僅剩的肥皂水抹到牠的皮毛上，刷得瓷器比白色還白，像冰塊的中心：冰冰，霧霧的。

噴子對著瓷器的耳朵說：「瞧瞧妳，閃亮亮。」他撫摸瓷器，手如刀，說：「白得像古柯鹼，亮得刺眼。」

跟茂密的森林比起來，野林鎮只有少數幾塊泥巴空地、薄薄外牆的房子和拖車房，景象可憐，簡直像狗崽鬥大犬。此處，有大水窪似的游水坑洞，有的大到像泳池，由潺潺清水小溪注入而成，但是土壤讓水窪呈黑色，大樹落葉搞髒池面，像渾身跳蚤的狗。幾叢高聳的油綠木蘭樹，大到沒法攀爬，周遭飄散一股桃子味。有些橡樹樹齡老，分外巨大，枝椏黝黑厚實如樹幹，低垂地面。有的水塘是黏糊糊的爛泥長滿黃色高草，晚上，青蛙成群結隊打嗝歡唱。有些空地鹿兒覓食，雪白、驚嚇，奔蹄而去。烏龜爬過松針堆與泥巴，避免跌入深洞。馬奇斯有次說他跟皮包骨、傑馮在一場大雨後深入這林子，想摘些蘑菇吃，遇見一頭狼，瘦得跟狐狸一樣，灰撲撲，瞪眼瞧他們，以爲會被射殺，然後就消失了。

通往林子較深處的小徑遠離房舍。瓷器帶隊，圈了狗鍊但姿態輕鬆；狗鍊是鈍鋼做成，項圈鍍鉻。噴子偷的。他又剃了頭，脖上的擦手巾像圍巾。細仔騎在大亨利肩頭。藍道爾走在最後面，手裡拿著長樹棍，跳過壕溝時撿的，噴子嘲笑他拿這個對付那些狗無有用啦，指指瓷器說，牠才行。藍道爾還是拎著。馬奇斯跟他的表哥可能早就到了。烏鴉嘎嘎。我聆聽遠處有無男孩們與狗的聲音，只聽到松樹噓噓、橡樹豎起枝葉，木蘭因爲葉子又大又硬，風兒掃過發出紙盤碰撞聲。卡崔娜颶風還在墨西哥灣某處，這風帶頭先撲過來，就像我們尚未踏進房門，就先聽到人們小聲交談。

一片雲飄過太陽，林下好暗。雲兒飄走後，陽光金黃在樹葉間融化，落上樹幹與地面：片片鋁箔錢幣。沒多久，我們碰到一大片藤蔓，從最低的枝椏垂到鋪滿松針的地面，只得用爬的。噴子拍乾淨瓷器的胸膛，揮手叫我們跟上。走了許久，才聽到第一聲狗吠。

藍道爾問：「累了嗎？」

我說：「不會。」我的肚子滿滿的水，想到就痛，但是我不會告訴他。我把樹枝推到一旁，卻還是刮到我的手臂。美蒂亞的旅程帶她來到海，那是古代的高速公路，在那兒，死亡如海浪、太陽與風兒進逼。在那兒，死亡就跟等在水底的魚一樣不計其數，划著鰭，仰望水面，把水底遮成一片黑。瓷器吠叫，像是回應那條狗。

空地是寬闊的橢圓凹地，應該是乾涸的池塘，下雨就會變大變深；凹地樹木環繞，底部墊滿乾黃蘆葦。男孩牽著狗三兩成群聊天、抽菸，互遞大麻小雪茄與香菸，詢問你的狗幾歲，在哪兒搞到這狗鍊的，牠海扁過幾多隻？現場大約有十隻狗、十五個男孩。我是唯一女孩。馬奇斯的小弟阿吉也來了。凹地中心是參賽的狗與賭狗的男孩，外圍是一棵灰色枝椏低垂的大樹，阿吉與細仔立馬比賽誰能先爬上去。比賽的狗有棕色、古銅色、黑色、白色、斑紋色與土紅色。誰也比不上瓷器雪白。站在空地上，陽光照得牠亮眼，雙耳豎起，尾巴翹到半空。有的狗打瞌睡，有的踱步、吠叫，拉扯著狗鍊想衝進凹地，到陽光下，用濕黑的鼻子嗅聞，比鬥。牠們今天都會下場比賽，配對鬥。男孩們是聽聞一筒要在空地出賽天霸王，紛紛跑來，就像傑森吸引了阿果號英雄，展開冒險之旅。他們會把自家的狗丟入鬥場，希望打出好成績，冷酷野蠻，贏得勝利，這林子就像他們的危險愛琴海，好讓他們回到家後可以炫耀：這是我家的雌貨幹的，或者我的黑鬼吃死牠。有的男孩緊張，手放進口袋又伸出來，揮舞汗巾驅趕蠅蚋。有的男孩信心滿滿：肩膀渾圓，微笑。大亨利從口袋掏出汗巾抹臉，藍道爾靠在那根棍上，皺眉瞧著玩鬧的狗兒。一隻老鷹在我們上空飛旋，轉彎，消失。

馬奇斯身旁站著一個男孩，鐵定是他的表兄；兩人都是山核桃膚色，都打了耳洞戴圓形金耳環，個頭也一樣矮，表哥稍胖些，T恤大到吞沒了整個人。

馬奇斯說：「咋樣？這是我老表傑龍。」

傑龍看看馬奇斯，從口袋掏出早已濕透的布抹腦袋，說：「老表跟我說了你們的小麻煩。沒啥好擔心的。」他輕拉狗鍊，天霸王原本躺著晒太陽，立馬起身走到他身旁坐下。牠渾身黑，只有口鼻白色。

馬奇斯的低語變成輕笑：「老表，你說牠很大，但是……我沒想到這麼大。」

天霸王眞是龐大。肥碩高壯，前肢在身前彎曲如馬蹄鐵。瓷器的毛像絲，天霸王的毛粗糙，粗到可以瞧見下面的戰疤，黑色肥大如血蛭。牠吐著舌頭微笑。呼吸時身體兩側波動，氣息大到傑龍的T恤跟著起伏。

「那隻狗呢？」

馬奇斯原本在撫拍他的狗拉拉，站起身，朝空地另一邊點點頭。拉拉的耳朵剪過，掛上跟主人一樣的圓耳環。馬奇斯從來不讓牠鬥。拉拉是柔和古銅色，幾乎跟瓷器一樣乾淨，躺在松針上，朝我們聳起一邊眉毛。噴子有次跟我說，馬奇斯讓拉拉睡屋內，跟他同床，天天哦。噴子說的時候聳肩，幾乎笑了，但是他的嘴角一邊上揚一邊下撇，讓我覺得如果老爸不在，他也會讓瓷器睡在他的床腳邊，天天！

空地另一頭，被雷可用狗鍊拘著的一筒想往前衝，牠嗅聞地面，好像很驚奇，然後開始抓扒，塵土飛揚牠的後腿間。牠這是在挖開乾草通往池塘底部。不知道有無青蛙躲在龜裂的泥地裡圖個清爽乾涼，此刻大概都迅速躺平，躲避牠的利爪吧。雷可的身影半隱半現，朝曼寧跟一個年紀較大、皮膚黝黑的男孩笑。這男孩腳踏白鞋，看起來就是密林鬥狗的初客。雷可的牙套閃亮，但是雙手抱胸的曼寧比雷可的笑容還金燦。我簡直恨死了。

傑龍說：「天霸王從巴頓魯治一路打到佛州彭薩科多海灘，贏多輸少，牠準備好了。」天霸王再度躺在松針堆上，呼嚕一聲，松針如羽毛在牠臉面飛舞。

我擠進陰暗處站到藍道爾身旁，他正拿棍子戳泥巴地面，一下又一下。大亨利拉起胸前的T恤透風，對我微笑。噴子站在太陽下，是這黃色空地裡唯一跟狗迎戰炙熱陽光的男孩。他沒理會我們，眼睛飄向遠處的林子，跟站在身旁的瓷器一樣挺直，牠同樣不睬我們、同樣看向遠方。瓷器全程站著沒躺下，我想可能是噴子刻意訓練的，在他身邊一定得站著，不可坐下弄髒腰腿，才能渾身發亮。瓷器就像即將變成珍珠的砂礫般雪白，噴子黑如牡蠣，兩者一體，直挺面對那些根本不知道什麼叫做「愛一條狗」的男孩。

男孩在凹地中間會合，把狗鍊交給朋友，小心讓狗待在場邊。他們圍成圈喬賽程。

「你要戰天霸王，說啥屁？」

「你的狗對我的來說，太大了。」

「牠雖小，很能鬥哦。」

「牠能撂倒所有狗，一點也不弱。」

「我說最多兩場。」

「我說三場。」

「哪個在乎你說啥屁？」

「我也說最多兩場。」

「糖糖至少可以鬥兩場。」

「家鄉小子至少三場。」

「歐傑可以鬥任何一隻，保證讓牠們屁滾尿流。」

大家一陣唉叫。

「兄弟李也一樣。」

「我家的卡車可以輾斃你們全部。」

「你們瞧見瘦子沒？知道牠怎麼對付一筒的？」

「一筒誰也不鬥，只戰天霸王。」
「巫師想戰一筒。」
「我說了，一筒只戰天霸王。」
「你們都聽到雷可發話了。一筒無有要戰其他狗，只戰天霸王。」
在草兒乾死的場中，男孩們吵鬧如暴風前的空氣。噴子與瓷器站在邊緣。男孩們的吵鬧轉爲激昂憤怒，原本靜止的空氣突然捲起風，吹過空地，揚起灰塵，男孩們連忙閉上眼。老爸可能說得沒錯，卡崔娜對準我們來了。大亨利拿布遮鼻。阿果英雄啓程前，美蒂亞是否曾賜福他們？我此刻站在場邊，她是否也曾站上甲板，成熟豐滿，施咒讓雨遮蔽他們的啓航，也遮蔽她的背叛？傑森是否說過他愛她？曼寧拉著一筒的狗鍊，瞪眼瞧瓷器。噴子與瓷器漠然不動。
馬奇斯說：「咱們走。」
噴子與瓷器離開場中，站到我們旁邊，人雖近，心卻遠。他的T恤領口部分潮溼，黑印一直延續到背部中央，瓷器依然直挺不動，只有耳朵在那兒搧走企圖降落的蚊蚋。
瓷器大約一歲時，噴子認定牠已經長全，就讓牠出賽。從野林鎭到聖凱薩琳，牠每隻都鬥過，養狗男孩都知道誰才是贏家。瓷器只有頭兩次出賽，流血比對手多，而且撕裂了部分耳朵，後來都是壓倒勝，用獠牙鎖喉，臉蛋硬得像拳頭。對戰的狗嗚嗚叫，噴子便喊停，這樣大家就知道瓷器贏了。

現在，沒有狗敢湊近聞瓷器。沒有狗敢撲上來，戲耍著舔咬肩膀跟臉。此刻牠跟噴子遠離眾人，當第一對狗開始鬥，全場只有他倆靜止不動。那比賽很快也很混亂。兩頭狗在場子中央會合，沿著池子邊翻滾，激起塵土、金色雜草、樹枝與血液。牠們扭翻、咆哮、哀鳴。灰色的那隻先尖叫，卻是白棕色混合的那隻先倒下，想要退出刺眼的陽光、燃燒的賽場、噗噗的熾風、尖爪、撕咬與利牙。男孩抓住賽狗的後肢，讓牠們分開，幹譙，又放開牠們去鬥。細仔站在大亨利後面踮腳猛跳，大亨利則不斷擦拭脖子，頻繁到汗珠根本來不及冒出頭閃亮。藍道爾原本像個樂隊長不斷翻扔棍子，此刻也停下，瞪眼看比賽，拿樹棍當棒子拄著。灰色狗被主人拉著後退，尖叫，白棕色那隻想掙脫主人的手。噴子拍了拍專注看比賽的瓷器，只是碰一下腦門，牠便舔噴子手指回報。瓷器永遠不會退縮。

灰色狗主人承認失敗，說：「歐傑摺倒牠了。」白棕色狗的主人笑了，揉揉狗腦袋。

馬奇斯的拉拉突然像兔子跳進場中，耳上金環一閃，對著白棕色狗猛叫，好像慶祝牠的勝利。歐傑仍處於飢渴嗜血狀態。扭身成一個問號，從主人手中拔出一條腿，一口朝拉拉咬下去。拉拉滑停，但是白棕色狗的利牙已經像釘書機咬進牠的腿。狗主人猛拉，馬奇斯也兩手扯著拉拉的狗鍊。白棕色狗鬆開口，咆哮。

牠的主人喊：「停！」

馬奇斯尖叫：「狗娘養的！」拉拉一瘸一瘸走向他，哀叫。馬奇斯跪在拉拉面前，就跟牠的奶油色皮毛一樣，拉拉整個化在馬奇斯懷裡。其他狗也在狂叫，踮著後腿站立，扯著狗鍊，男孩們只好用力拉。瓷器挪挪腳，胸口晃動。噴子搖頭，啐了一口。男孩們將狗鍊纏繞手腕直到手臂，猛往上拉，狗兒窒息靜止，在枯草綠葉中躺下，腦袋靠著前掌。馬奇斯的狗嗚咽個不停，當他摸摸牠的嘴，滿手口水。第二場比完後，馬奇斯放開拉拉，牠背靠馬奇斯的腿坐下，面對林子，腦袋低垂。細仔跑過去拍牠。直到所有狗都比完，只剩天霸王跟一筒，拉拉還窩坐在馬奇斯弟弟的懷裡，腦袋靠著細仔的大腿，舔著呢。

雷可跟一筒踏入場中。其他狗跟男孩們大喘氣，身上沾血，汗珠裹身。雷可微笑，一筒齜牙。相較一筒又高又壯，雷可很矮。一筒的毛色如松針堆下的紅土，也跟松針同樣清潔乾爽。雷可將狗鍊繞在手掌，把一筒拉近身，拍撫牠整個側身，抬頭說：「可以了嗎？」

傑龍離開我們，天霸王搖擺跟在後面，他們停在雷可與一筒幾呎外。天霸王兩次仰頭看傑龍，額頭碰上狗鍊，微笑。傑龍則蹲坐牠身旁，對牠緩緩耳語。賽場的另一頭，雷可也對著一筒耳朵呢喃，此刻，風勢又起，雲朵遮日，他倆的聲音被周遭樹木的搖曳聲淹沒了。突然風勢暫停，再度吹起，雲兒飄走，場中亮得像光球，傑龍大聲回應：「好了！」解開天霸王的狗鍊，雷可也從一筒身邊退開。解開束縛的天霸王與一筒虎虎生風進場，暴怒望著眼前既不低頭也不夾著尾巴的對手。

傑龍喊：「小子，撂倒牠。」他雙手互擊，像驚嘆號，一次又一次。「幹掉牠！」

牠們在場中相遇。同時以後腿站立，前腿相碰，肩膀撞肩膀，好像在跳舞。天霸王的暗黑腦袋率先扭動，咬到第一口。一筒往後退，掙脫，落地時張口，利牙陷進天霸王的脖子。

雷可大叫：「甩牠！甩牠！」整個身體往前傾，簡直快要面朝下跌進場中。

一筒沒理他，咬了又放開，又再咬。牠的獠牙閃現，先白後紅，又閃現。

雷可叫：「小子，抓住牠。」

天霸王可不想被抓住。牠的腦袋像刀，在一筒的肩膀切出流血長溝，見紅了。牠的速度沒一筒快，但是牠很壯。

傑龍喊：「加油！小子。」

兩隻狗同時落地，分開。一筒率先跳起身，咆哮，繼續前衝。天霸王隆隆行進，迎向一筒。牠們牙齒碰牙齒，互咬對方的臉，親吻。朝彼此的喉嚨內怒吼。

傑龍叫：「來吧！小子。」

天霸王誤以為主人在呼喚牠，應該飛奔而去。牠轉身呼地躍空，黑如焦油，跌落泥地扭成一團，因為一筒已經壓在牠身上，咬住牠的背。天霸王扭身回咬，咆哮撕出一條裂口。

傑龍叫：「喊停！」比賽不再乾淨俐落。傑龍犯錯。

雷可叫：「一筒！」抓住牠的後腿喊叫：「一筒！」說是吶喊不如說是咳嗽，一筒立馬鬆口，在陣陣灰塵、毛髮與血珠串中昂首。傑龍抓住天霸王的前腿，雷可抓住一筒後腿，拖過賽場，遠離天霸王。兩狗身上斑斑傷痕，雷可的襯衫不再雪白。

傑龍跪下來，拿布按住天霸王背上的傷口，血液滲黑了布，傑龍再度擦拭，這次冒上來的是乾淨的血。他用力按壓，直到血滴變緩。天霸王的嘴鼻染紅。傑龍朝雷可點頭。

他喊：「再來？」

雷可說：「好。」

細仔讓拉拉的腦袋落在泥土裡。

他對馬奇斯的小弟說：「我要回去樹上，你來嗎？」留下拉拉不明所以地坐著。大亨利雙手抱胸。藍道爾瞪著天霸王的背，樹棍貼在腿側，然後揮上肩頭，他嘆了一口氣。

傑龍拍拍天霸王的臀腿，牠便走向場中迎戰一筒。兩頭狗混成一團，兩個腦袋、四條腿、兩條尾巴，活像一頭古代怪物，猛暴、咆哮、飢餓，自海面升起。天霸王的腦袋朝後一昂，與一筒分開，只有一剎那，利牙又深深咬上一筒的肩膀後方。

藍道爾呼一聲說：「尻。」

一筒咕嚕一聲，身體幾乎拗成兩節，抓住天霸王的前腿。

雷可叫：「甩牠！小子，甩牠！」

傑龍叫：「放倒牠。」

兩頭狗沸騰了，紅與黑。一筒想要甩咬天霸王，讓牠噴血，天霸王咆哮，一再甩頭，跟一筒你來我往。兩隻都沒撕傷，也沒縮成一團。

大亨利說：「平手。」

天霸王與一筒的牙齒一來一往撕咬對方，扭扯，好像拿肌膚當磨刀石磨利自己的犬齒。僵持不下。互不讓步。

噴子說：「叫停。」

傑龍喊：「天霸王！」抓住牠的後腿往後拉。

雷可喊：「一筒！」也伸手抓。

兩頭狗分開，被拉走。天霸王有許多傷口，白色嘴鼻不再白，好像一直是紅色的。一筒的肩膀似乎散落許多比毛皮更紅的毛線，像破爛的醬紫色披肩，空地裡就數牠的喘氣最大聲，壓過時起時歇的風聲。老爸的颶風正在伸出觸角。

雷可說：「一筒贏了。」

傑龍說：「放屁！」

曼寧說：「講啥麼？一筒分明贏了。」

馬奇斯說：「我不知道你看見啥麼，但是贏家鐵定不是一筒。」

雷可的朋友說：「大家都瞧見一筒撂倒牠了。」他的白鞋已經染成棕黃。

大亨利說：「大家瞧見個屁，是平手。」突然間大家七嘴八舌。一筒贏了。不，天霸王贏了。黑鬼，你瞎眼了？沒，你呢？所有男孩都在吵，身邊的狗跟著吠，在松針堆上打滾，舔舐傷口，搖擺尾巴。舉起潮溼的鼻子嗅聞飄動的風。

雷可停止擦拭一筒，站起身，一筒滲血微笑。雷可鎖上狗鍊，拉著牠穿過空地到我們這兒，一筒低頭跟著他。雷可皺眉瞧噴子，噴子則依然遠離眾人，站在賽場邊角，一根手指離瓷器的腦門僅僅一根頭髮的距離。瓷器亮白到讓人無法直視。

雷可問噴子：「所以，我哪時能拿到我的狗崽。」

傑龍給天霸王鎖上狗鍊，站起身說：「我的狗又沒輸。」

馬奇斯說：「兩隻都沒明顯佔上風。」

藍道爾切上前，站到傑龍身旁，面對雷可說：「你聽見大夥說的。牠們平手。」雷可哼地朝地面啐口水。我真希望風能抓住那口水甩回他臉上，或者落在他那雙白之又白的鞋上。藍道爾的樹棍擱在脖子後面橫在肩膀上，兩手攀著，看起來像稻草人。大亨利的塊頭遮蔽了他，掩護了馬奇斯。曼寧開始跨過空地，白鞋染黃的男孩跟在後面，一起上。大家在中間碰頭，跟參賽的狗一樣。

瓷器在噴子身旁喘氣，雷可指著他們說：「我說吶，我的狗崽呢？」他朝噴子與男孩們走去，他們在雷可與傑龍身旁圍成一個鬆散的圓圈。馬奇斯踮腳跳，握起雙拳。如果我是男孩，我也會像馬奇斯一樣幹架。

傑龍說：「沒，我的狗沒輸。頂多平手。」

雷可說：「我鳥你說啥屁。」現在他的手指指向傑龍，眼睛仍盯著噴子說：「我要那頭白的。」

藍道爾站到噴子面前，擋住雷可，說：「平手。不分勝負。」他拱起肩膀，抓住樹棍大力揮舞，當作球棒。現在眾人緊緊圍過來，圍成結，黑影對照白日。雷可說：「輪不到你們決定。」

噴子說：「是的，我們可以。」他解開瓷器脖子上的厚重狗鍊，微笑；瓷器也跟著笑。

雷可笑了，領著一筒跨過空地，撫摸牠。藍道爾尖銳低語：你怎麼可以戰牠？牠可是剛做媽耶！男孩們跟狗零散站在空地的圓形賽場；原本人群形成的結鬆開了，打散了。噴子指指一筒說：牠可是剛做爸呢。有啥屁個不同？瓷器拿鼻子蹭噴子側面。藍道爾說：我擔心牠的乳頭。噴子吐口氣說那些乳頭是奶狗崽的，不勞你擔憂。藍道爾說，狗崽呢，狗崽怎麼辦呢？噴子說，我們一起鬥。各位，現在全給我閃開，讓我們靜靜。我要跟我的狗說話。

細仔跟馬奇斯的弟弟已經火速跳下合歡樹，說：「藍道爾？噴子要讓瓷器出戰哦？」

藍道爾說：「給我回樹上去，這是命令，上去。」

我跟細仔說：「聽話上去，比賽沒結束不要下來。」

細仔撿起一根樹枝扔向馬奇斯的弟弟阿吉。阿吉穿了鮮綠色T恤，沾滿樹上的粉紅小花，牛仔短褲還有褶痕車線。我心想鐵定是他媽弄的。

我說：「仔細別摔下來。」

細仔哼說：「好啦。」讓我知道他不爽，接著兩人就跑開了。

馬奇斯以那種希望大家聽見的音量說，他覺得雷可是個屃貨，他的狗還是個屃貨軟咖，一筒贏了才有鬼。大亨利搖頭，拿擦汗巾一直抹額頭。傑龍大聲附和。還真是表兄弟沒錯。天霸王再度躺在傑龍腳邊，伸出舌頭，身上微微出血，吐著舌頭，苦著臉。血珠滴到眼睛，牠不斷眨眼。一筒躺在草堆上捲成C字型，一次又一次。藍道爾的樹棍現在變成高爾夫球棒，前後揮舞，一次又一次，纏到枝蔓，硬從樹枝上扯下來。他望著我，上唇抿成線。

藍道爾繼續揮舞，掀起塵土與乾松針，啐一口說：「媽啦，牠們會死掉。屌！我的籃球營。」

隔著圓圈賽場，曼寧正在瞧我們。當那些狗在鬥，在空地上翻滾如車輪輻條，牙齒對牙齒，肌肉碰肌肉，互相撕咬時，我很容易縮窄視線躲避曼寧。曼寧此刻蹙著眉頭，眼睛大而圓，幾乎是遺憾的神情。我告訴自己，不必在乎他，想像自己高大如美蒂亞，穿著紫、綠色長袍，戴了黃金與骨頭打造的珠寶。儘管感覺有點怪怪的，我還是肩膀朝後縮，胸膛一挺，朝噴子走去。噴子此刻跪在空地邊緣一叢矮地棕櫚旁，對著瓷器的耳邊說話，用力揉搓瓷器的皮毛，力氣大到瓷器的皮膚都跟著起波動。噴子在安撫牠，跟牠說話。站在陰影下，瓷器渾身銀白，筆直，目光橫掃空地。噴子舌頭飛快伸出來，有刀片，我根本不知道他嘴裡含著這個，他的舌頭翻了一下，刀片在舌尖翻面，又吸回去。他似乎在複誦，速度很快，幾近唱歌。他呼口氣說，雪白瓷器，我的瓷器。妳要像漂白水，潑上去，讓牠們渾身又紅又白。妳要像古柯鹼，讓他們一口氣吸下，猛流鼻血。讓牠們屎尿齊流，讓牠們肚破腸流，瓷器，讓牠們以為自己吸到了刀片，瓷器，讓牠們嚇到發抖，瓷器，讓牠們愛妳，瓷器，讓牠們需要妳，瓷器，讓牠們知道即便牠們很想，少了妳卻活不了，瓷器，我的瓷器。他喃喃說：讓牠們知道，讓牠們知道，讓牠們知道。

噴子看著空地對面的雷可，把狗鍊扔在地上，取下瓷器脖上的鍍鉻項圈。瓷器站在他的右腿側，兩耳豎起，尾巴筆直，一動也不動。我甚至說不出牠有沒有在呼吸。牠很白，超級白。是火焰中心那抹純白。一筒渾身紅，渾身肌肉，像是空地上跳動的一顆心。牠吠了一聲，高亢，雷可解開牠的狗鍊，拍牠一下。一筒奔出。

噴子說：「上！」

瓷器箭一般射出，比一筒還早奔到場地中央，以火熱暴烈的吼聲迎接牠。對瓷器來說，咬腿咬臉都不是選項，牠的目標只有脖子。牠與一筒同時竄高，牠腦袋往前一伸，一口咬住。

雷可大叫：「小子，小心啊。」

瓷器又逮住一筒的後頸項，整張臉埋下去。當牠仰起頭，兩顎鎖得緊緊，撕扯出一堆毛。牠嗝了一聲，好像在吸氣，利牙再度咬下去。

雷可叫：「加油啊，一筒。」

瓷器的腦袋猛往下鑽，好像蚯蚓挖進紅土。

雷可叫：「一筒！」

一筒下潛躲過瓷器的腦袋，咬上瓷器的腿。這是很弱的步數，貪便宜，我猜是雷可教的。

雷可尖叫：「現在甩牠，甩牠。」

一筒甩動瓷器。瓷器則一再埋頭咬，把一筒點點紅的披肩變成血紅圍巾，但是一筒扯著瓷器的腿，左右甩擺；牠的肌肉猛爆，毛皮不再是紅土，而是變成水，紅色洪流。牠每甩一下就咆哮一聲，但是當瓷器的尖銳下顎吞掉牠一隻耳朵與半邊臉，牠的最後一聲咆哮變成尖叫。

雷可喊：「你扯開牠呀。」

噴子再度雙手抱胸，點一下頭。瓷器吻上一筒的側臉，那是愛人以舌舔臉——母親對父親——深吻。

雷可叫：「尻！你倒是扯開牠啊。」

噴子喊了：「瓷器！」雖然一筒仍咬著牠的腿，瓷器還是馬上放開牠，回頭看噴子，好像說，親愛的，我在這兒，馬上就來。

雷可叫：「一筒！」抓住一筒的後腿往回扯，一筒咂了一下嘴，好像吃到什麼好東西，鬆開瓷器的腿。瓷器奔向噴子，臉上的笑容像口紅漬擴散，腿上的血像動章紅帶。

傑龍說：「尻！噴子還不用硬扯開牠。」

雷可抹抹一筒的脖子，直到血痕不再像圍巾，比較像項鍊。他檢視一筒，牠大聲喘息，噴得滿地口水與血，鼻子貼在地面。曼寧跪在雷可身旁低語。我知道不管曼寧說什麼，都只顯露出他的惡質，他就是背叛美蒂亞的傑森，美蒂亞爲他背棄父親又弒兄後，他轉向科林斯國王的女兒求婚。曼寧嘴在動，我讀他的唇語：牠算啥屁，壓根沒心肝。他喃喃時瞧著瓷器，卻感覺是在看我。

噴子問：「好了嗎？」瓷器站在他身旁，完全無視身體兩側點點血滴，嘴兒緊閉，肋骨一鬆一緊。被一筒咬過的腳牢牢站著，關節上方又紅又黏，肌肉裸露。

雷可揮手叫曼寧住嘴。曼寧站起身，雷可也一起。男孩們也跟著移動，擠在噴子跟雷可背後，我得挪到遠處才能瞧見乾池塘的紅色底部，以及血液滴落形成的紅色點線。一整天鬥狗下來，男孩原本形成的圓圈像霧一樣消失了。

雷可說：「幹，當然好了。」他拍拍一筒的側腹。牠咕嚕一聲站起，蹣跚奔向場中。紅色小溪變成大河。

噴子說：「去！」瓷器抬頭看太陽，吠了一聲、兩聲。那是笑。兩腳埋進松針堆，竄起飛奔。

雷可喊：「小子，抓住牠。」

一筒像漩渦繞著瓷器的肩膀轉著咬。瓷器以吻回敬，狠咬。

雷可喊：「逮住牠。」

兩頭狗後腿站立直起身，用前掌抓住彼此。瓷器前腿一踢，推開一筒的胸膛，身體伸展如鞭子，再度以頭部攻擊，又咬又撕，但是當牠往後仰，一筒好像首度看到牠的乳頭，又白又滿又重又暖，一筒低下頭像狗崽索奶，但是沒喝，卻是一口咬下。牠在吞噬瓷器的胸部。

噴子叫：「糟糕。」

雷可喊：「甩牠。」

一筒就像漩渦，拖著瓷器轉，甩搖牠。瓷器的腳爪抓住一筒，嘴巴張大，想要啃掉牠的眼珠。一筒不肯放開。

噴子叫：「跳！瓷器，跳！」

這是平日噴子要瓷器跳下樹的指令。飛呀。躍啊。瓷器朝一筒咬下去。全身鼓力，像肌肉一樣伸縮。牠舔到一筒的耳朵，咬下去，身體往後，兩腳同時一蹭，用力一撕。牠的胸口流血，破裂，一顆乳頭不見了。

噴子叫：「瓷器！」瓷器前腳落地，已經打算奔向噴子。

一筒號叫，往後躲過瓷器，耳朵已經撕裂。

雷可喊：「來，一筒！」一筒奔向雷可，撕裂的耳朵沿途拖地，磨蹭雷可的腿，留下血跡。

藍道爾說：「我早告訴過你。」

噴子說：「閉嘴。」

傷口像火焰吞沒瓷器的胸部。

藍道爾說：「牠不能再鬥。」

噴子捏捏瓷器的脖子，對著牠的耳朵低語。這次，我聽不見他說什麼。噴子太過貼近瓷器的耳朵，我只能瞧見他的一半唇型，躲在爬了紅色血管的白色耳朵後面。瓷器的胸口在滴血。牠舔舔噴子的臉。

雷可站起身，開始微笑。
雷可說：「或許我不要那隻白的了，或許我要那隻雜色的，一筒的血統多一點。」他在笑。
噴子站起身，瓷器，結棍潔白，抬頭看他。
噴子說：「牠要再戰。」
藍道爾拿起肩頭的棍子，在面前揮舞。
藍道爾說：「牠已經夠慘了。」
大亨利：「老表，要是牠剛剛輸了，那就認輸。」話語緩慢，似乎在品嚐每一個字。
噴子吐氣說：「牠沒輸。」
雷可笑了。
噴子聳聳肩，拿手指碰碰瓷器鼻尖。
「牠是我的狗，我說牠要戰。」
一筒齜牙咧嘴。
雷可對一筒說：「這老黑想要自作自受，那就來吧。」
瓷器的肋骨血汗交流，又紅又灰。
「去吧，一筒。」
一筒飛奔。
噴子尖叫：「瓷器，去，去！」瓷器咻地飛出去，流血的胸膛淌汁，在毛尖留下一條痕跡。

牠們碰頭。牠們躍起。牠們擁抱。牠們啃咬，脖子對脖子。牠們的撕咬讓對方痛到慘叫，風兒掃進場內，帶走牠們的嗥叫。

一筒再度抓住瓷器的肩膀，扭動脖子甩瓷器。

噴子緊握拳頭，整個身體好像寒毛直豎。

噴子說：「讓他們知道。」僅比說話大聲點。

但是瓷器聽到了。

「讓他們知道！」

瓷器就是火。牠腦袋往後一仰，好像吞下氧，從中汲取力量，燒回一筒身上，一口咬住牠的脖子。瓷器往下壓制，整個身體縮進一筒的懷裡，那是愛的火舌吞噬。然後瓷器翻身，騎到一筒身上，儘管一筒依然咬著牠的肩膀。一筒在瓷器身體底下扭動。瓷器咬下去。火焰蒸發爲水。

讓他們知道，讓他們知道沒有妳，他們活不了。噴子這麼說，瓷器聽到了。

牠舔著一筒說，哈囉，孩子的爹。我可沒奶給你吃。火焰爆發。一筒再度咬牠的乳房，瓷器用肩膀推開牠。但是我有這個。牠用力咬住一筒的脖子，像老鼠夾夾住老鼠。

當一筒嗥叫，響亮高亢，好像風兒吹過瓷器的牙齒，變成響哨。

噴子微笑。

噴子喊了：「瓷器，來！」

瓷器轉身，撕下一筒的部分喉嚨。

瓷器來了。

雷可大叫：「停！停！」滿頭汗，一臉扭曲苦相。他將一筒拖過滿是砂土的池塘底部。曼寧蹲下，狠狠瞧了我、噴子、瓷器一眼，好像恨死我們，全部。我希望那不痛，但還是痛。

一筒嗥啊嗥。

粉紅色合歡花朵落下，隨風飄散。馬奇斯的小弟已經離開細仔；爬下樹，躲在傑龍的腿後，點點粉紅的肩膀抖啊抖。細仔仍踞坐合歡樹上，抓著樹枝的手慘白，抖得好像會拗斷它們。他的眼睛睜得老大，死瞪著慘叫的一筒。牠每叫一聲，細仔便抖一下，像是以節拍呼應。形成了一首歌。

第九天

颶風日蝕

浴室傳來的嘔吐聲吵醒我。半睡半醒間，我看到自己在浴室，趴在馬桶上，一手抱著馬桶，嘔吐。但是當乾嘔聲音越來越大，好像我的舌頭捲起穿出喉嚨，我發現吐的人不是我。我嘔吐從不會那麼大聲，也不是這種聲音。浴室消失，我在半昏暗的黎明中醒來，看到天花板，看到細仔躺在單人床上，被單與枕頭踢到地上，我們的門微開。

是老爸跪在浴室地板，一手抱馬桶，一膝著地，好像整個人要鑽進馬桶裡，說不出話來。

「爹地？」

他喘氣說：「叫藍道爾來。」然後他的背又拱起，嘔吐聲像是被人撕成兩半。

走道仍黑抹抹。藍道爾在床，噴子不在。昨日鬥狗後，他在後門燈泡下給瓷器梳洗，徹底擦拭牠，然後坐在臺階，拿出一管骯髒破皺的消炎藥膏，塗抹牠被一筒撕裂後裸露的紅肉。牠的腿、肩膀、撕裂的乳房看起來像鮮肉，然後噴子拿出原本裹綁自己腹傷的破舊王牌繃帶切成三段，裹了牠的腿、脖子、肩膀、腹部，用安全別針別上。瓷器站著，眼睛瞇成一條線，輕喘，讓噴子爲牠包紮。每隔幾分鐘，牠便搖搖尾巴，噴子就會揉揉牠身上沒傷的地方：牠的腳、牠的背、牠的尾巴。昨晚他一定睡在棚屋陪牠。我必須搖晃藍道爾兩次，他才醒來，翻白眼，伸手擋著臉。

他說：「啥麼？啥事？」

「老爸。他在浴室嘔吐。」

藍道爾抬眼看我，好像看不清。

「啥？」

「老爸。在浴室。他病了。」

藍道爾點點頭，眨眨眼，開始清醒了。

「老爸說需要你。」

來到走道底，藍道爾開始蹦跳，舒活因睡眠而遲鈍的手腳。老爸的腦袋倚在馬桶座上，面對我們，眼睛緊閉，手臂鬆垂，指節貼著剝落的地磚，看起來像松樹幼苗。

老爸呻吟說：「我病了，吐不停。」

「爹地，來吧起來。」

當藍道爾彎腰趨前，抓住老爸的臂膀，老爸試圖推開他，但是他太虛弱，手臂抬起又落下，好像枯乾的樹枝，他說：「不行，我得待在馬桶旁。」

藍道爾又起老爸說：「我會在你的床頭擺個垃圾桶。」老爸的胸口暴露在空氣中，但是兩腿拖泥帶水，垮靠在藍道爾身上，好像掛上洗衣繩還沒拉扯夾好的床單。阿公阿媽還在時，老媽都兩家床單一起洗，多到老爸必須加拉洗衣繩。老媽會走來走去，將成捆的床單搭到洗衣繩上，再攤開扯平。床單薄到幾乎透明，形成雲霧濛濛的房間，我們在裡面玩躲貓貓。冬天時，會弄溼我們的臉蛋，凍到疼，夏天時，床單一下就乾了，我們還是一頭栽進去，尋找隱藏的涼意。有一次，床單沾上我們的泥巴印，老媽大罵我們搞髒床單；之後，我們玩躲貓貓都兩手伸高高，只把鼻尖埋向床單，看看床單翻飛的下一個走道是否有人在奔跑。現在洗床單晾衣服是我跟藍道爾的活兒，噴子呢，我猜他連洗衣機都不會用。

藍道爾說：「抓著他的腿。」我彎腰抬。老爸比看起來重，眼睛緊閉，對著二頭肌吹氣，喉嚨咕嚕。「來吧。」

我必須在黑暗的走廊倒退走，因此我們移動緩慢。老媽死後，老爸教我跟藍道爾用洗衣機，就由我們負責洗床單晾床單。剛開始，老爸吩咐我們洗，我們才洗。後來，我們覺得髒就洗，因爲經常半夜醒來，身上癢，在那兒搔抓腳脛與腳踝。一開始，我們太矮，沒法把床單甩上去，都是先讓床單掛在洗衣繩中間較凹的地方，然後數一二三，一起拉著床單往上扔，希望能掛住。老爸的腳踝光滑得像柳丁，我壓根沒想到。

藍道爾喊：「一二三。」我們抬起老爸，像晾床單一樣，把老爸滾進床中央。那剎那，藍道爾的身材只有一半，瘦得像拉直的腰帶，膝蓋大如壘球，全身皮包骨，我們又回到孩時，老媽剛死，我們正在晾床單。我的眼睛刺刺的。老爸流涎，在枕頭留下一條溼痕，他呻吟，抱住受傷的手。

床頭櫃的啤酒罐更多了，已經喝掉一半。藍道爾跪到床旁時，空酒罐搖晃，他在找老爸掉到地板的藥。

藍道爾問：「你手痛？」老爸翻身面對我們，我去浴室拎來垃圾桶放到床畔，就在他鼻尖下。垃圾桶裡有糖果紙跟揉成一團的衛生紙，但還算空。藍道爾打開老爸的床頭燈，研究哪瓶才是止痛藥。藍道爾又黑又高，每吋都布滿肌肉，有時我想老爸會不會訝異他跟老媽怎能生出這麼高大的孩子，機器似的。他對藍道爾感到驚奇嗎？然後我的腦海浮現曼寧，幾乎跟空地上的瓷器一樣亮眼，不知道我跟他的孩子會是啥樣：金黃魁梧像他，或者黝黑矮小像我，或者比我們兩個都好。老爸有次來看藍道爾比賽，一直站在體育館門旁，手拿棒球帽，自個兒猛點頭，皺眉看場中，心不在焉。中場休息時他就閃了。

「爹地，上面說你吃抗生素時不能喝酒。止痛藥也一樣。」

老爸搖搖頭，躺著不動。

他對著枕頭咳嗽：「啤酒不算啥，跟冷飲一樣。」

「可能這樣你才吐。」

老爸搖搖沒受傷的那隻手：「我不能躺著。得做好防風準備。」

藍道爾抓起一個空罐，單手捏扁它，酒罐像蜘蛛縮合。他說：「愛西，去拿點水來，把這些帶走。」

我將啤酒罐兜進T恤裡。老爸喃喃。當我拿水回來，藍道爾正把藥丸遞給老爸，這次老爸至少用手肘撐起身體，雖說腦袋側邊撞到床頭板。他吞下所有藥丸跟開水，好像呑得快，下次就可以不吃。

老爸說：「颶風。」

藍道爾說：「你告訴我們該做啥麼。」之後，他要我給老爸準備兩片吐司墊墊胃，就放在床頭櫃上。

微風已經變成強風，比昨日林子與空地裡的風來得強勁。我靠手指摸索老爸的皮卡後座，摸到金屬工具箱裡的手電筒、榔頭與電鑽。工具箱底散落一堆釘子，好像雞寮裡的羽毛與稻草。老爸說，先弄窗戶，所有窗戶都要釘起來。撿出那些釘子鑾花時間；我被其中一根刺到手指，沒流血，就是痛。我在想瓷器被咬的那個乳頭傷癒之後，狗崽含在嘴裡是不是這種感覺：硬，痊癒的痛。

噴子走出棚屋，把權當門板的錫鐵片滑回原位，打開水龍頭，彎身喝水，淋濕腦袋。當他走到我身旁，腦門上的水珠成串滑到脖子又到鎖骨，好像一筒的紅披肩。

「你們在老爸的卡車掏撈個啥？」

我說：「他病了。」

藍道爾靠著卡車，鑽進半個身子打開收音機的黑人電臺。他的腿好長，兩個腳巴丫子平平踩在副駕車門下的結實土地。他對著擋風玻璃大喊，這樣噴子才能聽見，說：「他要我們做好房子的防風準備。」

我跟噴子說：「老爸要我們先釘木板。」噴子赤裸上身，皮帶勒得超緊，短褲的鬆緊帶翻在外面像浴簾，皮帶還吃進他的皮膚。他昨天就穿這條短褲，我沒猜錯：他陪瓷器睡在棚屋。

噴子說：「我不行。得再給瓷器梳洗一次，治療牠的傷口，確保它們不會惡化。」

藍道爾說：「那需要多久？十五、三十分鐘？」他從卡車探出身來，他背後盤旋的音樂很小聲，像鐵器叮噹，因爲老爸的卡車沒貝斯音響。那首歌叮叮唱到完，女DJ言語滑順，話聲平靜，低沉似男人。

「卡崔娜颶風現在是三級。預定週一上午在路易斯安那州比勒斯—特賴夫登陸。國家颶風中心已經對路易斯那州東南部與密西西比州、阿拉巴馬州沿岸地區發布颶風警戒。JZ九四·五頻道將不斷爲您更新颶風動態——」藍道爾關掉收音機。噴子正在弄嘴裡的刀片，眼睛瞧地面。他的眉毛又黑又直，像畫的，在額頭前會合形成一個勾。老爸也會這樣。我的呢，淡到幾乎瞧不見。

噴子說：「我得去店裡買些東西，繃帶之類的。」

藍道爾翻白眼說：「那順便弄點罐頭食物回來。」

「我沒那個錢。」

「那你是打算怎樣——」藍道爾講到一半便住嘴：「屄！我去老爸的皮夾拿點錢。買最便宜的，罐裝食物都行。到時可沒法燒飯。」

噴子說：「我知道。」

藍道爾揉揉腦袋說：「早知道就不問了，可別讓人抓到。」

「不會。」

「怎麼去？」

「我已經打電話給大亨利了。」

「早去早回。」藍道爾又開始轉收音機。唱饒舌的那傢伙聽起來像松鼠。藍道爾轉臺，再度探出頭說：「我們需要你。」

噴子回說：「是啦。」他拂掉他的水披肩，水珠在胸前漬成一條領帶，垂到肋骨中間。就算有風，空氣還是又熱又悶，水沒法蒸發。噴子說：「幫我照顧瓷器。」驟然一陣風帶著他的人進入屋內。

「細仔？」

我需要細仔幫忙撿工具箱裡的釘子。他的小蜘蛛指頭比我更適合幹這活兒。他不在床上，被單與枕頭還在地板上，我撿起放到床墊上。窗簾抖動。我關掉電扇。

「細仔。」

他不在浴室。最後一個使用者不知是誰，總之，馬桶蓋照例沒放下。噴子與藍道爾的房門關著，我聽見噴子在裡面走動。門的正下方有個洞，噴子氣瘋時踢凹的；爲了這個，老爸從他身後狠踢一腳，還想呼他巴掌。

「細仔在裡面嗎？」

噴子回說：「無有。」牆壁薄到他的聲音好像就在身旁。那次噴子是爲了瓷器才踢牆。當時瓷器已經很肥壯，奶子大到老爸都發現牠懷孕了，跟噴子說他可不要凹地裡到處是狗。說這話時他已經醉了，後來也沒再提。當老爸開始甩耳光，噴子用手擋著說：「別打臉。」好像打其他地方無所謂。

「細仔？」

他站在老爸床邊，窄小的背對著我，光溜溜的腦袋低著。一手垂在身邊，一手伸到前面，好像參加復活節彩蛋比賽，努力平衡湯匙上的水煮蛋。但是他的面前沒有湯匙，只有食指，穩穩停留在老爸熟睡的鼻尖，幾乎擦到稀疏的鬍髭以及裸露如雞皮的上唇皮膚。我從未見過細仔如此安靜筆直。

「你幹啥？」

細仔嚇一跳。轉身飛快把食指藏到背後。他的眼睛下方有瘀傷，看起來像神經緊張的棕色小人。我抓住他的食指，扯著他出房門，關上門。

細仔低聲說：「愛西。」他盯著地板好像要看穿它，直到瞧見他在屋基下挖的泥洞。

我問：「你搞啥？」用力捏，皮下就是骨頭。他的食指依然翹著，他呻吟掙扎想逃脫，我緊緊握著。

「他沒在呼吸。」

「啥麼意思他沒在呼吸？」

我扯著他朝走道去，他蜷曲身體，跌坐地上，兩腳釘牢，我還是把他拖到我們的房間，跪在他面前問。

「你到底搞啥？」

細仔眼睛平視我的喉嚨、我的手，到處看，就是不看我的臉。我用力扯，然後他看著我。

「他看起來好像在睡覺，又像沒在呼吸，所以我想摸摸看。放開我啦！」

我再度猛搖細仔的手臂說：「他睡著時，你甭進去，他病了。」

細仔小聲咪咪叫：「我知道，我知啦他病了。」他握起拳頭，猛地抽開手，像濕繩從我手中滑開。他蹦跳說：「我知道他的手、啤酒還有他的藥。他砸到時，我瞧見了。那是我找到的。」

他聲音變大：「我都看到了！」

「找到什麼？」

「他的戒指！」

「細仔！」

他大叫：「這兒！」我瞧不見他細小如糖果的黃板乳牙，只看見他濕潤粉紅的喉嚨，此刻，他又變成小貝比，總是張著嘴，總想找乳頭，卻只能抓住我們的手指、毯子、圍兜，或者他的流浪狗爪子猛吸。他是小貝比細仔，然後不是，變成小號噴子，那隻沒用來探測老爸呼吸的手伸進口袋掏出一樣東西，銅板大小，褐紅色，朝房間那頭一扔，大叫：「反正對他也無有用了！」他喘得像跑完百米，然後像蜘蛛溜過走道。只差一點點，我就能在臺階逮到他。

我大喊：「藍道爾，逮住細仔。」

藍道爾弓著身體從卡車竄出來，奔往細仔消失的屋角，身體就像一條黑線流動，然後我聽到他用力敲打屋基下面。細仔整個躺得超平，我瞧不見他。

藍道爾叫：「細仔，給我出來！」

細仔無聲。

藍道爾咬牙說：「可別逼我鑽進去逮你！」他鐵定爬進屋下了，因爲細仔從我這頭蹦出來，眼珠好白，像兔子咕嚕轉，正打算拔腿跑，被我逮到，他猛踢猛踢，我好訝異他身上沒毛哩。

藍道爾繞過來，身前都是紅土，問：「他幹啥好事了？」

「他拿了老爸的結婚戒指。」

藍道爾皺眉說：「他啥麼？」

「他拿了老爸的結婚戒指。從斷掉的手指拿下來的。藏在口袋裡。」每個字都讓藍道爾臉蛋垮裂，直到像布滿線條的碎玻璃，我知道那是因爲他不敢置信。

藍道爾大叫：「天啊，你媽的有啥麼毛病？」他一把從我身邊扯過細仔，另一隻手狠狠落在細仔的皮包骨屁股上，大叫：「你有啥麼毛病？」聲音越來越高，一巴掌又打下去：「細仔！」

細仔繞圈躲避藍道爾的巴掌，兩人繞著轉，但是藍道爾又壯又快，一次又一次巴下去。藍道爾連打兩下，手掌硬得像木板，說：「噁。心。死。了。你。可能。得。病！爲啥這樣做？」

細仔哭叫，聲音像警笛：「媽媽給他的，而且對他無有用了！」他啜泣哀叫說：「我要那戒指！我要她！」

當我們跟噴子說細仔幹了啥，他笑了。

「他眞是瘋透了。」

「不聽話。」

「你們找到沒？他鐵定會想方設法藏起來。」

我說：「我找到了。」細仔把戒指扔到了我床上，我用一疊衛生紙捏起它，在水槽洗淨。戒指的金色古老黯淡，近乎銀白，完全看不出它曾接觸老媽的皮膚。我說：「戒指沾滿了血。」洗完後，我吐了。

細仔在打嗝，身體幾乎彎成兩截在老爸的工具箱掏挖鐵釘。打嗝啜泣聲撞擊金屬，響亮反彈上來。他把找到的鐵釘扔到車斗板上，鏘鏘。

噴子說：「戒指呢？」

我說：「放到我的五斗櫃第一個抽屜。」

噴子放聲笑，牙齒乳白，露出大大笑容。

「我們該找找那些手指，免費的蛋白質哩，可以給瓷器吃。」

我說：「閉嘴，這太惡劣了。」

藍道爾搖頭說：「眞不知道他是啥毛病。」

噴子拉著木頭往棚屋走去，邊走邊笑，幾分鐘後，我們還能聽見他的咯咯笑聲與自言自語。

當大亨利開車來載噴子，他把充當棚屋門的鐵皮放回去，低頭一直笑。大亨利停好車，手拿冷飲慢慢走過來，我很訝異居然不是啤酒。我雙手抱胸站在車斗上對大亨利點點頭，細仔在我前面，還在打嗝，鼻涕滴入工具箱內。

大亨利問：「他怎麼啦？」我四下打量，確定他在看我、問我。他已經剪掉亂糟糟的頭髮與山羊鬍，因此臉面比身體其他部位來得平滑淺色，在閃亮的汗珠下顯得柔軟。我瞧著細仔窄小的背；他又扔出一根鐵釘，鏘。

噴子笑著說：「走吧。」他們轉身閃人。

遮住窗戶

我跟藍道爾把木板從屋子那頭拖到窗下，跟窗戶比大小，細仔站在旁邊，負責用T恤兜著釘子。藍道爾找到一根把手還算完整的鐵鎚。我的工作就是盡量托高板子底部讓藍道爾釘。細仔抖著呼吸，每次都想咬唇。木板釘好後有空隙，不管怎麼更換木板或者轉來轉去，總露出眼睛或手掌大小的玻璃。藍道爾專心一致，還是敲到兩根手指，原地繞圈跳腳好像鑽土機在鑽土，小聲幹譙。細仔中斷打嗝式呼吸變成咯笑，我也是。久不下雨，泥塊變成粉塵，藍道爾釘下去，木板一陣搖晃，結塊的泥土就像紅色毛毛雨落在我頭上。

瓶甕裝水拿進屋

我跟細仔從屋底撈出來的玻璃甕堆在廚房，看起來好像蝌蚪卵囊，擁簇一團，彼此靠近尋求陪伴：中心霧霧的。這些瓶甕剛拿進屋時灰撲撲的，不透明。我跟細仔各拿一條濕抹布坐在廚房地板開始擦。木板遮住窗戶，這是颶風日蝕，屋內超暗，最亮的是細仔的白T恤。我們把廚房門打開，就坐在門口射進的方形光線裡，抹布都擦成了粉紅色。颶風來時，我們的飲水就是這個，煮飯也用它。藍道爾企圖補起窗戶的漏洞，沒辦法，木板不夠。細長條光線透過玻璃縫隙射進屋內，像電線。老爸起床了，幹譙，磕碰，跌撞進入浴室，嘔吐。他大叫要喝水，我叫細仔端去給他。當我去尿尿，拿著老爸工具箱找到的手電筒，瞧見老爸尿尿沒對準，地板上還有他的嘔吐物，就拿剛剛擦瓶甕的抹布擦乾淨。廚房水槽堆滿碗碟，當我們把抹布拿到屋外水龍頭下沖洗，髒水又黃又紅。

把我的油箱加滿

細仔坐在中間，又瘦又黑的腳搖啊搖。藍道爾開車。我把手伸出副駕窗外，讓風捧起它、壓下它、包覆它。兩邊的窗子都搖下，因爲老爸的車沒冷氣，我的腿黏在老媽放在座位上的小地毯。當我們還很小，夏日裡，車座皮面變得火燙，好像能把皮給化了。老媽說，對孩子們來說太燙了。她把小地毯拍乾淨，洗好後鋪滿整輛車的座椅。藍道爾還沒坐上駕駛座前，我瞧見老爸的座椅地毯已經磨薄了，其他的幾乎和老媽當年鋪的時候一樣厚。我還記得第一次坐時覺得好刺好癢，但是我沒抱怨。那時沒有安全帶的規定，我們全擠在前座。現在我們往北開，穿過鄉間進入州際道路，最近的加油站在那兒。路邊松樹颯颯如響哨，陣風讓它們起舞。前方與松樹梢上的小片天空陰沉灰暗，太陽偶爾穿透，像火焰燒穿蠟紙。到了加油站，藍道爾根本不讓細仔下車，省得他跑進店裡吵著買東西；我走進去付現，藍道爾加油。店裡的冷氣超涼，螢光燈超亮，我簡直呼吸困難；我覺得熱，我的身體像吸滿水的海綿滴答，我的乳房腹部塡滿沸水，四肢著火。藍道爾加滿油箱，回程路上，我們打開車天窗，油門踩到底，奔馳瀝青路，兩旁樹木朝後飛，引擎怒吼；我們與天空、颶風爭快。細仔齜牙咧嘴。

冰箱裡的食物統統煮掉

冰箱裡有六個雞蛋。幾杯冷飯。三條義大利大紅腸。從加油站拿回來的紙箱裡擺著啃過的雞骨頭。還有半加崙牛奶。番茄醬與美乃滋。我們家是瓦斯爐，藍道爾點起火，整個廚房便籠罩在橘光裡，陰影爬上牆，外面的日頭企圖照亮敞開的門，失敗。細仔坐在門口陰影處，下巴靠著膝蓋抱著腿，在地板灰塵上畫圖案。他很氣藍道爾說他的處罰尚未結束，不能看電視。藍道爾煎蛋，用的是老爸儲存在老舊公眾牌咖啡罐、放在檯面上的豬油；然後倒進米飯與克里奧爾調醬。我煎了大紅腸；瓷器鐵定是聞到氣味，在那兒大聲吠叫，乞食的叫法。我們拿出四個碟子裝米飯與雞蛋，再將大紅腸切半，留一點給噴子。細仔跟藍道爾喝掉牛奶。我把老爸的那份拿進房間，他睡著了，我把碟子放在床頭櫃，留他盹睡在洞穴般的房間。裡面雖然很黑，他還是拿受傷的手遮眼。

把我的卡車停去凹地的空地

凹地唯一的空地就鄰近凹地旁。當年他們伐掉樹木，清出土地，才有足夠空間供垃圾車迴轉。藍道爾開著老爸的卡車繞過房子、閃躲樹木，車後鏡差點擦到兩邊。雞隻在卡車前奔逃，咯咯抗議，身體被陣風捲起，笨拙蹦跳飛躍。藍道爾把車停在我們上次烤松鼠的臨時烤架旁，金屬架上還殘餘黑渣，蜂擁的螞蟻形成活線條。當我們忙著關車窗鎖工具箱，細仔就跪在烤架旁。我們忙完後，藍道爾對細仔搖頭大叫我拜託你；細仔的手指頭插進蟻堆，螞蟻一哄而散，爬上他的手，弓起身體咬進他的皮膚。細仔一臉驕傲，說，看看我可能忍多久。藍道爾抓住他的手臂，我拍掉那些螞蟻時，細仔的皮膚已經腫了，白白紅紅，皮下有腫塊。

藍道爾說：「細仔，你是有啥麼毛病啊？」

藍道爾說，盡量買最便宜的。因此當噴子與大亨利開始從卡車卸貨，我還以為割掉上半部的紙箱裡會是滿滿的番茄湯。但是噴子先是拉出一大袋狗食，扛上肩頭，拿去棚屋。又拉出另一袋五十磅重的狗食，扔到第一袋旁，它們像笨重兄弟彼此挨著。棚屋傳來瓷器的高亢叫聲。牠餓了。

噴子大叫：「就來啦！」瓷器叫到一半停住，把聲音吞下去。噴子挪開鐵皮門，瓷器鎮靜地走出來，拿腦袋磨蹭，鼻子摩挲噴子的褲子，舔他的手。噴子蹲下來揉牠。

藍道爾、細仔跟我活兒幹完，已經在院子裡坐了一小時，屋內太暗太熱。細仔拿老舊延長線當跳繩玩。一頭綁樹上，一頭在手上搖。那棵樹就是他的跳繩玩伴，只是繩中央沒人跳。終於藍道爾起身解開樹上的延長線，我走過去抓住另一頭。當天空開始變暗，陽光只能偶爾穿透烏雲，我們開始甩繩，細仔就在泥地上跳。

藍道爾率先走向卡車。後車廂最裡面塞了兩個箱子，紙箱蓋掀開朝外摺，其中一箱大約有十五罐豆子，銀罐綠字，還有幾罐罐壓肉。第二個箱子裡大約有二十來包拉麵。藍道爾抓起豆子與罐壓肉的箱子，我拿拉麵那箱。藍道爾一手便扛起箱子，肌肉賁張，對著噴子聳肩，抬起另一隻手，好像朝掛得太高的籃框射籃。

「你幹嘛都買豆子？」

「只剩這個。」

「然後只有三罐罐壓肉？」

「全被掃光了，架子上最後三罐。」

「我跟你說別買要煮才能吃的東西，我們要拿這箱日清拉麵咋辦？」

噴子不再瞧瓷器，抬起頭說：「還是得吃。」他原本在檢查瓷器的乳頭，小心撕開黃棕色綳帶，看看紅色流水傷口四周的結痂。瓷器舔噴子的小手臂。

「拿啥麼煮拉麵啊？你知道暴風雨時會斷電，颶風時，拉麵有啥用？」

「我們可以拿林子裡的烤架生火。」

「木頭會太濕。」

「反正不會太嚴重，有可能轉彎，不來這兒。」

「不會，噴子。我們一整天都在聽收音機。這是三級颶風，直衝我們而來。結果你買了兩袋狗食！你以爲那些豆子能撐多久？」

「家裡還有其他東西！」

我討厭豆子。我的胃近來一直拉扯，要我吃個不停塡飽那個娃兒。此刻，它火一樣燒。

我說：「不夠五個人吃的！」我的聲音前所未見強硬。

噴子解開瓷器胸口的綳帶，瓷器的乳房解放下垂，已經因爲沒哺乳萎縮發黑；那是牠身上的黑暗記號，玷污了原本的雪白純美，讓疤痕之外的地方更顯美麗。噴子盯著瓷器瞧，好像如果可以，他想一頭栽進去淹死。

噴子問：「你吃過狗食沒？」

藍道爾手上的箱子抖了一下，好像想拿它砸人。

大亨利關上後車廂，伸出巨大手掌，好像可以安撫我們。

「老兄，我們家有多的。夏天初，老媽跟我買了好幾箱冷飲跟罐頭食物，省著用，只吃她菜圃裡的東西。還有啊，馬奇斯家也有多的，因爲他老媽成日叫罵他吃太多，她想確保有足夠的應急食物。噴子，你不用吃狗食啦。」

噴子說：「吃起來鹹鹹的，有點像山核桃。如果情況糟到不行，瓷器吃啥我們就吃啥。」他揉搓瓷器，從肩膀到脖子，再到銳如剃刀的下顎，捧住牠的臉，牠被揉搓到臉上的皮膚都皺了。噴子看起來好像要吻上去。瓷器瞇眼。我超想踢牠一腳。藍道爾扛起他的箱子，拿過我手上的拉麵，轉身朝屋內走去。細仔把延長線綁上老舊的除草機，用力扯，假裝拔河。太陽閃耀，光芒如火，穿透樹梢縫，照著噴子與瓷器渾身光燦，面對面跪著，四目相望。噴子早忘了我們的對話，瓷器則壓根沒聽見。

藍道爾說：「我們又不是狗，你也不是。」他轉入房子凹處，那是手掌的虎口，一收，藍道爾便整個不見了。接下來的一天，天空始終烏陰不散。

第十天
無窮之眼

噴子待在棚屋給瓷器梳洗，我吃掉他的蛋跟紅腸，全部掃光，舔淨盤子，根本連它都能嚼下去。藍道爾看了我一眼，把櫥櫃裡的罐頭全拿出來。我們在餐桌給罐頭分類計數堆放：二十四罐豆子、五罐罐壓肉、一罐番茄糊、六罐湯、四罐沙丁魚、一罐玉米、五罐鮪魚、一盒蘇打餅乾、一些不必配牛奶吃的玉米片。米、糖、麵粉、麥片都沒用。還有三十五包日清拉麵。

藍道爾大叫：「夙！」把番茄糊罐頭扔到房間一頭。屋外，強風在房舍間呼呼推進。

早餐後，我在浴室時聽見他們說話。屋外，公雞啼，瓷器吠叫回應。他們在老爸的房裡。我邊尿尿邊側著身體扯衛生紙，肚皮頂到大腿上方，頑固堅持。我不理它，稍稍打開門，朝走道無聲偷望，以便聽清楚老爸跟藍道爾的對話。

藍道爾說：「我知道。但是存糧還是不夠。」

「反正你們也都乾吃。」

「只有細仔這樣。我們不是。」

老爸大力呼吸，我聽到卡在喉嚨的黏液，他咳出來。

「萬一碰到颶風後的緊急狀態，我有足夠的錢應付。誰知道會怎樣。」

「但是那——」

老爸喘氣說：「兒啊，只有幾百元。」他只會這樣叫藍道爾，但也只有幾次。他說：「我確保我準備的罐頭食物可以撐上幾天。不多也不少。」

「我想可能不夠。」

「聯邦緊急事務管理署還有紅十字會都會發放食物。我們有的就那麼多，如果運氣好，瓦斯供應或許不會斷。」

「老爸，大家都還在抽個頭兒，愛西，細仔，我，甚至噴子。我們都餓著呢。」

老爸咳嗽說：「咱們有啥你就湊合著過。以前如此，以後也一樣。」老爸清清喉嚨，吐痰。

「你媽呀——」老爸突然停止，問：「找到我的結婚戒指沒？」

藍道爾說：「有，細仔找到的。我去拿。」

然後只剩五斗櫃上的風扇穩定用力吹，把熱空氣往前推動幾呎，就衰竭於熱箱般的房間。我跟隨藍道爾進入我跟細仔的房間，摸索抽屜，找到戒指，放到他汗濕的手中，讓他還給老爸，而老爸會把戒指塞在褲子口袋、襯衫口袋，或者掛在脖間，任何能碰觸他肌膚的地方，因爲他已經沒有手指戴了。

只有老爸能忍受待在屋內，黑暗封閉。我們其他人能往外跑就往外跑。天空像藍灰色床單，沒太陽，戶外比屋內好，只因爲有強風吹襲，風勢強到讓衣服緊貼，露出我的原形。陽光偶爾揮灑各處，時而消失無影。雞隻棲息在一棵矮樹、幾根老舊木頭籬笆、舊洗衣機、傾卸式垃圾車以及雞舍垮掉後拿來燒的爛木上。牠們擠擠簇簇，好像無法待在地面忍受飛沙吹襲。我坐在臺階上，細仔在我旁邊，汗濕皮膚貼著我。藍道爾抱著球站在油桶上，往上拋球，又趕快在怒風吹跑它前接住。

噴子在棚屋外堆東西。我很想說他是在清理棚屋，但不是，因爲他沒清出任何一種工具，也沒有油桶、壞掉的除草機、自行車架、花盆等。他堆的全部是瓷器的用品：狗食、狗鍊、狗繩、毯子、狗碗。他清洗瓷器的碗，擱到我跟細仔坐的臺階旁，滴出小水窪。噴子把瓷器的毯子掛到曬衣繩上，彎腰在院子裡的垃圾堆找東西。

細仔問：「他幹啥？」

我聳肩。

噴子挺起身體，手上一根大棍子，那是某次暴雨打下來的樹幹。他開始拍打地毯，灰塵像冷雨斷續落下。有的在空中停留稍久，像緩慢飄動的雲，後來我才想到那是毛，瓷器身上有些東西留在地毯上。我聯想到牛奶裡的玉米片，或者浸了糖漿的脆米穀片。

我說：「我們需要更多食物。」

藍道爾接住球，抱在肚子前。

「有啥想法？」

我咬咬嘴，感覺像在嚼東西。

我說：「還沒。」

藍道爾皺眉。細仔把頭靠在我的肩膀。

他說：「我累了。」

我本想說：天氣太熱，別巴著我。但是我看看他小如棒球的膝蓋，以及對應細瘦脖子太大又太重的腦袋，只說：「想吃點泡麵嗎？」

「耶。」

嘖子皺眉，用力拍淨地毯。瓷器原本坐在桶子旁，現在改成趴伏，腳趾插進泥巴，開始奔跑。牠先是奔往雞寮瓦解的爛木堆，騰空一躍，齜牙，狂吠。牠想舔雞的羽毛。雞隻嚇到擁簇成一團。瓷器繼續飛，轉向舊木籬，跳上去，腦袋差點碰到那些雞。牠們嘎叫跳躍，再降落木籬上。瓷器無視躲在矮樹的十數隻雞，奔往洗衣機。一躍而上，原本棲息在那兒的雞一哄而散。

我大叫：「嘖子！」

嘖子叫聲「瓷器」，繼續拍打地毯。

我走進漆黑屋內給細仔煮麵，老爸睡得好熟，靜到我覺得屋內只有我一人。

藍道爾說：「我們該去找蛋。」此刻，細仔正坐在臺階，臉埋在碗裡，把掛在下巴上扭曲像蟲的麵條全吸進嘴裡，然後唏嚕喝掉剩下的湯。他不喜歡我下鍋前把麵條弄斷。

「蛋得收冰箱。」

「我們可以煮起來，能擺上幾天。」

細仔的臉仍趴在碗上，喝盡最後的湯汁。我該替自己也煮些的，想到鹹味，我的舌頭整個鬆軟。細仔的背像小烏龜的殼，薄到彷彿站上去就會踩斷。

噴子把摺好的毯子、狗繩、瓷器練習用的輪胎，以及從農家偷來的打蟲藥與針筒堆到狗食上。細仔食指伸進碗內，沿著碗底抹調味醬舔食。之後他砰地進廚房，把碗朝水槽一扔，又砰地回來，跑向藍道爾，腳底板閃現黃色，跟瓷器眼睛同個色。

我說：「你該穿鞋。」

細仔問噴子：「你來嗎？」藍道爾已經溜下油桶，瞇眼瞧樹林、煙塵與風。

「我晚點跟上，得先給瓷器運動運動。晚點要被關起來，牠鐵定不爽。」

藍道爾搖頭，在洗衣機、除草機、報廢的老休旅車前逛來逛去，好像穿越迷宮。當他經過雞隻咯咯，對著猛烈推進的風鼓翅又收翅。我餓了。

我說：「我們需要多雙眼睛，老媽教過你怎麼找蛋，你知道細仔還太小，不知道怎麼找。」

噴子聳聳肩說：「等一會兒。」瓷器趴在他的膝蓋，頭歪一邊，舌頭朝外伸，好像現在才看到我。牠的耳朵折起像餐巾紙。

我嘆口氣，不知道狂風中，噴子能否聽見，然後我跟隨藍道爾進入院子在廢棄物中搜尋。風兒強勁吹在身上，我想像它是美蒂亞屠殺兄弟之後掀起的風，推船前進，速度快到船後的餘波盡是血水泡沫；我根本沒力氣走路，沒力氣對抗強風。碰上這種飢腸轆轆的早晨，我的孕吐就更厲害。我聽到瓷器纏鬥噴子的聲音，鐵皮棚屋搖晃，聽到噴子在笑，瓷器吠叫。不過我將他們拋諸腦後，眼睛專注看地。

颶風來臨，雞兒自有計畫：牢實藏匿雞蛋。我、藍道爾、細仔分頭在松樹橡樹下尋找，藍道爾蹲下身，教導細仔老媽的找蛋法。她說，要看不要找，它們會找上你。你就四處逛，它們就會出現。她會像藍道爾一樣彎身向前，強壯的手柔軟放在我的頸背上，像狗一樣撐著我的身體。她說，它們通常是棕色，上面黏了羽毛。手往前指繼續說：雞蛋長成那樣，是雞媽媽的關係。雞媽媽什麼顏色，雞蛋就是什麼顏色。她的嘴粉紅色，當她靠過來，我能聞到她衣襟飄出的痱子粉香氣，看到她胸口的痣，以及胸罩裡柔軟沉墜的乳房。她說，就像妳跟我，看到沒？就像妳跟我。她對我笑，睫毛碰睫毛，好像捕蠅草。厚實的手臂摩擦我，順著她的手指，我便瞧見一堆雞蛋寶藏，互相堆疊，奶色白色棕色與深棕，上面斑斑點點，看起來幾乎像黑色。母雞會在旁邊窺視，喃喃。老媽說，公雞就像惡霸到處跑，但是雞媽媽呢，雞媽媽永遠都在這兒。瞧見了嗎？

松樹在天上聳肩，而那天空就像一件濕T恤蓋著。松樹下，藍道爾將雞蛋塞滿細仔的T恤兜，都是他們在最難找的地方找到的，只有細仔纖細的手指頭搆得到：窩在垃圾車引擎裡、老舊發臭的冰箱底與泥土間、卡在被動物啃個光禿的床墊彈簧裡。我也找了，一無所獲。

細仔T恤兜起的雞蛋溫暖，把他的領口拉成深V，露出鎖骨接縫處，像皮膚上的兩顆彈珠。我拿老媽燉濃湯的鵝卵石黑鍋裝蛋，邊數數目，它們滾動停住。藍道爾抓住細仔的T恤領口，因爲他好像快要朝前傾把蛋都滾出來。二十四個。我們有二十四顆雞蛋要煮要保存要吃。成就不小。

當曼寧現身，太陽並未伸出手掌拿他當狗撫摸，讓他燃燒閃亮。他並未亮到灼眼，卻依然有一種光芒，好像火堆已滅，餘燼仍有熱度，就是這樣。我坐在臺階，率先看到他。藍道爾跟細仔正把蛋放進鍋裡，背對他。當曼寧瞧見我看到他，好像躡手躡腳卻摔跤，好像鞋帶鬆了，他的眼珠變大，在臉上顯得更白。但是他繼續走，在日光與風與綠葉搖晃間，身影越來越大越眞實，直到他的腳步聲蓋過昆蟲聲，牠們依次收聲，似乎他是逼近的暴風雨。我想牠們去那兒了？曼寧注視藍道爾的背影，忽視我的眼睛，我恨他，也懷疑自己能停止愛他嗎？

他說：「老表。」

藍道爾差點摔落手中的第二十四顆蛋。

他轉身說：「屌。」

曼寧聳肩說：「對不起。」我最喜歡曼寧的肩膀與脖子，眞想張嘴吻上他的脖子，一次就好。他是空地上最亮眼的東西。我希望他再度燃遍我全身，一次就好。但是他瞧著藍道爾，半苦笑。此時，我才看到他臉上的疤，肌肉拉扯方向不對。他不是來找我的。「咱們聊聊？」

藍道爾彎腰，把最後一顆雞蛋放進鍋裡，把鍋子擱到我手上，嘴裡雖在回應曼寧，眼睛卻瞧著我說：「好啊。妳可以去煮嗎？」他們一起走出去，站到後門臺階底。

我捧著鍋子站。蛋在鍋裡互相輕撞，聽起來像腳步翻動乾河床上的石頭。

藍道爾隔著門叫：「細仔，去玩。」細仔蒙恩不用幹活，拔腳就跑，只瞧見他的光禿腦袋與模糊手腳。我把鍋子放入水槽加水淹過雞蛋。

「嘖子不在？」

「可能上林子某處遛瓷器。」

「瓷器超猛。」

「是啊。」

我撒鹽到水裡，但是鹽罐裡米粒多過鹽粒。[16]

「教練打電話給你談比賽的事沒？」

「說他們要出錢給柏丁去訓練營。」

「我不知道這事。」

我拿火柴點燃爐子，開始煮。在烏黑的廚房裡，我站得離門只有幾呎，他們瞧不見我，我瞇眼朝紗門外看。

曼寧說：「我很抱歉。」

藍道爾嘆氣說：「唉。」

「眞搞不懂發生啥事。」
「發生啥事？就是我最要好的朋友跟我老弟幹架。」
「我心底有事，跟噴子沒仇。」
「噴子可不這麼認爲。他認爲你故意讓他毒殺自己的狗。」
「我絕不會幹這種髒事。你知道的。」
藍道爾手裡空空，曼寧搧臉好像要揮走蚊蟲。
「他還認爲你搞了我妹。」
「藍道爾，拜託，老兄。」
「你想怎樣？」
「咱們就像一家人啊。」
曼寧的手插進口袋，身體往前彎，好像躲避迎面老拳，好像他講這話，自己也覺得丟臉。
「雷可才跟你一家。咱們沒血緣。」
「咱們就跟血親一樣。」
藍道爾搖搖頭，好像馬兒想甩掉韁繩，說：「這就是問題，我是唯一跟你親的人。」
「不是這樣。」
「是這樣。」
「細仔我打小看他長大，這可沒錯。」

「愛西跟噴子呢?」

「一樣親。」

藍道爾說:「不。不一樣。」盆裡開始冒泡,小小氣泡從盆底開始像魚兒吐泡一樣往上升,水氣模糊了盆中央。「我還有事要辦。晚些見。」

藍道爾走進廚房,我在鍋旁抬頭,好像從未踮腳就著瓦斯爐火的微弱藍光偷窺,也沒偷聽。

藍道爾說:「這可要煮到天荒地老。讓它去滾。」說這話時,他沒看我,站得高挺。輕步從我身邊走過,關上自己的房門。我聽到門關上,急忙踮腳衝出紗門,跑,幾乎腳不沾地。他就在那兒,身影逐漸消失於樹下,太陽下沉。我跳過溝渠,跳到路面。

我大叫:「等等!」我的聲音從沒那麼尖亢。

曼寧停住腳步轉身,他的臉像木蘭花搖曳風中,眼珠就是那鮮黃色的花心。我忽而看見他,忽而又看不見。

當我趕上前,他問:「幹嘛?藍道爾找我嗎?」

曼寧的眼神越過我,看向溝渠、路面,以及有如鍋子焦底色的天空。

我說:「不是。是我。」

他說:「我得閃人了。」轉身,拿他的背、他的頭髮、他的肩膀對著我。我忽而看見他,忽而又看不見。

「我懷孕了。」

他停步，側臉對著我，鼻子像把刀。

「所以呢？」

他的頭髮長得好快，已經開始捲了。髮際滲出汗珠。

「是你的。」

「蛤？」

「你的。」

曼寧搖頭。刀子割下。汗珠滑下疤痕，飛濺到破損的瀝青路。

他說：「沒我的事。」曼寧說這話時，對我眨眼，和我正眼相望。這可才是第二次。「跟我無關。」

無關。不知道爲什麼，我眨眼時看到了噴子，他跪在瓷器身旁，總是跪著，總是撫摸，總是愛牠了解牠。我看到噴子與雷可對決時的那張臉，看到他告訴瓷器：讓他們知道。

我就像瓷器，撲到他身上。

小時，我曾和噴子、藍道爾打著玩。有一次我打中噴子的肚子，那時我們在摔角，我的手軟綿綿像麵條，好像打到的不是肌肉，而我也沒肌肉可施力。有一次藍道爾戳我，我一腳踢中他的胸膛，害他放了一個屁。中學時，我跟一個女孩在更衣間打架，因爲她嘲笑我剛發育的胸部，說我該跟老媽說我得穿運動胸罩了。那時我媽都死了四年了。那女孩拉扯我原本該是胸罩位置的衣服，推我，我轉身面對她，胡亂揮拳，想要捶扁她的臉蛋，踢她的腳，給她吃拐子，使用全身力氣打她。她足足有我兩倍大，但是我突然發難，她來不及推開。我跌下長凳磕到寄物櫃，手臂劃出一條傷。但我可是賞了她腦門一個紫色腫包，嘴唇則被我打到像罐子裡的醃泡豬嘴，紅腫嫩。此後三年，她每次在走廊見到我都打招呼。我超快的。

我巴他，一下又一下，快如疾風，黑影模糊。他的臉火燙刺痛，像滾水。

曼寧大叫：「嘿！嘿！」他盡量以手肘跟前臂抵擋我，我還是滑溜穿過。我巴得超用力，手都痛了。

「我愛你！」

「愛西！」他喉嚨附近的肌膚發紅，疤痕泛白。

「我愛過你！」

我的拇指與食指交叉形成V，擊中他的喉結。他咳嗽窒息。

「我愛過你！」這是美蒂亞在揮刀。這是美蒂亞在砍。我的指甲劃過他的臉蛋，留下粉紅色抓痕，隨即變紅，滲血。

「蠢賤屄！妳有啥麼毛病？」

「我的毛病就是你！」

曼寧抓住我的腋下，將我抓離地面，一扔。我朝後飛。腳趾先落地，在路面滑行，然後腳後跟著地，速度太快止不住，我跌坐地上。我想用刺痛的手止住跌勢，卻讓手更痛。已經破皮。

「妳怎能跑來指控說孩子是我的，妳根本睡遍來凹地的所有人。」

領。

「我只跟你一人！」我又衝向他。

「妳這套狗屎只有大亨利會買單。」曼寧扭身，又一把推開我，我跌開時抓住他的T恤衣領。

我說：「我知道！我知道是你的。」

「才不是。」

「我要跟藍道爾說。」

「妳以爲他們不知道妳是個爛貨啊？」他啐出這句話，紅色，我讓他見血了。

曼寧搖頭擤鼻，跳離我身邊，奔逃逐漸變窄的小路，被掃晃的林子吞沒，我則抖顫得像綠葉，跟周邊的綠色植物一樣，被第一陣衝來撫摸我的風兒吹彎了腰。

我大叫：「就是你！」

我想，明天，一切都會被沖洗乾淨。我腹內的東西殘酷無情，但就像每一個難以忍受的日子，總有天明破曉時。我看著曼寧的身影越變越小，我的肋骨好像夏日乾木碎裂，燃燒燃燒燃燒。

我大叫：「寶寶生出來就知道。就知道！」但是風兒攫住我的聲音往上升，拋出去，穿過松樹，任由它死在那裡。

藍道爾發現我坐在溝渠裡，腿搭在邊上，黑莓藤蔓抓傷，腳趾爬了螞蟻，但是我不在乎。眼淚像水奔竄我的臉，我用T恤遮住臉，太熱了，無法讓眼淚消失。什麼也停不了。當傑森背叛美蒂亞，逃去跟另一個女人結婚，美蒂亞殺了他的新娘、岳父，然後自己的小孩，乘龍御風而去。她尖叫；傑森聽見了。

「怎麼啦？」

我隔著棉布衣裳說：「沒事。」

「我們得去那對白人的家。」

「誰？」

「妳跟我。」

「爲啥麼？」

藍道爾說：「我們需要補給品。」這個白日終於靜了一二秒，我能聽見他的呼吸。他說：「他跟妳說了啥？」

我抹抹臉，讓遮臉的T恤滑下，說：「沒。」我的眼睛就像熟透的葡萄一樣熱腫。「他啥也沒說。」

「我需要妳的協助。」藍道爾醒著時，我從未見過他的身體有放鬆時刻，不僅線條修長的手臂與腿像鐵杆，他的表情也總是在變、在算計、在摳摳省省，或者瞄準投籃。但是現在，他嘆了一口氣，臉蛋變得柔和，像老媽拍的嬰兒照，照片裡的藍道爾，我可是從未見過。他說：「拜託，愛西。」

我彎腰，拿衣角抹乾臉，眼淚還是噗噗下。

我啜泣：「我不行。」

藍道爾輕聲說：「拜託。」

我吐氣說：「為啥麼？」

「我需要妳。」

我用力抹，好像可以抹掉對曼寧的愛、對曼寧的恨、抹掉曼寧。然後我站起身，因爲這是我唯一能做的事。我跨出溝渠、拍掉螞蟻，因爲那是我唯一能做的事。我隨著藍道爾繞過咱們家，那也是我唯一能做的事；如果這是力量，如果這是弱點，就這樣吧。我打嗝，眼淚還是噗噗下。老媽死後，老爸說，你們都哭個啥？別哭。哭泣沒法改變任何事情。我們從未收起眼淚。只是哭得安靜些。藏起來。我學會怎麼哭才不會掉眼淚，吞嚥所有鹹熱的水，滑下喉嚨。這也是我現在唯一能做的事。我吞下眼淚，瞇著眼，奔跑。

跟藍道爾在林子裡跑，一開始算輕鬆；我跟噴子是手牽手衝刺，跟藍道爾則是慢跑。一開始，我並沒呼吸沉重，但是我強迫自己問問題，壓下刺痛來說話。

「細仔呢？」

「在林子裡某處亂跑。」

「噴子呢？」

「也是。」

林子裡沒有吱喳的松鼠、被追獵的兔子、緩步的烏龜。我不知道牠們全跑去哪兒，就是不見蹤影。當我抬頭看天空，灰暗色澤隨著我跑步晃動，我看到大群飛鳥，如果不是雲兒蔽日，牠們鐵定會遮黑了太陽。牠們全振翅飛走，往北飛。時而打散隊形往下俯衝又往上翱翔，牠們是藍道爾摸著籃球的手、噴子手中的狗繩、我在奔馳的腿。我看著牠們，直到牠們越過樹林，只剩我們、林子，以及腳下喀啦的樹葉。藤蔓抓住我的手、我的頭；我們撥開一切，一直衝到圍籬、草地、農倉、農舍前的空地，我雙膝一跪，藍道爾則朝後仰，好像要倒下，兩人都呼吸沉重，溼漉漉有如新生兒。

眼前沒有牛也沒有鷺鷥。藍道爾沒用手就翻過圍籬，跳得跟鹿一樣高，我趴地爬過去，感覺肚皮像碗，裝滿搖晃的水。我已經吞下大部分的眼淚，臉上現在大多是汗珠。我們躡手躡腳穿過草地，踢到牛糞與草菇。草似乎比以前更密更厚。眼前不見藍色卡車、白人夫婦，也沒追逐的狗。房屋與農倉的窗戶都釘上厚厚的夾板。藍道爾舉起我，一手輕輕推著我的肚皮，一手在我的屁股下托高，我的耳朵貼上噴子上次打破的窗戶，隔著擋風木板，能聽見農倉裡有牛走動，龐大笨拙，嗚嗚抱怨，碰撞牆壁，似乎在尋找逃路。我擦擦眼睛。

藍道爾說：「咱們去房子那兒。」

藍道爾放我下來。木頭摸起來很粗，當我低頭瞧木板，發現一抹暗色，像油漆潑濺，醬紫色撕痕，那是噴子摔出窗戶的地方，這是他的血。不知那個跛腿的老男人看到這個會不會露出微笑？得知男孩受傷了是不是很樂？還是這個瘸腿白種男人只是搖搖頭，把木板釘上，憤怒讓榔頭失準，所以釘子彎曲像逗號。

這房子的擋風木板比較平整牢固。不像我們是各種大小拼湊；沒有縫隙可以透過玻璃偷窺，只有夾板密合如眼皮。

藍道爾想把指頭插進牆壁與木板的縫，但是那縫小得只容指甲。他說：「這兒，妳試試。」我的指頭也不行。我想細仔來也沒辦法。「我們該帶鐵撬來的。」

我搖搖頭。

藍道爾大叫：「尻！」用力一捶夾板，木板凹了下去，中間出現酒渦一樣的洞，碎木與碎玻璃的聲音傳來。當他收拳，皮膚已經裂傷，木板上有血痕。他捧著受傷的手。他的臉就像我想像中擋風木板後面的玻璃：堅硬有紋、一片接一片，略微鬆滑，裂縫烏黑。他的眼睛濕潤，大叫：「尻！」血液積蓄在他的指節縫間，像瀑布滑下手指。他瞧著我說：「就算有鐵撬，我也幹不了。」

我說：「你又不是噴子。」我的眼淚舔起來像生蠔。

「愛西，我們得幹。」

「太厚了。」

「得試試。」

藍道爾的膝蓋抬到胸前，好像打算穿褲子，腳後跟重踢夾板中心的凹洞。夾板後的玻璃碎裂了。他又踢一次，木板裂開了；聽起來像槍響。藍道爾停下，我們恐懼四下張望，但是沒有男人揮斧頭一樣地揮槍，也沒穿粉紅衣裳的女人，只有黑暗農倉裡牛兒低鳴，風兒颯颯吹過樹梢，空氣又熱又濕，簡直像雨。

藍道爾說：「再一次。」全身肌肉綳緊對付炎熱天氣與這棟封得紮實嚴密的薑餅屋，擋風木板裂成兩片，但是有釘子釘著，沒掉下來，藍道爾則倒在地上，抱住不好的那隻膝蓋。

他說：「踢錯腳。」他猛吹膝蓋，好像挫傷流血了，他想吹走痛苦與磨挫，就像我們小時，老媽會對我們的傷口吹氣一樣。如果是膝蓋正面破皮，她就讓我們的骯髒腳底板頂著她的胸口，清潔我們的傷口，我們能感覺她的心跳，強韌有如我們腳踩土地的聲音。藍道爾說：「妳瞧瞧裡頭。」

我朝縫隙內張望，一片黑暗，只見窗簾霧濛飄動。黑暗中傳來空無一人的氣味：香料乾燥花與派素清潔劑。縫隙只容兩指，如此而已。

「裡面啥也沒有，氣味乾乾淨淨。撤離時大概完全清空。」

藍道爾撫摸膝蓋附近以及膝蓋以下的肌膚。

「她看起來也是不會放著食物腐爛的女人。」

藍道爾笑了，那是乾笑，像風吹枯葉掃過喉嚨。

藍道爾說：「走吧。」

他走路時一手抓著胸口，瘸著受傷的膝蓋一跳一跳。我停在空地邊緣回頭看農倉，牛兒安全關在裡面。我能瞧見牠們在牧草發臭的黑暗裡一頭挨一頭，潮溼的鼻子舉向天花板，狐疑藍天、微溼的綠草與鳥同伴何時不見了。牠們多麼渴望翅膀的碰觸。

回去路上，看到藍道爾走路沒甩動長長的鬆弛手臂，很奇怪。林子像熟睡的動物：靜，空。眞是不對勁。我比藍道爾先聽到騷動聲，還得攔住他，因為他一心關注自己發疼的膝蓋。

「瞧。」

那是瓷器。牠放下嘴裡的鐵鏽色東西，拿鼻子捅來捅去，好像螺絲起子。然後歪頭猛撲剛剛扔下的東西，在上面打滾，行動如煙，粉紅腳掌在空中揮舞，眼睛緊閉，牙齦盡露大大狠笑。毛皮都沾紅了。

藍道爾問：「啥東西啊？」

瓷器肯定聽到我們的聲音，立馬停住蜷曲打轉，彈身而起，水結成冰，嘴巴緊閉，尾巴直豎。牠看見我們，低頭瞧自己的獵物，舉起鼻子對著即將爆炸的天空吠了一聲，拔腿就跑。是隻死雞，開膛剖腹，身體還是熱的。我想像牠跟我的喉嚨內部很像：鹹，血，粉紅。

我說：「咱們家的雞。」藍道爾沒說話，一跳一跳往凹地與我們家走去。

「你幹嘛？」

藍道爾說這話的樣子好像在公園跑了一整天，好讓自己在球場更挺更黑，一直跑到渾身只剩肌肉與呼吸。他很累，站在房門口朝內望，走道燈懸頂。今天這趟很折騰。我拖著腳來到走道中央，一手酒精，一手濕紙巾，準備給他處理傷口。藍道爾拳頭放到唇邊吸吮。細仔以前也吸指關節，兩歲才停止。

噴子坐在床上，瓷器的前腿搭在他大腿上，鼻子朝天；當牠移動脖子，牠優美得就像泥淖河口的紅花石蒜彎傾入水。牠在舔噴子的下巴，下顎有那隻雞的血漬。噴子在笑，是那種我好久不見的羞赧笑容。我們小時，他常偷「酷愛冷飲」粉包，吸吮微苦的粉末，牙齒頓時變成亮藍或血紅，就會露出這種笑容。桶子裡的狗崽嘆氣嗚嗚，跟五十磅狗食、狗繩、扯得半爛的輪胎、瓷器的毯子一起堆在房間的角落。

噴子沒抬頭說：「我讓牠進屋躲颶風。」

藍道爾說：「屄，不行。」

「我才不把牠們扔在棚屋。」

「爲啥麼不？」

「棚屋不夠堅實，這就是爲啥麼。」

「棚屋又沒怎樣。」

「太薄了。」

「噴子，這是人住的屋子，不是狗屋。」

噴子抬頭，羞澀的笑容不見。他兩手摩挲瓷器的嘴鼻，不讓牠舔，瓷器馬上靜止如院子中的廢棄物。結痂的傷口也讓牠看起來鏽跡斑斑。

「我絕不會把牠們留在那兒。」

藍道爾的臉像玻璃碎裂，只留空空窗框。

「我要告訴老爸。」

噴子齜牙說：「屄，去講啊。」他放開瓷器，站起身，瓷器滑下落地，四腳穩穩踏著，跟隨噴子走出房間。他們三個站在老爸的房門口，藍道爾拉開門走進去。

「爹地。」沒聲音。「爹地。」

老爸側躺背對我們，好像剛從高處、樹上或籬笆掉下來，骨頭全碎。他轉身看我們，勉強用手肘撐起身體。

「啥事？幹啥？」他的聲音好像活生生從身體撕開來，裹著痛在說話。

「噴子想把狗兒弄進來躲颶風。」

「弄進來？進來哪裡？」老爸的眼睛像犰狳在暗中發亮。

「進屋裡。」

老爸說：「不行。」躺回枕頭，蜷曲著身體好像護著手。

噴子說：「不行。」他擠開藍道爾，站到老爸面前。瓷器從他的大腿邊穿過，坐下，伸出舌頭，看起來就跟一般狗沒兩樣。噴子說：「我不會把牠們留在外面。」

老爸的手肘再度撐起身體，面對噴子說：「不行？你說不行是啥意思？我說牠們不可以待在屋內就是不可以。」如果他精神不是這麼差就會用吼的，可是現在他每個字都要停下喘氣，出口的只有微弱的嘶嘶聲。

噴子說：「如果牠們走，我也走。」

老爸喘氣說：「什麼？」

噴子說：「如果牠們去棚屋，我也去。」他朝房內踏近一步，沒入黑暗，只聽到他的聲音，沒臉，沒頭。瓷器則像月光河灘上的白砂閃耀。

老爸咳嗽，喉嚨乾，說：「你甭想跟什麼狗給我去啥個棚屋。」

黑影移動，噴子說：「是的，我要去。如果藍道爾敢阻止我，我們得打一架。我們會全部一起上。」

「別逼我起床。」老爸兩腿滑到床邊，用沒受傷的那隻手撐床而起，但是他的腳跟床單攪在一起，他想用受傷的那隻手解開床單，甩掉，但是身子搖晃，因止痛藥而嗨茫，歪斜像醉酒。

噴子離開老爸房間，現身走道燈泡的光線下，好像泳者從黑暗的泳洞浮現：我想起曼寧從黑洞底游上來，吸走了所有的光，再潑出來，誕生。

噴子說：「所有生命都值得活下去。牠跟狗崽們會活下來。」

藍道爾說：「噴子。」噴子與瓷器停步，與藍道爾在房門口面對面，瓷器的耳朵貼伏腦袋，尾巴豎直，跟噴子一樣繃緊靜止。

噴子吼：「幹嘛？」兩人好像曲鏡的兩面，一高一矮，全都渾身筋肉，緊繃，指關節受傷，握拳。

藍道爾說：「我可不跟牠同房間。」伸出那隻沒受傷的手想抓。

老爸突然大聲說話，硬邦邦：「停止！」再度跌坐，好像全身力氣都用來吐出這句話：「別。別打架。」

我得傾過身聽他。他搖擺身體，沒受傷的手砰地打在床墊，撐起身體。

老爸說：「五級。電視上的女人說這是五級颶風。」

我說：「哦。」說是說話，不如說是嘆氣。老爸以前碰過五級的，但是我們太小，不記得上個侵襲海岸的五級颶風：卡蜜拉，畢竟是四十年前的事，但是老媽說過關於它的故事。

老爸說：「瓷器留在房內，如果我逮到牠跑出房間，就把牠一腳踢到暴風眼裡，聽見沒，噴子？藍道爾，你忍一下。」

老爸的手臂撐不住彎了。

「我想要點湯，愛西。」

噴子雙手抱胸，歪著頭像狗看著藍道爾，藍道爾搖頭。

我低聲跟藍道爾說：「反正我們多數時候也睡在客廳。」想起他在溝渠找到我時是多麼溫柔。

老爸喘氣說：「愛西。」躺回側邊面對門。

藍道爾說：「好的，爹地，我去弄。」從我身邊匆匆走過，手臂僵直，留下我跟噴子站在走道。廚房傳來瓦斯的嘶聲。

噴子說：「任何東西都需要機會。」他跟瓷器轉進房內。瓷器趴在地上，耳朵再度對著天花板，尾巴一拍一拍，在笑。結痂乳房的兩側皮膚緊繃。噴子一隻隻撈出桶內的狗崽，捧著牠們的圓肚皮放到地板上，牠們的鼻子開始扭動，朝瓷器的方向蠕爬。牠瞧著狗崽的神情好像先前瞧著雞隻。開始舔牠們。噴子望向我的背後說：「任何東西。」

16 有時鹽罐裡會放米粒包防止鹽巴結塊。

第十一天

卡崔娜

當老媽第一次跟我解釋什麼是颶風，我以爲所有動物都會逃走，遠離風雨，颶風前數天，牠們就會鼻子迎風，早早得知。也可能是伸出粉紅溫熱的舌頭，嚐一下，確定。鹿兒會張望同伴，奔跳跑開。狐狸會低言自語，聳起肩膀，逃。體型大的動物也可能如此。現在我覺得其他動物譬如松鼠啊兔子啊不會這麼做。或許小動物根本不逃。牠們會靜止於樹枝與松樹排排站的地表，鼻子朝天，捕捉即將來臨的颶風氣息，聞起來像鹽或者燃燒完全的火，然後跟我們一樣準備防風。松鼠會收集羽毛、松針、脫落的毛髮、橡樹的橡實，堆到牠們在樹幹上的凹窩，排列整齊，颶風來時，牠們就能躲進樹幹最深處，安全，幾乎聽不見周遭的喀啦聲。兔子則側面而站，小腿兒並排，嗅聞颶風的氣味像巨響衝擊而來，開始在紅土或者沙地挖隧道，越挖越深，直到紅土變黑變冷，穿過樹根。牠們挖出的通道非常寬敞，因此能坐在我們平日鑿井取水的集水區上方，颶風來時，上方與下方水波衝擊，但是牠們在地球掌心安全靜坐。

客廳窗戶已經用參差不齊的木板封起，昨晚我們就在客廳鋪上睡墊。藍道爾跟我並肩躺地板，細仔在沙發。各自拎著軟棉枕頭、蓋身床單、床包、早就電線走火不能用的「冷」電毯，堆疊成床墊，薄到坐下時都能感覺屁股下的木板瘤結。我們洗淨碗盤。給浴缸、廚房與浴室的水槽蓄滿水，好拿來洗東西跟沖馬桶。我們吃了幾顆水煮蛋，藍道爾又煮了麵。熱呼呼的麵碗擱在兩腿間，我們一起看電視，輪流選節目。藍道爾看房屋重新裝潢節目，一對新婚夫婦把工作室改成薄荷綠的嬰兒房。我選了獵豹的紀錄片。細仔最後選，螢幕上出現卡通，細仔睡著了，我們也沒把電視關掉，就讓鮮明的螢幕光線照亮黑暗。老爸待在房間，房門沒關。噴子跟瓷器、狗崽待在房裡，房門緊閉。

睡覺前，就著螢幕的閃爍光線與一盞積灰檯燈，我閱讀。古希臘時，對所有的英雄、美蒂亞、她被殺的兄弟，以及她氣急敗壞的老爸來說，水代表死。坐在浴室馬桶上，我聽見外面的金屬撞擊聲，報廢機器像下沉歪斜的墓碑碰撞，我知道強風已推著暴雨來臨。

颶風登陸前一天，電話響了。老媽還在時，她會接。那是州政府打來通知颶風覆蓋區的每一個人家。老媽死了後，輪藍道爾接這種電話。每年夏天，他至少會完整聽一次。有次是噴子接的，電話錄音還沒講哈囉，他就掛掉了。細仔從不接這種電話，老爸也是。昨天我第一次接。電話那頭是個男聲，聽起來像電腦，喉嚨是鐵做的。我記不清他到底說了啥，只記得大概。強制撤離。颶風明天登陸。如果你選擇待在家裡，這時候還沒撤離，州政府將不負責任。我們已經警告了。你的行動將有以下可能後果。後面接著一長串。我不確定他說了沒，但感覺是：你可能翹辮子。

就是這種時刻，颶風成眞。

我記得的第一個颶風是九歲時，在平均每年二到三個颶風中，這個最嚴重。老媽把椅子拉到窗戶下面，讓我跪在旁邊。那時我們家的擋風木板就是參差不齊，可以從裂縫往外看，在黑暗中追隨颶風足跡。電池收音機裡播出的東西不切實，院子裡的狀況最實際：樹木彎腰幾近對折，彎拋如釣魚線，空油桶在院子翻滾，雨水變成清澈小溪，在泥地刻出峽谷。老媽那時懷細仔大腹便便，我把手放在她的肚皮上，朝外看。細仔是個驚喜，一個快樂意外；老媽懷藍道爾、噴子跟我都是一個隔一年，之後九年肚皮沒消息。我跪在她身旁，耳朵貼上她的肚皮，可以聽見細仔在裡面划水。外頭，颶風狂掃樹枝，晃動根部，直到屋外十呎的樹被連根拔起。老媽貼著擋風木板形成的小縫往外瞧，身體左右搖晃，好像腹中的小寶貝讓她不得安寧，她撫摸我的頭髮。

那個颶風叫伊蘭，只是三級。卡崔娜呢，昨晚我們在客廳安置下來後，電視主播說已經達到五級，呼應了老爸的說法。

伊蘭颶風時，老爸跟藍道爾都睡了。噴子跟我分坐老媽兩旁，聽她講小時候的大颶風、那個傳奇：卡蜜兒。她說阿公阿媽的屋頂被颳走。她說記得最清楚的是颶風過後的氣味，像垃圾放到腐爛在豔陽下爬滿蛆。她說新死者和舊屍體遍布海灘、街道與林子。她說阿公在院子發現一副骨骸，光亮亮，衣物與殘肉都被大水沖走，卻還是一股牙齒腐爛的氣味。她說阿公沒把那骨骸送去教堂，而是拿裝牡蠣的袋子包起來送到林子深處，她認爲阿公把它下葬了。老媽還說她跟阿媽得走上好幾哩，到自流井取水。老媽那時病了，多數人如此，因爲水不乾淨，她還夢見自己擺脫不了水，因爲她成日不是拉肚子就是尿或者吐。她說不會再有卡蜜兒這樣的颶風，如果有，她可不想遇到。

昨晚，我最晚睡，今早，我最早醒。老爸在打鼾，大到我在客廳都能聽見。藍道爾面對細仔躺的沙發、背對著我睡，身體蜷曲好像在掖藏什麼東西。細仔一手一腳垂下沙發，床單掉下來。電視死寂。屋內前所未有的安靜，沒有電器的嗡嗡聲，就在我們熟睡時，暴風雨來臨掐住這棟房子，斷電了。從客廳窗戶的縫隙朝外望，早晨的天空暗灰，像洗碗水一樣不透明。雨滴敲擊生鏽的鐵皮屋頂，昨日才剛露面的暴風，今日嘆息道哈囉。我躺在黑暗中，把薄被單拉到下巴處，瞪著天花板，沒回應。

但是老媽會回應伊蘭，會一直說話，直到颶風過去。在暴風中心聚集我們，保護我們安全。我身體的祕密已經很難成爲祕密：我能保它安全嗎？如果我能跟颶風說話，像美蒂亞一樣下咒，讓它無害，這個小得有如我的指甲、我的小手指指甲的寶寶，是否也能聽見？如果我說話，它是否出生後會記得我？認識我？它會以曼寧的臉、曼寧的金黃皮膚，我的頭髮來面對我嗎？它會伸出粉紅色手指抓住我嗎？

太陽不肯露臉。它鐵定在那兒，俯瞰憤怒的颶風猛烈撞擊海岸，就像瓷器被關在棚屋，噴子不讓牠出來，牠會撞擊鐵皮門一樣。但是凹地這個時刻，太陽還躲在樹後面，尙未躍出地平線，它時隱時現，時而到處光亮，時而無處可尋，這個時刻到處灰撲撲。

我躺著沒睡，只能瞧見我在腦海完整成形的寶寶，黑色雅典娜，朝我伸手。它賦予我媽媽二字，好像這名稱天生屬於我。我吞下鹹水。腦海的聲音被火車發出的長長轟響淹沒。然後不見了，只剩風聲像大蛇蜿蜒山壁，一口將山吞下。然後風聲又像火車了，房子吱嘎作響。我的身體蜷成一團。

「妳聽見沒？」

是嘖子。模糊難辨。站在黑暗的走道口，他只是一抹較黑的影子。

我說：「有啊。」我的聲音聽起來像感冒，哭泣的痰卡在鼻子。火車。媽媽曾說，卡蜜兒來時，風聲像火車。媽媽這麼說時，我的鼻子埋在她的膝蓋。以前我們到遍布牡蠣殼的海灘游泳，我聽過火車聲，它穿過聖凱薩琳，大老遠就能聽見。我無法想像風聲可以如此。但是現在我聽見了。我能想像。

「燈呢？」

我尖聲說：「桌上。」嘖子在半昏暗中磕磕碰碰走向桌子，摸索煤油燈點燃。

嘖子說：「來吧。」我隨他到後面，進入他跟藍道爾的房間，看起來似乎變小了，封閉悶熱，被另一盞較小的煤油燈照得通紅，應該是嘖子在棚屋找到的。他先瞄一眼老爸敞開的房門，再關上我們身後的門。風聲尖叫。樹木伸出手大力拍打房子。嘖子坐到床上，瓷器趴在他身旁，懶洋洋抬頭看我，伸出舌頭一口氣舔了自己的鼻嘴。我爬上藍道爾的床，抱住膝蓋。水桶裡的狗崽靜悄悄。

「你害怕？」

噴子回答：「不。」他揉瓷器的脖子，一路到肩膀、身軀、大腿。瓷器仰頭，又舔了一下。

我說：「我怕。從沒聽過風吹成這樣。」

「我們還不在灣區呢。躲在一大堆樹木後面，很安全。告訴妳啊，貝提斯家族在這兒都不知道幾多年了，經歷過那麼多颶風，都沒事。」

「你還記得老媽說卡蜜兒登陸時，風聲像火車？」我抱膝抱得更緊說：「伊蘭壓根比不上這個。」

噴子的手指搓揉瓷器下巴，好像在哄騙，因爲瓷器整個靠向他，微笑，想要親上去。噴子停止撫摸瓷器，傾身，手肘靠在膝蓋，搓手，眼睛瞧向遠方說：「我記得她這麼說，記不得她的聲音。我知道她說的每個字，還能看見我們坐在她腿旁，卻只聽到自己的聲音在說這些話，不是她的。」

我想說我知道她的聲音。我想張開嘴，讓她的聲音像一幅鮮明的印象滑出來，我想爲了噴子，讓媽媽在我嘴裡活過來，但是辦不到。

我說：「至少我們還有記憶，細仔啥麼都沒。」

「妳還記得她最後說的話嗎？」

老媽生細仔時，下巴抵在胸口大聲喘氣呻吟。她的呻吟尾聲變尖，好像煞車不良的車子煞停時的摩擦聲，倒是從頭到尾都沒尖叫。噴子、藍道爾跟我站上窗外的老舊冷氣機上偷看，她把細仔推出來，聽到細仔的哭聲後，便腦袋一歪，眼睛像鏡子，看著我們，我以爲她會對我們大吼，叫我們離開窗戶，別偷窺。但是她沒有。她看到我們。她緩慢眨眼。她的鼻子上方有點脫皮，咬著嘴唇，搖頭，抬起下巴看天花板，好像在樹樁上等著斬首的動物，像老爸、阿公拿刀壓著待宰的豬，然後她閉上眼睛。她開始哭，雙手捧著已經消風、軟如洩氣疊足球的肚皮。我從沒見過她哭。她沒說話。就連老爸叫來朋友蒂達、喬先生到家照料我們，把她跟細仔抱上卡車，她軟癱靠著車窗都沒說話。老爸發動車子開走，她只看著我們，搖頭。或許那代表不。或者別擔心——我會回來。或者我很抱歉。也很可能是說別這麼做。愛西，別成為這張床上的女人。但是我做了，我懷孕了。

我說：「不，我不記得。」

噴子拳頭頂著下巴，說：「我記得。當她坐進卡車，她說她愛我們。叫我們要乖。彼此照顧。」

「我不記得這些。」我想那是噴子的想像。

噴子坐直身體，靠著床，手靜靜放在瓷器的脖子上，瓷器嘆了口氣。噴子說：「她這麼說的。愛西，知道嗎？妳長得像她。」

「不知道。」

「眞的。沒她那麼壯，但是臉蛋像。嘴巴還有眼睛。越大越像。」

我不知道該說什麼，半苦笑，搖頭。但是媽媽，媽媽始終在，瞧見沒？我好想念媽媽，吞下鹹淚，想像它們像檸檬汁流淌到新割的傷口——我的胸口，刺辣。

「妳聽見沒？」

「啥麼？」我聽起來又像鼻塞了。大把大把的樹葉拍打屋頂。雨很大，沒完沒了，像海浪快速拍擊屋頂。至少，這會兒風兒聽起來不像火車了。

噴子說：「那個。」他側著臉耳朵貼上窗戶，眼睛在煤油燈下閃亮。他站起身，瓷器跟著站起，耳朵與尾巴一起豎直，舌頭收起。暴風雨裡某處有隻狗在叫。

我說：「聽見了。」兩人一狗站到窗前，就著擋風木板邊縫的光線朝外看。我們聽得見狗卻看不見，只瞧見松樹，幼叢的整個彎腰，幾乎被暴風雨拗斷。灰暗天光暴雨裡，就連橡樹的枝葉也脫離。

那狗叫得很大聲，快速如擊鼓，吠聲的尾揚讓我想起媽媽的呻吟，想起那些彎腰的松樹，想到再也無法自撐的肉體，想到瀕臨崩裂的東西。那高音是小小的撕心扯肺，忽遠忽近，圍繞房子。會是細仔那些長滿疥癬的野狗在尋找庇護嗎？想躲到涼爽屋基底下，那兒有一個膝蓋像樹瘤的男孩，沒有風雨。

噴子說：「沒辦法。」他整個靠向窗戶，好像可以衝破玻璃與擋風木板，救下那隻看不見的狗，我知道在他心裡，那就是瓷器。瓷器原本後腳站立，前掌頂著牆壁靠在噴子身旁，此刻落地，腦袋頂著噴子的大腿，滑順的白色腦袋與毛茸茸的耳朵柔軟，很像老爸將細仔從醫院帶回家時裹的包巾。只有細仔沒有老媽。他說，這是你們的小弟弟克勞德．亞當．貝提斯二世，叫他細仔。然後說，你們的媽媽沒能熬過來。那隻在尋找庇護的狗叫了最後一聲，之後，風雨就像索套狗項圈讓牠窒息噤聲。瓷器嗥叫回應，但是當噴子跪到牠身旁，捧著牠的臉將牠的耳朵往後梳，牠便把叫聲吞回去，牠的眼睛瞇成一條線，露出笑容，皮膚緊繃到腦袋就跟光禿頭顱一樣。

瓷器突然尖鳴，轉高成吠叫，在噴子床上來回奔跑，躍過他的膝蓋，我不禁抬頭看。原本我整個人蹲在藍道爾床上，瞪視自己的肚皮，想要鑽進裡面尋找安全感。瓷器抬頭看天花板，黑暗中，尖牙閃亮，發出撕心裂肺的嗥叫。

噴子說：「瓷器妳這是……」他伸手抓著瓷器，制止牠蜷曲身體或者奔跑，突然砰一聲，震耳欲聾。同時間，瓷器從噴子的床一躍而下，奔向門，好像要用牙齒把木門咬成碎片。噴子猛地拉開門，藍道爾提著煤油燈衝去老爸的房間，細仔攀在腰間，屋外風狂叫，房子抖顫。根本不需要煤油燈，因爲老爸房間的天花板出現一個大洞，樹幹樹枝衝進來，大樹叢長錯了地方。瓷器吠叫，鼻子對著風。

藍道爾頂著破口灌進來的風雨，衝進破拳而入的灰暗天色，大叫「爹地」！老爸跪在五斗櫃前，正把一個信封塞到褲子裡。他站起身瞧見我們。

老爸說：「走啊！」對著我們揮手，手傷的繃帶閃光。他時而身子鬆軟時而緊繃，好像風中的晒衣繩。他推著我們走出受損的臥房進入走道，關上門。細仔死也不肯放開藍道爾。

老爸整個癱在沙發上說：「咱們待在客廳。」老媽生產時整個頭壓向枕頭，此刻，老爸也腦袋一仰靠上靠墊，露出脖子。他眨眼得凶。

藍道爾說：「你的手。」

老爸說：「沒事。我們就待在這兒等風雨過去。」

噴子說：「大約何時？」

「幾個小時吧。」

瓷器尖鳴，又開始吠。

我說：「牠知道。」

「知道什麼？」老爸的臉濕濕的，搞不清是水還是汗。

噴子說：「沒啥麼。」

可是我同時間衝口說：「樹的事。」噴子揉著瓷器的脖子，牠吞下嗥叫，坐直身體，腦袋靠在噴子的大腿，鼻子貼上噴子的屁股。

噴子說：「牠啥也不知道。」然後他跟瓷器同時舉步，似乎兩者合一，成為新動物，朝走道亮處走去，風在老爸的房門下形成哨聲。他們要回去噴子與藍道爾的房間。

老爸說：「噴子，來待在客廳。」他翻翻眼珠又閉上，齜牙說：「拜託。」

我撿起毯子裹著自己，坐在原本躺的地方。噴子跟瓷器回來，把水桶、狗食、狗繩、玩具放到最遠離老爸的客廳角落，就在電視機旁。他把毯子靠牆疊出一張座椅，瓷器整個覆蓋他的大腿，修長雪白，腦袋倚在腳掌上，開始舔粉紅色腳底板。噴子揉牠，放下小小的煤油燈，半昏暗中，火焰光下，瓷器閃耀奶油黃。

藍道爾說：「細仔，我知道你沒尿褲子。」

細仔彎身，摸摸屁股下的地板，臉靠大腿上。

「不是我弄的。」

「那這兒怎麼濕濕的？」

我們都在客廳坐著，害怕又無聊。我試著就著煤油燈閱讀，但是文字的聲音被無情敲擊房子的風雨聲沖散，變成碎片。傑森再婚，美蒂亞哀號：這是放逐，噢，上帝，噢，上帝，獨自一人。然後：死亡。噢。死亡。可以裁斷衝突吧？人生的短短白日結束。我闔上書，根本沒在結束的地方做記號，就把書塞到屁股下。我好冷。噴子跟瓷器好像睡著了，他的手搭在瓷器的側腹，牠的胸骨靠在他的膝蓋，聽到藍道爾的話，噴子與瓷器的眼睛立刻同時張開一條縫。藍道爾用來教細仔玩的UNO牌有一半黏在細仔腿邊的地板。我聳落肩上的毯子；老爸門下細聲竄出的風此刻就像學校走廊上的男孩，掃過我身旁，粗暴又堅持。還有，怎麼我的短褲濕了？胎兒不保了嗎？我在出血嗎？我不是該抽筋嗎？我站直身體。腳下的地板黑漆漆。

瓷器翻身站起，齜牙，正想往前衝時，噴子抓住牠的頸背制止。他冷靜站著環顧四周。

噴子說：「是水，進屋了。」

老爸說：「無有水進屋啦，是地板反潮。」

噴子說：「從地板下冒上來。」

老爸說：「無有地方可以鑽上來啦。」他朝房間揮手，那姿勢好像在阻止我們給他不想要的東西：抗生素、老師的信、學校的募款小冊。

藍道爾走到面街的窗前，像個老人彎腰朝外看，說：「瞧，路上好多倒下的樹。」

老爸說：「無有水對吧？」

「沒。」

噴子與瓷器從細仔身旁走過。從藍道爾放細仔一個人在沙發，他一直沒離開，此刻，他輪流抬腳又放下；瞪著腳板好像不相信那是他的腳，而它濕了。他扯鬆短褲，又黏回身上。噴子朝窗外望，瓷器在他身旁。

噴子說：「瞧那裡。」我跟藍道爾奔到窗前站到噴子身旁，但是細仔跑得最快，我們擠成一團，腳下地毯濕得跟海綿似的。老爸瞧著窗戶，好像它們沒釘上擋風木板，好像他的視線可以穿透。

院子裡有個不斷變大的湖，像狡猾的動物在斷樹下鑽動，大鼻孔的蛇。蛇頭消失於我們現在所站的屋下，蛇尾越來越大，好像吞了比自己大的獵物，巨大尾巴沒入林裡，朝向凹地。瓷器嗥叫。風掀水面漣漪，衝我們而來。

水淹到我的腳趾。

藍道爾嘆氣說：「凹地。」

老爸站起身，緩緩走到窗前，每根骨頭都好像在關節上錯位。藍道爾挪開身子，好讓老爸由縫隙往外瞧。

老爸說：「糟糕。」

我挪動身體，水已經舔上我的腳踝。冷。像夏日第一次游泳。瓷器吠叫，跳下窗戶，砰地，水花四濺。

藍道爾問：「爹地？」他摟著細仔，細仔呢，大眼睛畏縮，抱著藍道爾的腿。就這麼一次，藍道爾的手不像金屬、不像絲帶、不像石頭；它在肘處彎曲，柔軟，不再肌肉緊繃，看起來只是凡人。

細仔尖叫：「爹地！」臉蛋埋進藍道爾的臀部，字尾被吃掉了。細仔鐵定踮了腳，因爲高了一吋。水升到我的腿肚。

我說：「看！」

樹木間有個暗藍色的長東西。是船。有人來救我們了。但是當風勢稍歇了一秒，我瞇眼細瞧，不是船，沒人來救我們。那是老爸的卡車。水讓它漂起來，漂出凹地。大蛇來吃來玩了。

噴子說：「你的卡車。」

老爸開始笑了。

蛇吞沒了整個院子，侵入屋基底下，張大下顎。

老爸說：「打開閣樓。」

水拍擊我的膝蓋背面。

藍道爾說：「卡住了。」閣樓門在走道的天花板，他拚命拉門上垂下的繩索。

噴子說：「讓開。」

水舔上我的膝蓋。噴子把裝了狗崽的水桶交給我。

藍道爾說：「快點。」

三隻狗崽細聲叫，聽起來像低吠，這是牠們說的第一句話。

老爸說：「往下拉。」他皺眉舉高手，好像自己在拉。

水滑過我的鼠蹊，我嚇得跳起來。

噴子叫：「好啦！」他拉著繩索往上爬，好像在拉樹上的跳水垂繩，閣樓門嘎聲而開。

藍道爾說：「上去！」把細仔推向上閣樓的梯子。瓷器在噴子身旁游泳，腦袋點著點啊像浮標。

噴子說：「上去！」把我推向梯子。我浮在水上，腳趾摳住走道地毯。他抓住我的背，穩住我，我拿著水桶辛苦爬上閣樓。

細仔叫：「愛西！」

「我在這兒呢。」細仔的眼睛在暗處發白。風打屋頂，喀喀。藍道爾接著爬上來，之後是老爸，噴子跟瓷器殿後。我用膝蓋夾著水桶，坐在一疊紙箱上，撈出戳刺我大腿的東西，是破掉的聖誕吊飾。藍道爾坐在舊電鋸上，細仔畏縮窩在旁。老爸拿出褲袋裡的透明塑膠包，大樹砸進房間後，他收起來的。就在噴子拉上閣樓門，把我們鎖入黑暗前，老爸遲疑著想摸摸其中一張照片，小心翼翼，好像在卸假睫毛，但是溼漉的手指還是停住，把照片包起來收到褲袋。媽媽。

閣樓門嘎嘎關上。

屋頂很薄；能聽見每一陣狂亂摸索的風與每一陣滂沱大雨。閣樓黑到我們看不清彼此，但是聽到瓷器在吠，牠的吠聲跟胖狗一樣低沉，像撕破厚布。

噴子說：「瓷器，安靜！」瓷器火速闔上下顎，力道大到我都能聽見牙齒撞擊聲。我低頭看水桶；狗崽沒聽見外面的一切，還是細咪咪地叫。摸起來還是毛茸茸，但是皮毛已經開始變得比較像絲，在我的觸摸下蠕動。白色。混色。黑白色。牠們舔著想喝奶。

藍道爾說：「房子。」他的聲音穩定平靜，我卻簡直控制不住恐慌，因爲我們家像沒繫牢的船，緩緩傾斜。

噴子說：「是水，是水。」

老爸大叫：「慘！」房子再度傾斜，黑暗中，我們全一陣緊張。

我說：「是水。」

老爸喘氣說：「水從沒上來過這兒。該死的溪。」

手。

我說：「爹地，水進到閣樓了。」我很訝異自己的聲音清晰，篤定，好像黑暗中可供緊握的手。

這次水上升得非常快，它的液態指頭裹上我的腳趾、腳踝，爬上小腿。這是極速級的誘惑。颪兒狂號。

藍道爾說：「以前有一家人……」

老爸說：「我們知道。」一家十四口在卡蜜兒來襲時溺死，就在閣樓。房子又從磚頭上浮起，開始搖晃。

噴子說：「我可不要淹死在這天殺的閣樓裡。」然後砰，一聲又一聲。我抬頭，碎屑飄進我眼裡。噴子在捶打天花板，想捶出一條路。

藍道爾說：「讓開。細仔，去愛西那兒。」我感覺細仔針一樣的手指攀在我的手腕，好像撞到什麼，接著像小猴兒跳上水桶，緊緊抱住我的大腿。我說：「我抱住你了。」

黑暗中，藍道爾在揮某樣東西，砰地撞擊屋頂，撞出一個凹洞，露出一線光。他哼地捶打木頭。不知道他揮舞的是啥，但是弄出了一個洞。他再揮，木頭裂出一個比我手指略大的洞。現在我看清他揮的是電鋸，拿把手那一面來捶。

藍道爾捶，問：「裡面有油嗎？」

老爸大叫：「不記得了。」暴風雨聲穿透那個洞，風雨像注入漏斗灌進來。我們往前傾斜，水漫過我的鼠蹊。房子又歪了。

藍道爾發動電鋸，一下，兩下，第三次拉繩時，電鋸終於活過來。他把鋸子伸向那個手指大小的洞，切出一條鋸齒狀的切口，拔出鋸子，又切出一條鋸齒，形成兩個圓括號，然後喀啦一聲，電鋸停了。他想再發動，它不聽話，便拿它當笨拙的鐵鎚，改鋸為揮，木頭裂開，朝外彎。藍道爾再揮，他剛才鋸出來的緊閉「眼皮」此刻迸開，抖顫，屋頂開了。暴風雨狂吼——等著你們呢。光線流入封閉如棺材的淹水閣樓。藍道爾抓住細仔往身上一甩，細仔巴著他的背，小手像晒衣夾緊抓，藍道爾就這樣爬出去，進入暴風雨的嘴巴。

恐怖極了。猛烈拍擊的風好像延長線做的鞭子。刺痛的雨像落石打在身上，流入眼睛，勒令我們閉眼。還有水，往各個方向旋轉、蓄積、噴散，表面棕色，底下紅色暗流，那是傷口止不住流血的凹地紅土。還有院子的各式殘骸，冰箱、割草機、休旅車與床墊像艦隊漂流。還有樹和樹枝像黑貓牌炮竹不斷爆炸劈啪斷裂，不斷，不斷，不斷。還有我們在屋頂上緊緊依偎，我的肩頭掛著水桶把手的鐵絲，我的身體靠著塑膠桶發抖。到處是恐怖景象。老爸跪在我們身後，想法讓全家緊靠一起。噴子抱著瓷器，瓷器嗥叫。老爸的卡車在院子緩緩傾斜。

噴子彎腰扯牛仔褲，脫下來，想扯直，狂風卻讓褲腿像鞭子揮掃。他把瓷器的後腿塞到褲襠裡，一條褲腿甩過肩頭，另一條褲腿夾在腋下。

噴子大叫；「幫忙綁！」

我把褲腿打結。手指僵硬麻痺。死命拉緊潮溼的布，測試牢度。瓷器的臉跟腿整個貼在噴子的胸前，緊壓在牛仔褲下。牠是噴子的襁褓兒，在發抖。

噴子指著前方叫：「瞧！」我順著他的手指瞧見阿公阿媽那個只剩空殼的家。房子的上半部和屋簷都還在水面上。噴子大叫：「房子在小丘上。」

藍道爾也大叫：「我們怎麼過去？」

「用樹！」噴子慢慢爬下屋頂，下面有一棵枝葉開散的橡樹，一頭連接我們家，一頭朝向阿媽家。這棵樹在翻滾的水中像公園裡的遊戲吊架。噴子說：「我們得爬這樹！」

老爸大叫：「不！我們得待在這兒！」

藍道爾問：「要是水一直來咋辦？冒險抓住機會總比待在這兒淹死好。」

細仔的牙齒緊咬成一條線，嘴唇外翻，眼珠睜得老大。當藍道爾慢慢爬下屋頂，往橡樹枝爬去，細仔回頭看。藍道爾一手橫過細仔的胸膛，抓住他的手臂。

「就像我們第一次到凹地游泳，細仔！抓好！」藍道爾在屋簷角落彎身，跟噴子兩人像鳥兒棲息，暴風吹亂他們的羽毛，各自抱好懷中襁褓。噴子往前一跳。

他抓住最靠近他、正在彈跳的樹枝，半個身體入水。瓷器哀叫，開始掙扎，噴子更用力抓住牠，另一隻手把樹枝拉彎垂到水面，然後彈身跳往另一根揮舞的樹枝。他跳，他抓。我調整掛在肩頭的水桶，慢慢爬到屋簷邊。風兒打趴我。藍道爾跳，同樣撲上最靠近他的樹枝，他的手再度變成鐵，撈緊細仔。噴子和藍道爾只用單手和兩腿在半禿橡樹枝上奮鬥，把自己跟自己的包袱拉上去，直到承受不住往下沉，便踢水再爬回，跳上另一根揮舞的樹枝。藍道爾停下來，在樹枝上喘息，回過頭。

他大叫：「跳啊！」

我以腳趾手指攀住鐵皮屋頂，在屋簷邊彎低身子，重新調整水桶。我的心像受傷的鳥，對著我的肋骨撲拍翅膀。我不認爲我能呼吸。

老爸說：「跳。」

我傾身一跳。

颶風的手掌裹住我。我滑行。落在最粗壯的一根樹枝，木頭割傷我，水桶撞擊我，我沒法呼吸，眼淚冒出來。我在樹枝上掙扎，抓著往前爬，我的腳不時沒入水裡，我肚子裡那個活生生的包袱本來就夠沉重，水桶鐵把還吃進我的肩膀。阿公阿媽的空殼家看起來那麼遠；不知道是否能撐到那兒。我慢慢攀到樹枝的尾端，它沉在水中，連結著樹幹。我手腳並用，抓，跳。逮住下一根樹枝，藍道爾正等在那兒。我們用來緊握攀爬的樹枝在風中顫抖，在水中與空中扭曲。小樹枝像沒夾衣物的晒衣繩亂揮。這樹枝是頭活生生的野獸，與水纏鬥，想把我們從背上甩下來。

我回頭瞧老爸，他正咻地飛過空中，整個撞上樹枝，力道大到身體都彎曲了，臉蛋幾乎埋到水中。他嚇到僵直，猛吐氣。抬頭看我們，眨眼，小聲說話，我們聽不見，看唇形是走啊。

噴子努力爬往冒出水面的樹中央，游啊，推啊，從這根樹枝到下一根樹枝。我們跟隨他穿過揮拍的樹枝與起伏的洪水。穿過有如鳥兒飛掠洪水表面的塑膠袋。穿過綁在樹枝上有如魚網的晒衣繩。穿過被洪水沖出我家的衣裳。穿過暴風利牙從窗戶硬生生咬下的夾板。穿過老爸那輛被暴雨瀑布沖刷、懶洋洋打轉的卡車以及各式廢棄物，直到我們抓住最遠端、最靠近阿公阿媽家的樹枝。我們抓住前後搖擺的樹枝與彼此。瓷器的腳掌頂著噴子的胸膛，腦袋不斷前後甩，牠想掙脫，噴子指尖發白緊緊抓住牠。水桶幾乎撕裂我的皮膚，好像我揹的不是三隻崽而是成年狗。我們家那兒只有樹梢勉強冒出水面，這兒樹枝明顯在水面上。離我們最近的那扇窗戶，水只淹到一半：這房子鐵定是蓋在小山丘上，我們從未注意過。

噴子說：「我游去打破窗戶，你們再進來。」

藍道爾說：「快點。」

噴子說：「愛西，妳跟我來！」

老爸大叫：「這時候別搞這個！」

噴子瞇眼看我：「跟狗崽沒關係啦！」

老爸大叫：「她個頭太小。」沒受傷的那隻手抓住我的手肘。緊緊。

噴子指著說：「她懷孕了啦。」

老爸的臉一緊，把我推了出去。

就在老爸推開我的前一刻，他看見了。我的大T恤與短褲像第二層皮膚緊貼我，溼漉漉。以前我手肘瘦削、大腿直如松、肚皮像平鋪的馬路，現在我的濕衣裳兜出差異。老爸看到我腰部的曲線，以及肚皮外凸的鐵證，老爸看到果實。我被水桶與尖叫的狗崽拖著往後亂揮。老爸用好的那隻手推出我，就在那剎那，他受傷的手抓著趴伏的樹枝，兩眼睜大，眼神滿是受傷與遺憾，自從他把細仔交給我跟藍道爾，然後說，你們的媽媽——以來，我沒再見過他這樣的神情。我用力踢，雙手狂抓空氣，但是颶風狠拍我，我背朝水面落下，狗崽飛出水桶，牠們的眼睛首次張開成細瞇，我發誓，落水的那刻，牠們在譴責我。

藍道爾大叫：「愛西！」細仔的腳像鞋帶緊緊繞著藍道爾的腰部，藍道爾抓著他細瘦如尺的小腿。這可沒法跳。他大叫：「游啊！」

我腳踢手划，卻只有頭部勉強露出水面。洪水張開粉紅獠牙大嘴，吞沒我。

噴子叫：「尻！」他低頭看瓷器，牠用力挺身想掙開襁褓。

細仔尖叫：「愛西！」水斜斜拉著我，離開窗戶，進入院子，流向凹地的咽喉。我抓住靠我最近的狗崽，是那隻雜色的，我將牠垂軟的身體塞進T恤裡。白色與黑白色那兩隻已經不見蹤影。

噴子大叫：「尻！」他抓住瓷器的腦袋，對牠低語些什麼，瓷器還是掙扎。牠齜牙裂嘴扭動，想要離開噴子。牠拚命扭。身軀已經伸出噴子爲牠做的包巾。噴子抓著牠的腦袋，拉出牠的身體，牠掙扎，飛脫，身體在空中扭動，肚皮朝下落水。牠在游泳，在拚命。噴子猛地一跳。

水吞沒我，我尖叫。我的腦袋沉到水裡，我嚐到水的味道，新鮮，冰冷，居然還帶點鹹味，像在雨中舔淚。我心頭想著狗崽與寶寶啊，一面用力踢腿，像在賽跑，我的腦袋浮出水面，但是颶風的手一次次把它壓下去。誰來救我？颶風回答噓噓噓噓。它的噓聲傳到水底，又低又悶，接著我感覺到一隻眞實的手、一隻人類的手，像鐵絲又冷又硬攀上我的腿，往回拉，將我撐出水面冒出頭，那是噴子抓著我，他腳踩水，勉強讓我跟他都浮在水面。瓷器只剩一顆白色腦袋，在無情的水中打轉，吠叫，噴子瞧瞧牠又瞧瞧我，對著藍道爾大叫快點！快點！藍道爾正用肩膀、手、肘子敲碎剩下的窗玻璃與木頭，往內跳，細仔像一層殼緊緊巴著他，噴子推我進入窗戶，他的手像狗繩牢牢鎖住我的臂膀，另一隻手猛划，嘴裡喊著瓷器，來啊，瓷器，但是瓷器影兒也不見。老爸沉沉浮浮歪歪扭扭游過來，受傷的手一直揮，穿過窗戶，現在我們全掙扎著抓住牆壁、破爛櫥櫃、木頭，直到藍道爾撐起身子穿過破裂的天花板，跟細仔爬上被吃掉一半的閣樓，颶風的手指摳弄著破口的屋頂，噴子推高我，藍道爾一把抓住我往上拉，差點擰斷我的手腕，噴子踢開水底的某個東西，也攀上天花板破口，老爸則仰著身體，用沒受傷的手跟兩條腿猛划，藍道爾大叫：幫他！噴子趴在閣樓地板的大洞旁看著我們，一臉扭曲，好像病了，伸出一隻手拉起老爸，我懷裡的那隻狗崽鐵定死了，因爲牠動也不動。我撈出牠來，開始咳嗽，大咳特咳，咳出水咳出颶風咳出凹地，停不下來。噴子撐著身體從破爛屋頂朝外叫瓷器，看著牠像水蝮蛇順著旋轉的水沖向遠處不斷揮舞倒塌的林子，細仔前後搖晃，只用後腳跟蹲著，兩手矇眼，因爲他再也不想看；他在哀叫**不要不要不要不要不要不要啊**。

第十二天

活著

我們坐在張大嘴的閣樓直到風聲從戰鬥機怒吼轉爲輕咳。我們坐在張大嘴的閣樓直到天空從病態的橘色轉爲清澈的灰白。我們坐在張大嘴的閣樓直到下面如滾湯渾攪起泡的水一吋吋退到林子裡。我們坐在張大嘴的閣樓直到大雨歇成小雨。我們坐在張大嘴的閣樓直到身子變冷，微風也徹骨寒。我們在阿公阿媽的閣樓彼此擁抱，企圖從別人身上汲取溫暖，但是不行。我們就像一堆濕透的冷樹枝，大垃圾堆裡的人類垃圾。

老爸兩手相握好像在祈禱，閉上眼，對著好手與受傷的手喃喃自語。我慢慢從他身邊挪過去，又挪過依然抱著細仔的藍道爾，細仔的手仍遮著眼睛。我來到噴子身旁。他蹲在已經吹掉大半的閣樓屋頂，靠近底下只剩半間的長房間正面，從張大嘴的空洞往外看。似乎想跳。我摸摸他的肩胛骨正中央。他的皮膚溫暖，燙得像是跑過步，像外頭是個豔陽天。他扭了一下，沒回頭看我，忙著張望翻滾的水、迸裂四飛的樹枝、像碰碰車在院子裡打轉的老舊洗衣機。風，簡直吹飛了整個大地。我身體下的木頭濕得像海綿，快要崩解。我用腿夾著噴子的大腿，挪動身體從後面靠上去，伸手到他的腋下，臉蛋靠著他的肩膀。

他說：「我讓牠失望了。」

他眨眼得厲害。

我對著他的脖子說：「沒有，你並沒。」

他說：「有的。」他的聲音像犁拖過岩石。

我說：「你並沒讓我們失望。」

他搖頭，臉頰拂過我的額頭，下巴肌肉抽動。他開始顫抖。我將他抱得更緊，就像我抱那些跟我打炮的男孩，那些我讓他們遂願比拒絕他們、比讓他們正眼瞧我更簡單的男孩。我的手臂從未如此強壯。

我緊抱他。使盡全身力氣，緊抱。我可以抱他，把他拼湊回去，但是他用力扭動，似乎想讓自己四分五裂，指關節分離，迸開肋骨，卸下肩膀，膝蓋錯位：抖成一無所有，只是一堆皮膚骨頭與軟綿肌肉。噴子不存。

我說：「沒事的。」

颶風笑了。一棵樹枝被剝光的樹跳進院子，砰地大聲撞上老爸的卡車，突然停止，好像因爲沒出界而贏了跳房子比賽。天空近得我可以觸摸，把手埋進裡面。

噴子瞇眼瞧暴風雨，我也跟著一起看，尋找白色蹤跡，看看瓷器奮力游泳吠叫卻被漩渦帶走的方向有無任何東西。塑膠袋，壞掉的烘衣機，老舊冰箱。瞧不見任何像瓷器般有體熱的東西，沒有東西在掙扎。颶風噴吐，掀走我們家一角，鐵皮鏗地飛上天空。

我說：「颶風還沒過去，只是稍微平息。」我能瞧見我們的客廳像雜亂的娃娃屋。四周都是樹木破裂的抗議聲。噴子哼一下。

他說：「瓷器。」

原本淹沒在水下的牽引機開始探頭，引擎蓋上方浮出水面。

噴子說：「當水退到輪胎的一半，我就要去找牠。」

我沒說話，只是十指緊握，好像可以變成人肉鎖鏈綁住他。

當滾動的水波露出一片橡皮，噴子行動了。他在我臂膀裡就像魚群扭動。風兒噴吐，樹木迸裂。天空有旋轉的聲音，是忽高忽低又轉圓圈的口哨。颶風咆哮，好像老爸吃完滿盤的炸全魚，又用麵包與啤酒配骨頭後，推開椅子的呻吟聲，一百萬倍。現在輪胎的金屬中心露出，像張開眼睛，噴子猛地甩脫我的擁抱：圍繞岩石的魚群整個爆開。

我問：「哪兒去？」

噴子已經離開我、穿過藍道爾，來到老爸面前。

藍道爾問：「噴子？」細仔的臉埋進藍道爾滿是污泥的T恤。

噴子站在我們爬上來的大洞旁。破窗而入時，他的臉蛋、大腿、胸膛都割傷了，血濺皮膚。

我看看自己的臂膀、藍道爾、細仔、老爸；我們都在流血，刮傷。

老爸說：「兒啊。」

嘖子說：「我得去找牠。」

老爸說：「颶風還沒過去。」他翻過身，舉起膝蓋又放下，似乎在尋找一個比較舒服的姿勢，也像在找個足以撐起自己的槓桿，我們誰也沒辦法，天花板的椽太低了。

嘖子蹲伏，靜止，準備起跳。他再度變成動物，至少他認爲即將如此。他說：「牠在等我。」跳下天花板，啪地落入四濺的水裡。

藍道爾大叫：「嘖子！」

我從受損的窗戶、撕裂的屋頂往外瞧，看見他涉水院子，水深及腰，仰著頭，肩膀往後挺，雙臂舉起，手掌朝下，離水面幾吋，好像他可以靜止波濤。

老爸喘氣說：「小心。」然後我看著我的兄弟近乎裸身進入逐漸離去的暴風雨。他往凹地走，大水在他身旁渦漩，破裂的樹梢與垃圾像迷宮浮出水面。他停下，轉頭，瞧我們，我隔著破損的窗子朝他揮手。空氣變冷。他轉身，繞過一棵歪長的樹，消失於迷宮的咽喉裡。只留下小小水花。

水退之後，老爸卡車的部分車頭架在壓扁的油桶上，後半車身在地上，車裡的水已經流光，只剩車窗的泥流。我們涉過整個院子的泥淖走到後面，腳踝冰冷，這是三月雨過後，我們第一次碰到冷水。後門被風吹得敞開，紗門不翼而飛。屋內跟老爸的卡車一樣又濕又泥濘。大水沖走食物架上的東西，我們尋找食物像找蛋，找到幾個銀色豆子罐頭，沙發上有些拉麵，包裝沒破。我們把食物兜在懷裡。我的手因稍早使勁摟噴子被他的血沾成粉紅色，就在客廳的水窪洗淨。

藍道爾苦著臉說：「我們不能待在這兒，得找庇護的地方。你的手，還有這水……」話聲漸杳：「誰知這水裡有什麼。」

老爸搖頭，他的嘴唇柔弱如小寶寶，一臉茫然瞧著他的卡車、毀掉的房子，消失在斷樹與暴風雨廢棄物下的院子。

他說：「哪裡？」有問題，沒答案。

藍道爾說：「大亨利那兒。」

細仔仍趴在藍道爾背上，這次總算沒遮眼，張大大，好像喝醉酒。

我問：「那噴子呢？」

藍道爾說：「他會找到我們的。爹地，來吧？」他對老爸伸出一隻手，朝馬路方向點頭。

老爸清清喉嚨說：「好的。」

藍道爾說：「我們可以修好房子的。」

老爸低頭看地面，聳肩。他瞄我一眼，羞恥的神情像斜行的蜘蛛匆匆掠過臉面，然後他往馬路那頭眺望，開始舉步，蹣跚緩慢，一瘸一瘸。他的腿背刮傷，血水滲透褲子。

我們穿越頹倒與碎裂的樹木走向馬路。腳上沒鞋，瀝青路感覺溫暖。我們在大水的手伸進客廳前沒時間找鞋穿。暴風雨拔樹如拔草，四處亂扔。我們憑著腳底黑泥下的石頭判別道路；平日熟知的樹木彎如彎處的橡樹、長路上的成排松樹、交叉口的木蘭全部崩裂倒下。溝渠水聲像急流，沿路伴隨我們進入野林鎮中心。

我們經過的第一棟房子是傑馮家，屋瓦掀飛，光禿禿；屋內烏漆墨黑，好像沒人，直到我們瞧見傑馮，膚色跟曼寧一樣淡，站在一疊原本該是停車棚的堆木前點打火機：那是暴風雨過後冷風中的閃爍溫暖。從離他家最近的房子開始，屋舍比較聚集，我們看到其他人家的慘狀：每一家都被肆虐，每一家都破裂缺損。法蘭柯跟爸媽站在院子互相呆望，茫然瞧著周遭破碎的景觀。他家的大半屋頂不見蹤影。克里斯朵福跟約書亞家的前廊不見了，同時失蹤的還有部分屋頂。一棵大樹倒入穆達姥姥跟蒂達的家。房舍越聚集，街上的人也就越多，光腳的，半裸的，在頹倒的樹木、倒塌的彈跳床間走來走去，聊天，搖頭，不斷重複同樣字眼：活著，活著，活著，活著。大亨利跟馬奇斯站在大亨利家門口，也跟其他人家一樣，他家少了部分屋頂，院子裡原本挺立的六棵大樹現在全倒下，圍繞房子形成綠色門牆。

大亨利說：「眞是奇蹟，這些樹都沒倒向屋子。」

馬奇斯說：「我們正打算去瞧瞧你們。」

大亨利點點頭，揮舞手中又黑又利的大刀。

馬奇斯解釋：「準備找你們的路上得砍除障礙。」

大亨利問：「噴子呢？」

藍道爾說：「在找。」把背上的細仔托高了點。

馬奇斯說：「找啥？」

我說：「大水沖走了瓷器。」

大亨利問：「大水？」尾音上揚，幾乎破裂。

藍道爾說：「溪水一路灌入凹地，淹沒了房子，我們得游到老房子那兒，在閣樓躲到颶風過去。」

我想說：我們差點淹死。我們必須打破閣樓出來。我們失去了狗崽跟瓷器。

我說：「我們需要地方待。」

大亨利說：「家裡就我跟老媽，空得很，來吧。」他揮一下大刀，扔給馬奇斯。馬奇斯抓到了把手，差點掉了。

大亨利問老爸：「克勞德先生，您還好吧？」

老爸臉上的線條、肩膀、脖子、鎖骨、手臂尖都好像被地上的網朝下拉。

老爸說：「還好。只需要坐一會兒。我的手。」話沒說完。大亨利點點頭，小心翼翼的大手搭上老爸的背，護著我們繞過成圈人群、傾倒的樹，以及像廢棄魚網纏繞的電線，去他家。他回頭看我，那眼神溫柔、試探，敏感。我想說完我的故事：我懷孕了。但是我沒說。

人群裡有戴了髮捲、穿了大號T恤跟拖鞋的老太太，有穿了運動短褲細肩帶小可愛的女孩，騎腳踏車的男孩，以及手指朝天或者指著別人的成群男人，我瞧見了曼寧。他坐在銀白兩色皮卡的後座，車身一半突出路面，一半在裡面，四周是狂風撕裂的樹冠。他的眼神越過群眾，落在我們身上。從遠處看，映入眼簾的只有曼寧肌肉結實的肩膀、金色皮膚，以及黑之又黑的眼睛，兩腿與胸膛有大片黑漬污泥。他舉起前臂，僵硬揮手，短短一下。藍道爾彎腰靠到我身旁，偷瞄老爸跟大亨利。

他低聲：「是他嗎？」

我點頭，低頭瞧路面。

藍道爾清清喉嚨說：「我知道你很迷他，我沒想到他這麼幹。」

我說：「是我要的。」

藍道爾的話語像口哨從嘴裡迸出：「等我去海扁他。」

一個女孩從人群走出，坐到卡車上，腦袋靠著曼寧的肩膀，夏莉亞。曼寧僵著不動，仍在瞅著我、藍道爾，等著我們揮手、點頭或者任何表示。我的手指伸進藍道爾的臂彎，細仔的腳摩挲著我的手背。他的肌膚跟藍道爾一樣溫暖；我就這樣走著，藍道爾是我的盾牌、我的溫暖、我的兄弟。

我說：「藍道爾，不必，我已經揍了。」

藍道爾哼了一聲，沒放開細仔，前手臂繞過細仔的腰，把我的手拉進懷中，貼著他走，我們就這樣走到大亨利家門前。

大亨利的媽媽柏娜丁小姐的個頭只有大亨利一半，大屁股，瘦肩膀。現在我明白大亨利那雙細心的手來自何處。她讓老爸坐在沙發上，屋內黑暗悶熱，就著敞開的門與窗戶進來的光線，她解開老爸的繃帶，清潔乾淨，重新包紮。她的手很小，動作俐落快速像蜂鳥，一樣輕盈。她做了罐壓肉三明治，後來她的一個兄弟扛來一臺小小的發電機，她用延長線將冰箱連上發電機，還有小風扇，擱在客廳窗臺上，對著老爸的臉吹。老爸的臉慘灰扭曲。

馬奇斯帶著拉拉跑去我家找噴子。拉拉閃亮如融化的奶油，颶風未侵。馬奇斯說他到了我家，噴子聽見狗叫，就從林子裡出來，穿著垃圾堆撈出來的濕答答泥濘短褲，還是赤腳。馬奇斯想說服他到大亨利家，他反而向馬奇斯借打火機，說他要在我們家野營等瓷器回來。馬奇斯跟他爭論，噴子不理會，他便離開了。馬奇斯講這事時，緊咬兩頰的肉，沒能拉著噴子到野林鎮，他面露羞愧。藍道爾說：「他很固執，沒法強迫他做不想做的事。」

那晚，人們開著工作卡車與鐵鍊清理街上倒樹，燃起潮溼冒煙的篝火，我們睡在大亨利家客廳的薄墊上，他老媽在廚房對他細語：「他家不是還有一個？」

他說：「對，在找狗。」

她說：「要待多久就待多久，至少他們還活著。」

大亨利說：「是啊。」我知道他在看我們，細仔窩在我的腋下睡覺，流汗扭動。老爸依舊像沙發上的石頭，藍道爾趴睡，臉埋在交叉的雙手上，整個人在小小的客廳裡幾乎成對角線。外面，幾隻呆頭呆腦的蟲飛旋，噴子不知人在哪裡，暴風雨帶來的最後涼氣離去，夜裡又變熱了，我想像他坐在火前，側耳聆聽，等待。

大亨利跟他的叔叔蘇利在門口聊天。就是蘇利送來發電機的，他高大瘦削，小手臂上爬了模糊刺青，自己搞的。太陽已經烤乾暴風雨的最後一抹雲，爬上大門，穿過大亨利，灼燒我的臉蛋。

「橋沖走了。」

「泥沼河口那裡的舊橋？第一座還是第二座？」

「第三座小的。」

「東邊那座呢？」

「那座沒事。他們說路上積滿水，不過開車還是能過。」

「啥麼情況？」

蘇利清清喉嚨，啐一下。

他再度清喉嚨說：「慘。很慘。」蘇利聳肩說：「所以你媽要我把防水布再鋪上？」

大亨利帶他去看屋頂毀損處，打赤腳，腳底板白嫩如小娃兒。

「愛西。」老爸的聲音從沙發傳來，好像喉嚨塞了鋼絲刷球。我微微轉頭，只用眼角瞧他的臉。接近毛髮直豎的陌生狗，你得這樣。

老爸發出低沉哼聲，在沙發坐直身體，受傷的手與好手交叉蓋在肚皮上，瞪著死寂的電視。

「噴子說的，真的嗎？」

我瞧著抽毛的醬紫色地毯，靠近老爸睡覺的沙發邊角，地毯的毛還是茸茸的，沒人踩踏。我點頭，往枕頭埋進一吋。

老爸的喉嚨發出喀聲。清一下又吞下。

他說：「我不該推妳。」

他拿好手揉臉，像貓兒清洗鼻嘴下顎。他的鼻子臉頰在黑暗中閃現油光。我很安靜，覺得每一下呼氣與吸氣都有如爆炸。

老爸說：「不是……故意的。」嘆氣又停止。

我猛眨眼，感覺一鍋滾水潑上胸膛，滿臉溼漉。

老爸說：「我很抱歉。」

我想說，是的。或者，我知道。或者，我也很抱歉。但是我只發出小小的吱聲，像屋內的老鼠。想著寶寶要睡哪裡？會蜷曲著身體跟我躺一床嗎？我會像老爸教我們那樣，教會細仔餵奶嗎？畢竟他年紀也夠大了。

老爸問：「幾個月了？」

我說：「不知道。」我的聲音高得好像另一個人在說話，好像我一轉頭就可以看到另一個女孩，跟兄弟們躺在地板上，回答這些問題。

「情況可以的時候，咱們得去搞清楚。」

我說：「是的。」轉頭看他，瞧見他佝僂著身體，堅硬線條軟化，碎裂。瞧見他無助的那隻手。細仔將會給寶寶餵奶，坐在床上，用枕頭撐著兩手。餵奶很花時間的。

「確保一切沒事。」

我點頭。

「沒有不對勁的地方。」

老爸沒受傷的手摩挲口袋裡的東西。我聽到塑膠沙沙聲。有那麼一會兒，老媽就陪他坐在沙發上，手臂擱在他的大腿，掌心貼著他的膝蓋，像他們以前一起看電視那樣。我懷疑那是幻痛，不知老爸還能感覺失去的手指，就像他能感覺老媽存在於虛無中嗎？但是當老爸抬頭再度看我，眼神越過肩膀，投向敞開的門，老媽並不在那兒，這感覺還是糟透了。

如果是女孩，我要給她媽媽的名字：蘿絲。蘿絲．甜波．貝提斯。

大亨利推開紗門進來，說著：「要去聖凱薩琳瞧瞧？」粉紅色腳丫不小心碰到藍道爾的腦袋，他猛地往後跳，撞到門框。藍道爾睡眼惺忪抬頭。我摩挲細仔的腦袋。

「啥？」

「我有汽油。咱們開車去看看外面啥樣子。」

藍道爾慢慢醒來，伸懶腰，打呵欠說話。

「我們回去，得回那房子找吃的。我知道你們沒多的。」

我說：「咱們去接噴子。」

老爸搖頭，腦側的短捲髮壓扁了。

老爸說：「噴子不會來的。」他抓住受傷手的手腕，揉擦皮膚，好像可以撕下一層皮。受傷與颶風前，他的骨頭直挺像鐵絲，讓他在老媽身旁顯得好高，現在軟成線。他說：「我的手需要藥。」

如果是男孩，我要叫他噴子的名。傑森。傑森．艾冬．貝提斯。

大亨利說：「我們會找到藥的。」我搖醒細仔。外面，天空湛藍沒有一絲雲彩。

泥沼河口由河流與海灣交會形成，平靜一如任何夏日時刻，看不出颶風痕跡，只有風兒拖著水漫過馬路，積留那裡。原本我們以爲水會從泥沼河口進來，所以我們很安全，但是卡崔娜毫不妥協的力度令眾人吃驚，強悍，滯留；創下前所未見的災害。颶風時，在野林鎮有親友的聖凱薩琳居民擔心沿岸城鎮受到重創，都到野林鎮避難，現在形成長長隊伍跨越淹沒的泥沼河口返家。大亨利緊跟前車；馬路不見，只有小塊浮現，靠著下陷瀝青路面旁的彎曲河口雜草，我們才知道自己沒開進水裡，不會像老爸那輛車子猛打轉，沉入水裡。一路，水沿著輪胎分開飛濺，有如魚鰭，再聚合，泥濘。不曉得颶風究竟從海灣底掀起啥，捲進此處留在溫暖泥濘的黑水下。

細仔問：「樹呢？」

野林鎮上還有些樹挺立：少數幼苗與夠硬的低矮橡樹逃過嚴重風暴，但是樹葉與泰半樹枝被剝光，光禿如隆冬裡的樣子。但是聖凱薩琳這兒，颶風剷光所有的樹，露出太多天空。在野林鎮，多數房子屹立，只是屋頂掀飛或這兒那兒破損，像鬥狗後的噴子與雷可，有的跟我們家一樣歪斜浸水。這兒，露出太多天空。我的胸膛一陣翻攪，擴散，墜落；此處啥也沒留下。

我們抵達聖凱薩琳第一條大路，它在北邊穿越全鎮，因此離海邊最遠，但是現在蓋滿泥巴。有的房子整個不見，有的掀翻，有的傾斜撞上鄰家，完全脫離地基。高中被淹了，小學被掃平如煎餅；對街的電纜還沒垮掉，上面掛了一輛四輪驅動車。此地原本有個停車場，業主拿來停十八輪大卡車的車斗，現在空空如也；其中八輛滑到對街，整個翻過來，看起來像隨意亂扔撞上樹的樂高。拖車營地是推倒的骨牌，拖車一輛壓一輛再壓一輛，如積木堆疊。放眼望去的人都像半死不活的溺水者；兩個老男人，一黑一白，在一棵幼樹下拉開防水布搭營；一個越裔人家就著拖車房的拖車桿掛上床單當帳棚，下面鋪了夾板當地板；年輕女孩與女人在停車場與只剩空殼的加油站翻找食物，以及可用的東西。原本該是十字路口的地方，紅綠燈不翼而飛，人們群聚，身無長物，所有家當都在腳邊的塑膠袋裡，等著搭便車。但是沒人要來。

大亨利說：「啥麼？」好像有人問話似的。

當我們轉彎想上靠近海灘的大路，瞧見一個老太太坐在小路的轉角，毛巾包頭，屁股下的塑膠鐵椅左歪。她搖手，我們減速。

「這兒不能過。這兒哪兒也去不了。」

大亨利說：「是的，女士。」

她問：「有食物嗎？」她一邊牙齒掉光，膚色我無法分辨是白人還是淡膚黑人，不過看得出來她很老，臉上的皺紋朝外擴散，眼睛鼻子嘴巴像石頭掉落水面。

我說：「有的。」撈出隨身帶的拉麵遞給前座的大亨利，他從車窗遞給老太太。她一把抓住拉麵，瞧，笑了。那是只有牙齦的笑。她的T恤印著粉紅與藍色泰迪熊，原本該是白色的。

她笑著說：「呃，好吧。好吧。」

大亨利盡量往前開，也只走了一百呎左右，然後他停車，靠近溝渠，但避免陷進去。泥巴濺上他的車身，點點像蕾絲。細仔又爬上藍道爾的背，藍道爾用手圈起他的腿，兩人臉頰相貼：颶風過後，我還沒看藍道爾放下細仔過。馬路中央有棟房子面對我們，好像在守護我們繼續前行就會發現的祕密。我們繞過它。

街上有更多房子。一棟雙層方正如盒子的房子被吹離地基，飛到一旁。還有一棟房子騎上另一棟房子，木頭搭著磚塊，安然。空心磚搭起的地基整個升起到地面上，暴露數呎，瘦削，等待著被奪走的房子。一個戴棒球帽的女人在吹垮的屋子翻撿東西，她的兒子跟細仔差不多年紀，蹲在靠街的泥巴瞧我們經過，皺眉噘嘴。一個穿黃色T恤的男子拿棍子翻動自家的地基。接著我們經過小學，幾天前，藍道爾才在這兒打球，失去參加訓練營的機會，大學球探無法發掘他的本事、無法得知藍道爾爲什麼是藍道爾。這是曼寧得知我的眞相後拋棄我的地方，也是嘖子爲了我挺身幹架的地方，現在，它只剩胡亂糾纏的一大堆木頭與鋼鐵，突然間，過去與現在大斷裂，我想知道那天發生這些事的世界去那兒了，因爲我們顯然不在那兒。

藍道爾吐氣說：「尻。」他將細仔的腳抓得更緊，細仔啜泣說不出話。藍道爾說：「全不見了。」

我們站成小圈，瞪視這一團亂，然後我跨步，大家跟著離開，藍道爾最後走，還不斷回首原本該是體育館的地方。我們跳過有如懶洋洋大蛇橫躺泥濘馬路的電纜。樹倒了，便能輕易看到我們快接近鐵軌。那是我們小時聆聽火車轟隆奔馳的地方。鋪滿生蠔的海灣是我們小時游泳之處，就是它入侵生吞了野林鎮與聖凱薩琳的腹地，而後噴吐碎片。鐵軌中央有棟房子。黃色的，窗戶全吹跑，窗簾還在，微弱搖晃。我們攀過房子旁，沿著鐵軌東張西望，瞧見許多房子落在鐵軌上，像鐵項鍊掛了木珠子。

過了鐵道便沒有木珠子。沒有依然挺立的房子，只有成堆的木頭。有時那些木頭全是相同顏色，我們因而知道此處或那處原先有房子。無人在此掏撿廢墟。還有啥可搶救的？還有啥沒被掩埋或者掃進海裡的？樹椿粗糙裸露，建築三夾板粗糙破裂，每樣東西都腰斬、撕成兩半。我們已經接近海灘，我瞇眼就能瞧見地平線，那兒有橡樹。公園裡的有些還屹立；其他的被連根拔起，光禿樹冠面對海洋。還站著的橡樹看起來也半死不活。小街上原本有牙醫診所、賣鯰魚與炸麥片球的餐廳、獸醫診所、昏暗的書店，還有我生怕打破東西從來不敢走進去的骨董店，現在全沒了；颶風只留下木板與木頭外牆，堆疊得像飛落水泥石板「餐盤」上的煎餅。

我們走到路的盡頭。這裡，颶風甚至大塊大塊掀走沿著海灘的馬路，形成紅土與牡蠣殼斷崖。以前我們全家擠進卡車跟老爸出來游泳，跑來加油、買薯條、魚餌的加油站與遊艇俱樂部不見了，同時不見的還有那些讓我們自覺渺小、骯髒、窮上加窮的面海白柱子老宅。不是被肆虐，不是成廢墟，而是整個不見。颶風只留下幾根鐵柱，披頭散髮突出地基。與海灘平行的高速公路變成河。再過去的海灘有個沙發。一個白髮老頭坐在扶手椅上，扣領襯衫敞開，抱著頭，可能在揉眼睛可能在順頭髮也可能在掉眼淚，豔陽下一頭橘色大狗繞著他狂嗅，興奮來回奔跑吠叫，牠發現一個緊閉的黑色棺木，嗅了嗅，抬起腿，尿下去。

大亨利說：「啥也不剩。」

聖凱薩琳從未如此安靜，只有風與平坦的灰藍色水，溫馴到水流嘩啦聲與浪花全無。大亨利的聲音遠遠傳出去，那隻狗抬頭看看我們，又回去嗅聞牠的寶藏。

藍道爾說：「走吧。」

大亨利與我跟著他走。細仔在藍道爾的背上，溫和地上下振動，好像坐在靜水的船上。我們踮著腳走在摧毀的路上，好擔心它會崩塌。爬過半株橡樹、一輛空得像沙丁魚罐頭的車子，以及只剩霓虹燈的雜貨鋪。

藍道爾說：「瞧這兒。」他帶領我們離開安靜開闊大海，在小街駐足，說：「瞧。」

他跳上一塊水泥塊，前方本來是銀行，現在只剩大得像電梯的保險箱坐在地基上。藍道爾朝層層疊疊的水泥堆裡瞧。

「看。」

大亨利說：「酒鋪。」

藍道爾說：「幫老爸弄一些。」我們馬上趴下，在走路時會搖晃的危險石板上平衡身體，往木板堆裡探視，尋找葡萄酒、伏特加、琴酒瓶碎片，在暗處裡閃亮的晶紅，暗藍與紫色。我找到一瓶「瘋狂酒莊」的葡萄酒，瓶身萊姆綠，沒破。藍道爾找到橘色的。大亨利找到一瓶紅色，還有一小瓶琴酒。靠著細仔的指示，藍道爾挖出一加侖裝的大甕伏特加。大亨利將兩瓶「瘋狗」塞到短褲口袋，我把琴酒跟橘色「瘋狗」塞到藍道爾的短褲，他用拇指勾著褲腰免得褲子下墜。大亨利抓著伏特加甕。我蹲下來朝發熱的水泥縫隙張望，希望找到另一個寶藏帶回去給噴子，能幫助我訴說尋寶故事，但是什麼也沒，只有破酒瓶、摔壞的招牌、迸裂的木頭，好多垃圾。

大亨利蹲到我身旁。藍道爾指著街上叫細仔看，可能是細仔曾跟學校造訪過一次的圖書館。

「妳跟妳老爸說話時，我聽到了。」

我得跟噴子敘述得非常詳盡，讓他閉上眼睛，暫時忘卻瓷器，聆聽我說卡崔娜的故事，以及它如何摧毀海岸。

大亨利問：「孩子的爸是誰？」他的眼裡沒有曼寧火焰般的熱或冰塊般的冷，只有溫暖，像最棒的秋日，少數樹葉開始變色，空氣清爽，天上無雲。

我說：「這孩兒沒有爸爸。」我找到一塊玻璃，彈珠一樣的藍白相間，邊角不銳利，又抓了一塊紅色玻璃跟一塊粉色磚石，塞到口袋裡。就像噴子轉述老媽生前最後的談話，我會告訴他：這來自酒瓶。我會說，這個，這個是窗戶。這個，原本是房子。

大亨利說：「妳錯了。」說這話時，他轉頭遙望灰色的海灣。有輛車擱在淺水。車頂亮紅。「愛西，這寶寶有爸爸的，」他伸出巨大溫柔的手，很可能柔軟如他的腳板，扶我起身，說：「這寶寶有許多爸爸。」

我拉扯兩頰露出笑容。我的眼睛濕潤。我吞下鹹水。

大亨利說：「別忘了妳永遠還有我。」

我在口袋裡握緊石頭，手都痛了。眞希望我能跟大亨利說：我希望洪水那時，你也在，你跟你的大手，你跟你樹幹一般穩穩踏在大地上的雙腳。我帶頭走過廢墟大地，走向正在看著我們的藍道爾與細仔。

我會用繩子串起玻璃與石頭，將這些碎片掛在我的床頭，它們會在黑暗中發光，訴說卡崔娜的故事，這位橫掃海灣大肆殺戮的母親。她的戰車就是暴風雨，黑暗巨大到希臘人瞧見會說她是駕龍而行。她是大殺四方的母親，把我們切剮至只剩骨頭，但是饒我們一命，讓我們赤裸困惑如皺巴巴的新生兒，如尚未睜眼的狗崽，如剛剛孵化渴望太陽的小蛇。她留下渾黑海灣與鹽漬大地。她讓我們重新學爬。她讓我們搶救自己。我們將不會忘記卡崔娜這樣的母親，直到下一個母親的無情大手蓋下，見血才收。

噴子清出了一塊空地，我們家的院子現在樹枝、木頭、車輛、電線、垃圾糾纏，房子則像拿泥巴當油漆，大片污黑，還被大水沖得歪斜。夜風感覺較涼，只因沒有白日那麼悶熱。稍早，柏娜丁小姐給了我們一人一大杯水洗身；算淋浴吧，在大亨利家那個散發淡淡臭雞蛋味道、藍色磁磚的溫暖浴室裡脫光，把布浸濕，抹上肥皂，塗抹全身，然後拿水杯的水沖洗。簡直是天堂。柏娜丁小姐還拆了老爸的繃帶，清洗他的手，靠近說有點紅。老爸已經有點大舌頭，回說我們會想辦法的。晚餐是沙丁魚與維也納香腸、罐頭玉米、拿來當餅乾吃的乾拉麵、葡萄與紅色汽水；我吮乾最後一滴甜膩辛辣的汽水，舔完手指上僅存的最後一滴沙丁魚油，還是餓。之後我們開車回家，幾乎是把車子停到了樹梢上，那樹從大街被連根拔起，倒在我家靠近溝渠的馬路旁。

噴子鐵定是找到斧頭，否則就是徒手劈木，他坐在一堆頹倒的樹中央，升起巨大的火堆，比我們烤肉的火大得多，大到火焰都跳過他的腦門，照得他又黑又亮得像我先前找到的玻璃。他清出一個只有泥巴的圓形空地，坐在一個倒扣的水桶上，雙肘靠膝，專注看火。他穿牛仔短褲跟網球鞋，旁邊是橡皮輪胎與狗鍊，跟颶風的暗灰雲一個色。瓷器的東西。他找到瓷器的東西。

我說：「我們幫你帶了些食物。」他抬起頭，毫不訝異，好像本來就等著我們。他的眼白非常白，前所未見的肅靜，好像身體中央是顆大石：水泥地基一樣靜止不動。

他說：「謝謝。你們的鞋。」他指向旁邊，那是我先前沒注意到的泥濘鞋子，像瓷器小時偷鞋般堆成一堆。他說：「我找到的。」

我們翻撿鞋堆。噴子打開維也納香腸罐頭，打開一包蘇打餅，給自己做了小三明治，開始吃。他咀嚼地非常緩慢，舔淨嘴角碎屑。

藍道爾把腳擠進鞋子，說：「你該跟我們一起下去鎮上。」細仔像小小的黑色陰影跌坐藍道爾身旁，我把鞋扔給他。藍道爾坐在泥巴上，噴子窩在他的大腿。藍道爾的下巴擱在細仔光禿流汗的蛋頭上。

大亨利說：「我們有足夠的地方。」他抽了一口大麻雪茄，菸頭亮紅。他說：「你可以睡我房間。」

大家都不說，所以我說了：「我們很擔心你。」

噴子嘴含食物露出笑容，搖頭。他拿起最喜歡的奶油汽水，打開，喝了一口。

他說：「我哪兒也不去。」又吃了一口餅乾三明治。夜裡肉香濃郁；餅乾沒氣味，合起來是煙味，因為火堆熱到不行，猛冒煙。我坐在噴子旁，往後退，感覺倒塌樹木的葉子依然肥綠，搔撓我的背。他說：「牠就在外面，牠會回來的。」

藍道爾說：「你沒瞧見聖凱薩琳。簡直是被扔了炸彈。像戰爭。」

噴子說：「野林鎮不是聖凱薩琳。」他皺了一會兒眉頭，兩眼間出現黑色斜線，嘴鼻像是拼錯的拼圖，然後，臉又變得平滑晶亮，他說：「牠會游泳。」

大亨利建議：「你可以白天再回來。」

「不。」

我說：「噴子，如果牠回來了，就不會再離開。」

噴子說：「沒有『如果』這回事。」他揉搓脖子直到腦門，好像他的皮膚是一件可以拉到腦袋脫下的T恤。好像他可以扯掉原本的自己，成為另一個東西。好像他可以褪掉人類的皮囊，在黑暗中孵化成一頭閃亮的比特犬，黑色，對比瓷器的白。好像他可以奔入颶風後殘存的樹林，沿著小溪，找到瓷器正在嗅聞大地，嗅聞躲滿顫抖松鼠的橡樹洞，以及躲在水窪間的兔子。他說：「沒有『如果』，只有何時。」

當他再度抬頭注視我，他又轉回肅靜：沙子燒成硬石。

他說：「等著瞧，牠會回到我身邊。」

我們會陪他在這兒，坐在昆蟲啞聲的奇特黑暗裡。我們會一直坐到打盹，仍待在這兒直到雙腿痠痛，直到細仔熟睡在藍道爾臂膀中，柔細的脖子垂在藍道爾的手肘旁。藍道爾會瞧著細仔。大亨利會瞧著我。我會瞧著噴子。噴子會誰也不瞧，只看著眼前的黑暗、毀損的房子、泥濘的電器，以及周遭因連根拔起而葉子開始瀕死的樹冠。他會給火堆添柴，讓它亮如燈塔。他會聆聽瓷器的尾巴拍地聲，以及噗噗的腳踏泥地聲。他會望向未來，看到瓷器現身火堆旁，被颶風打得骯髒，不再白得耀眼，牠的顏色會像噴子的牙齒、噴子的眼白，以及噴子被血肉包圍的骨頭，暗而鈍，但是活著、活著、活著，當噴子看到牠，他的臉蛋會整個裂開，因瓷器失蹤而留下的心中硬石，將被奔竄的淚珠沖走。

瓷器。牠會回來，站得直挺高大，乳汁熱燙淌流。牠會低頭瞧我們在凹地做成的這圈光，牠會知道我一直在守望，我一直在奮鬥。瓷器會吠叫，稱我為姊妹。滿天星斗窒息的夜空下，等候牠的是巨大的沉默。

牠會知道我是個母親了。

黑色的母親

文—連明偉*

他出生於大面紗內，我說道；於是將在面紗內生活，身為黑人與黑人之子。在那個小腦袋裡，啊，怨恨地保有一個被獵殺的種族不屈服的自尊，用那隻有淺凹的小手，啊，疲憊地抓著一絲希望，不是絕望的希望，而是出乎意料的希望，用那雙望穿我靈魂的驚嘆明眸，看到這樣一個國家：它所標榜的自由對我們而言是種嘲弄，是項謊言。我看見大面紗的陰影經過我嬰兒身上，我看見寒冷的城市聳立在血紅的土地上。

——杜博依斯《黑人的靈魂》（*The Souls of Black Folk*）

潔思敏·沃德的小說量少質精，每每出手，無不直抵靈魂深處，至今，共有三本小說。第二本小說《蠻骨猶存》，出版於二〇一一年，獲得美國國家圖書獎；第三本小說《黑鳥不哭》，出版於二〇一七年，再次獲得美國國家圖書獎。而以中文的出版順序而言，則是一趟逆返溯回，我們先是閱讀《黑》書，才有《蠻》書。

相較《黑》書敘述人稱的錯綜迴旋，《蠻》書所呈，無論形式法則或內容旨意，都具有吸納養分整合收束的承繼感。此種技藝、內涵與精神所承，若以較爲寬廣的視野爬梳，必須提及美國南方行於密西西比河河畔的作家群，或原生，或遊歷遷居，或受到精神啓迪而滋養茁壯。

那是沃土，是受難之地，是蒙福與降災所在，土地以不同的方式孕育馬克・吐溫、威廉・福克納、田納西・威廉斯、芙蘭納莉・歐康納、卡森・麥卡勒斯、童妮・摩里森（對威廉・福克納文學由衷熱愛，非地理位置，而是心理位置的南方）等舉世聞名作家。其中，論者咸將潔思敏・沃德視爲童妮・摩里森的精神遺產繼位者，主要原因，在於「族裔」與「性別」兩種鮮明特徵的疊合。如果說，二十世紀初美國黑人社會學家杜博依斯，以「雙重意識（Double Consciousness）——美國人和黑人兩種身分意識」，闡述當時的普遍困境；那麼，潔思敏・沃德則以女性的專屬視野，自省自覺，表述「美國黑人女性」另一獨特意識。三種靈魂，三種思維，三種彷彿相互交鋒、彼此抗衡的動力，體現於一個身體。

我們幾乎可以在《蠻》書之中，見證作者踩踏前行者的拓荒領地，面對黑人處境的認識、描述與展開，深入母題再現的吞吐、複述與重構，必須承認，那是邁向成熟作家的必經之路，拾掇辯證，廢墟撿骨，作爲養分予以新聲/新生。

一八六三年，美國總統林肯頒布《解放奴隸宣言》（象徵意義大於實際情況），表面上黑人已經被「北方的白人」解放，卻始終無法獲得眞正的平等自由，白人支配與族群創傷仍然潛伏，幻化爲惘惘威脅的生活背景。黑人之家，或邁向未來的混血之家，努力懷胎，產下子女，彷彿是在迎向滅絕屠殺之前，必然驅動的先行準備。

多子多孫，不是福祉，而是續命。

生殖近乎成爲唯一防衛。

來到現代，黑白關係相對溫和，膚色界線不再涇渭分明，美國南方不再局限族裔或奴隸制度的議題。然而，嚴格而言，種族歧視奴隸制度並沒有正式退位，褪爲隱性，接續而來的挑戰，則是經濟位階、區域失衡、資源配置、生活水平等戰場。如今，美國黑人的共同命運，成了貧窮、犯罪、低等教育、機會窄化等，讓更爲精細、看似文明的現代資本主義巧妙替換，所謂的自由、進步與正義，只能從相對性的災厄之中，尋求基本安慰，如同自我營造的虛妄幻覺。

奴隸制度的絞刑臺，已非美國南方黑人的最大困境；同時，全球資本主義多種面向的新奴隸制度（Neoslavery），卻仍然徘徊非洲原鄉。

回到小說系譜，重要之處，或許在於潔思敏．沃德從童妮．摩里森身上及其一代一代思索，託付的期許，延續的思辨，究竟展開怎樣如同詛咒的還魂，並在現代黑人處境的釋義之中，提供何種殊異視野。兩位作家描繪時代的困境、局限與方向，著實大相逕庭，可以說，一則以死，一則以生。甚至可言，潔思敏．沃德以倖存者子嗣的視野，開闊思維，另闢戰場，一如置之死地而後生。

童妮．摩里森在《寵兒》中的最大慈悲，在於殺死自己的孩子，以其慘死，赦免存活白人統治的罪，苦難的集結，無法進犯絕對性的死。潔思敏．沃德面對的社會情境有所不同，歧視潛藏，暴力隱晦，然而經由長年努力，終究多多少少爭取到難能可貴的生存空間。是以，無論《蠻》書描述的未成年懷孕黑人女孩，或是《黑》書同白人結婚生子的年輕黑人女子，以及家中幼稚，面對的是較為接近生活本身的叩問，撫觸日常的失落與無助，陷入家庭的失能與廢黜——值得深思的，是到了這裡，黑人族群才有辦法建立一個看似完整卻又搖搖欲墜的家。

《蠻》書中的懷孕，某種程度，呼應《寵兒》的死嬰幽魂。原先被處決的女嬰，不再苦苦糾纏，不再惻惻逼問，重新活了過來，轉化為《蠻》書中即將成為母親或已然成為母親的女性。相異之處，在於照護子嗣的態度，這些各自奮鬥同時成群結伴的女孩們舉步維艱，心有茫然，即使畏懼卻又迎向未來，生存意志無比強韌，以準母親的身分，準備再生下逝者，或者生下新一代黑白混血。

潔思敏．沃德見證的當代，不再僅是童妮．摩里森一心警惕的「成為白人」（《最藍的眼睛》中的黑人女孩，渴望擁有白人的藍眼睛），不再僅是記憶的纏繞、錯綜與層疊（《蘇拉》中的虛構城鎮梅德里安黑人社區「麓谷」），不再僅是意欲躲避束縛的飛行（《所羅門之歌》中的角色飛行，代表逃離奴役拋家棄子等意義），而是奠基於此，於密西西比河，於多災多難颶風來襲的地域，於種族歧視奴隸制度最爲嚴重的美國南方。此時此刻，毫不遮蔽，正是二十一世紀美國南方現代社會的黑人家庭縮影。

整體而言，《蠻》中的黑人家庭，即使危如累卵，過著徘徊貧窮線的生活，然而藉由「我／黑人女孩」的自主敘述，脫離白人之眼，拒絕內化白人價值論斷自我，甚至不輕易掣肘於肢體式黑白衝突，以此確立自我與族群的主體性。潔思敏．沃德具有一種高度自覺，書寫精神的實踐，不再爲了白人族群而服務，不再僅只爲了對抗白人聲音（亦存其功能）而俯首，勇敢審視當下，無所畏懼，展現前所未見的強悍。

如果說，威廉．高汀的《蒼蠅王》，藉由孩童野蠻的爭奪、掠取與對抗，以其閉鎖，強化張力，揭示隔離之島文明初始的寓言樣貌，那麼《蠻》書，則進一步瓦解地域的特定區隔。那當然是富含大河、凹地與颶風的密西西比，卻由其在地，演繹非單一地域的人文精神圖騰，趨向原型，空間不再局限，生命卻又處處受限。

小說中，角色各自的生存困境，以及演繹的諸多衝突，明顯導引身體界線、黑白辯證、經濟位階、教育程度、中心邊陲等社會關係。深入閱讀即可發現，所有分崩離析的失序，亟待建立的秩序，動盪緣由，再再指向母親的消亡。傷逝，成爲藏隱的核心；告別，成爲眞實的疼痛。母親位置的空缺，讓思考失去導引，讓舉止折損分寸，積累的知識無法有效傳遞，每一位孩子彷彿孤立無援，缺乏榜樣，須得面對各自難題；或者憑依手足親屬，勉力互助，建立毫不穩固的雛形家庭。

黑人母親將生命力注入子嗣，毫無保留，然而完善的照護卻自有難處，正如《蠻》書母親的難產早逝，或如《黑》書罹癌死去的老母親與沉溺嗑藥的母親。生命本身，明顯涵蓋未知期程的死亡，抵達盡頭之前，該如何完善自己，又該如何以其身體、情感與意志之示範，囑咐其後，交付遺產，無疑必須深入探究。此種生命情境，不僅是小說的單一悲劇，更指向黑人族群在歷史中的集體遭遇，以及現代黑人如何重建自身文化的難題。

另一值得思考的面向，在於誰讓黑人女孩懷孕？敘述者提出：「這寶寶有許多爸爸。」故事之中，孩子的父親是一位年輕白人男子，然而延伸釋義，眞正讓黑人女孩受孕的，已從蓄奴時代白人主子的性剝削，轉爲黑人女孩對於性愛的自覺、情感的追尋與位階的相對平等；即使某些層面，同時彰顯自身對於身體、家庭與責任的未知。

黑人女孩的自主，產生一股決定性力量，俾使身子懷有黑白混血。命運之子混血後代，看似超越界線，卻始終寄託未來，這不得不的託孤寄命，是否可能也是片面假象？暫時的籠統了結？失去眞實的抒情預視？《黑》書中不被接納的混血孩子，著實可供驗證。由此爬梳，眞正的命運之子，從來就必須從自我出發，而非挪移想望，寄予後代，我的存在、受孕、漸次甦醒的女性自覺，有著無可取代的意義，將能一次一次完成命運。

小說的時間軸線清晰簡易，共分十二日，敘述颶風來襲的前十日、災難日與另一餘日。故事開頭，母狗瓷器在血水中分娩，產下五崽，對應母親在生產中不幸逝世，而此生死訣別的對位法則，明確導引、架構與預示故事走向。卡崔娜（女性之名）颶風的襲擊，如同滂沱大雨另一分娩，倖存於災難的人，彷彿將能重獲新生。小說內文，作家不斷援引美蒂亞神話，稟承精神，並且強而有力貫穿全書。

《美蒂亞》，古希臘三大悲劇之一，被視為西方文學中第一部為女性發聲的作品。美蒂亞因愛痴狂，背棄家人，離開故鄉，爾後遭遇丈夫背叛，輾轉沉淪、瘋魔、弒親（包含害死哥哥與手刃兩個孩子），以狂暴的復仇者姿態復位，扭轉被拋棄的命運，脫離男性、家庭與社會的層層桎梏，再次找回自己。美蒂亞的精神形象，賦予女性無可撼動的力量，一再牽動小說旨意。

颶風將襲，或各自求生，或協力共存，由此展開「鬥性」與「母性」的激烈辯證。

潔思敏．沃德並不以極端情節，激化黑白之間的衝突，反而有意除去文明，將人的位階關係，統攝為關乎存在的「求生本能」，人如芻狗，更如肆意交配的公狗母狗，為了生活，為了利益，為了財產，時刻展開一連串武裝競賽，如同康拉德．勞倫茲（Konrad Lorenz）的《鬥性論》（*On Aggression*）所提：鬥性行為具有「保存物種」的功能。道金斯以《自私的基因》一書，向世人說明，人類如同「求生機器」，自私、殺戮與暴力等行為，都在使基因獲得最大利益，藉此延續遺傳。此外，理查．藍翰（Richard Wrangham）和戴爾．彼德森（Dale Peterson）則從演化生物學的角度觀察黑猩猩，以《雄性暴力——人類社會的亂源》（*Demonic Males: Apes and the Origins of Human Violence*）一書，提出雄性的暴力行爲，除了守衛領土，更可以成功確保自身在族群之中的生存與繁殖；此種暴力，經由長期演化，建構男性對女性的宰制，進而形塑爲深根柢固的父權體制。

同性之間的角力，除了同一位階，甚至隱藏「弒父」意涵；此種行徑，可被視爲對於權力的掌握與篡位，如同小說中的父子對決，以及父者的傷殘退位。

角色的諸多行爲，包含爭鬥、偷竊、利害關係等，其驅動關鍵無不存繫生存，以及由此內建的情感需求。家庭潤澤的教養，文明孕育的倫理，在此正式潰散，而以「物種起源」似的競爭法則予以架構。誠然可言，相較殘酷的奴隸制度，同一物種的肌力對抗，甚至不同物種的相互競合，顯得更爲公允。

與此同時，女性並非始終附屬男性，或者只能從事「母職」。女性蘊含豐沛的力量，甚至更爲強大，除了文化界定天性賦予的生殖、哺育與照護功能之外，更存在不同形式的情感與暴力，甚至可能出現「殺子」（驅動原因更爲多元）等行爲。由此，可見潔思敏・沃德所欲探討的另一範疇，在於歧異複雜的「母性」（Motherhood）。

母親的形象與隱喻自在轉換，無處不在，藉由汗水、淚水、鮮血、大水等液態形式，汩汩流動，次次輪轉，如同闡述萬物有靈，包含產下五崽的比特犬、角色「我／愛西」的受孕、逝去的母親、颶風卡崔娜以怒相的自然之母來襲。噴子對待母狗瓷器的情感關係，如同愛西對待腹中寶寶，如同逝去的母親對待子女，如同大地之母對待人類，如此深情，卻也天道無親。隱喻奔流，轉喻換位，日常之中玲瓏折射生死光芒。最終，將一切收束爲標準的生命製程，以及後續的物競天擇，淘汰是爲了演化，殺戮是爲了公平配置資源。

鬥性與母性相互交纏，一再突破單向的性別框架，男性亦存母性，女性亦有鬥性；此外，更從中彰顯「愛」的複葉重瓣。除了正面涵義，小說歷歷顯露愛本身的渴望、偏執、嫉妒、佔有與瘋狂，尤其遭遇失親，倖存者面對無法承受的哀傷，轉以武裝自衛，嚴密防禦；甚至，再度施展愛的本領，不斷複製、強化與變形，意欲安撫受挫內在。小說中噴子對母狗瓷器的情感，如男女之戀，似父女之愛，同時夾雜將之視爲財產的私慾，箇中緣由，在於試圖填補母親的空缺，更在於深刻呈現愛之繁花多蕊。

愛的本質是無私，更是自私，然而自私的愛，往往能夠成就一種超越普遍的偉大。是以，我的存在、情感與愛，能夠供予救贖，亦足以製造殺戮，充滿無比巨大的力量。黑與白，生與死，建造與毀壞，日常劇變因爲諸多愛的緣由、面貌與內蘊，而在野林鎮凹地之中合而爲一。

小說最終迎來颶風，一場摧枯拉朽直截了當的大型天擇，此種一視同仁的銷毀，多少折損日常審視的人性基底，卻也成爲歷史現場的見證，同時，代表美國黑人族裔歷史創傷之階段性回覆。寫實調性，明顯過渡至神話，意圖將之昇華。所有差異，將以天地生死同源的運作本質，實現理想性正義，只有摧毀一切，只有靠向死亡，才有可能再次建立平等樂土。然而，面對大地之母一如美蒂亞之絕對性毀滅，潔思敏．沃德終究還是在愛之殘暴中，留存救贖，以其哀愍展開另一未來：母狗瓷器爲了崽子跳入大水，懷孕的愛西受到親族護衛脫離大水。小說的開頭與結尾，精準實踐生死易位，「母親」在眾人齊心協力求生鬥志之中，於焉歸返，完成於我。

所謂母性，儼然是讓每一個體，無論種族、膚色與文化，都成為最終的受害者與最初的受贈者。

逝者的尋回，往往昭告其不可能，敗退之餘，只得反向溯回本初：坦率、野蠻且失序，一切無所憑依，卻又由此見證各種生命狀態的鬥性與母性。再度藉由不可能，臻至可能，以一位倖存者子嗣的身分，重新思索自身及其族群的命運；同時，更以一位美國黑人女性的身分，竭力表達對於男性、白人與權力中心的強烈抗辯。

任何作品的誕生，必然與所處時代緊密連結，那可能關乎創作者的生命歷程，或社會事件的往復消化，或歷史遺緒的平反清算。作家的私我經驗（如潔思敏．沃德親身遭遇卡崔娜颶風來襲），將在某一時刻，成為錨定之觸發動力，釐清，確鑿，轉化，透過文字與故事，將內在維度向外彈性拓展，予以開放；同時藉由書寫，揭示不同時空亦能存在相同印證，小說援引希臘神話美蒂亞，注入新意，某一方面正是為我們闡述，文學的可貴無非公有共享，秉持恆常超越之精神，無論身分、族群或時空背景，均能有所承繼。

所有自外而內的束縛，都將自內而外層層突破，而在行動之前，必須對於「我」之主體，再次進行界定。所謂的我，該如何釋義？如何驅動？如何完善統整？在此，小說以一種原始神話的獨特視野，清晰示現：我是母狗，我是颶風，我是已逝的母親，我是殺子的復仇女神美蒂亞，然而，我更是我自己——懷著不再被判處死刑的孩子，勇敢地，成爲一位新的黑色的母親。

*本文作者為作家，著有《番茄街游擊戰》、《青蚨子》、《藍莓夜的告白》等。

大師名作坊 196

蠻骨猶存

作　者—潔思敏・沃德
譯　者—何穎怡
編　輯—張瑋庭
美術設計—廖韡
內頁排版—邵麗如
總 編 輯—嘉世強
董 事 長—趙政岷
出 版 者—時報文化出版企業股份有限公司
108019臺北市和平西路三段二四〇號三樓
發行專線—（〇二）二三〇六—六八四二
讀者服務專線—〇八〇〇—二三一—七〇五・（〇二）二三〇四—七一〇三
讀者服務傳真—（〇二）二三〇四—六八五八
郵撥—一九三四四七二四時報文化出版公司
信箱—（一〇八九九）臺北華江橋郵局第九九信箱
時報悅讀網—http://www.readingtimes.com.tw
電子郵件信箱—liter@readingtimes.com.tw
法律顧問—理律法律事務所　陳長文律師、李念祖律師
印　刷—勁達印刷有限公司
初版一刷—二〇二三年二月二十四日
定　價—新臺幣四五〇元
（缺頁或破損的書，請寄回更換）

時報文化出版公司成立於一九七五年，
並於一九九九年股票上櫃公開發行，於二〇〇八年脫離中時集團非屬旺中，
以「尊重智慧與創意的文化事業」為信念。

蠻骨猶存／潔思敏・沃德（Jesmyn Ward）著；何穎怡譯 . – 初版 .
– 臺北市：時報文化, 2023.2
面；　公分 . –（大師名作坊；196）
譯自：Salvage the Bones
ISBN 978-626-353-511-4

874.57　　112001184

ISBN 978-626-353-511-4
Printed in Taiwan